Marion Stadler
Mordshexerei

Über die Autorin:

Marion Stadler hält dem Altmühltal schon seit ihrer Kindheit die Treue. Sie lebt und schreibt dort, wo andere Urlaub machen, und ihre Krimis spielen: in Essing bei Kelheim in Niederbayern. Als Agatha-Christie-Fan lässt sie sich von der großen Krimiautorin inspirieren. Durch ihre Arbeit zuerst in der Gastronomie und dann im Verkauf begegnet ihr außerdem immer wieder allzu Menschliches, was in ihre Krimis miteinfließt, wobei es in ihrer Heimat eher idyllisch und friedlich zugeht. Diese Idylle und die Sehenswürdigkeiten baut sie als Schauplätze in ihre Krimis mit ein. Inzwischen sind neun Essingkrimis entstanden. Ihre Kommissarin Mary Weidinger und deren eigensinniger Schwiegervater erfreuen sich bei ihrer Leserschaft großer Beliebtheit. Unter ihrem Pseudonym Florence Jones schreibt sie nun auch Romane. Der erste Band ihrer Zwei-Kontinenten-Saga »Vergiss den Ami« ist bereits erschienen.

Sie ist nicht nur Autorin, sondern auch Kunsthandwerkerin und leidenschaftliche Hobbygärtnerin.

Marion Stadler

Mordshexerei

Dorfkommissarin Mary ermittelt 9

Kriminalroman

Bibliografische Information der Deutschen Nationalbibliothek:
Die Deutsche Nationalbibliothek verzeichnet diese Publikation in
der Deutschen Nationalbibliografie; detaillierte bibliografische
Daten sind im Internet über http://dnb.d-nb.de abrufbar.

© Juli 2025 Empire-Verlag OG, Lofer 416, 5090 Lofer
produktsicherheit@empire-verlag.at, Ansprechpartner: Thomas Seidl

Lektorat: Daniela Guse – https://www.danibakerbooks.com/
lektorat
Korrektorat: Julia Kuhlmann – https://
www.juliesbookhismus.de/Korrektorat/

Cover: Chris Gilcher https://buchcoverdesign.de/

Buchsatz: Samantha Halama http://www.samanthahalama.com/
gesetzt aus der Garamond Libre
erstellt mit Affinity Publisher

Bestellung und Vertrieb: Nova MD GmbH, Vachendorf
Druck: ScandinavianBook, 91413 Neustadt a. d. Aisch

Prolog

Walpurgisnacht

Es war Mitternacht. Das Feuer, das sie entzündet hatte, knisterte laut. Die Flammen loderten in die Höhe und die Funken stoben empor zum sternenklaren Himmel. Ein wunderbares Lagerfeuer. Sie warf noch zwei große Scheite hinein und beobachtete, wie die Feuerzungen um die neue Nahrung züngelten und diese schließlich verschlangen.

Der Mond würde erst nach zwei Uhr nachts aufgehen. Die Vollmondphase war sowieso vorüber und seine Leuchtkraft nahm von Tag zu Tag ab. Dieses Jahr trafen also Vollmond und Walpurgisnacht nicht zusammen. Egal, sie würde den Hexenritus so oder so durchführen.

Das hier war zwar nicht der Blocksberg, aber immerhin der Maifelsen, ein alleinstehender, mächtiger Felsen, der sich als Monolith aus dem dicht bewaldeten Talhang emporreckte. Vor langer Zeit diente dieser Felsen den Kelten als Opferplatz. Unterhalb des Felsens wurden jede Menge Scherben bronzezeitlicher Gefäße gefunden, in denen sich vermutlich Opfergaben befunden hatten. Bei heidnischen Frühlingsfeiern waren sie heruntergeworfen worden, um die Geister des Winters endgültig zu vertreiben, die des Frühlings willkommen zu heißen und die des Sommers um eine reiche Ernte zu bitten.

Wie die Druiden damals war sie selbst nun auch ein Medium zwischen den Menschen und den Geistern und Dämonen. Die Tonkrüge mit den Tränken, Kräutern, Tierknochen, Tierexkrementen, der Erde und den Federn für die Beschwörung standen schon bereit. Schon seit sie ein kleines Mädchen war, spürte sie diese spirituelle, übersinnliche Energie in sich, die sich jetzt beim Anblick des mächtigen Feuers an diesem magischen Ort nur noch mehr steigerte. Wie die Hexen auf dem Blocksberg war sie hierher auf den Maifelsen gekommen, um sich mit den Naturgeistern zu verbünden. Nicht nur mit denen. Auch den Teufel wollte sie auf ihrer Seite haben, doch eigentlich hatte das Böse längst von ihr Besitz ergriffen ...

Sie war bereit für das Ritual. Zuerst streute sie die Federn in die Flammen, die jäh verglühten. Dann kamen nacheinander alle anderen gefüllten Krüge an die Reihe. Vor sich haltend beschwor sie sie mit Zaubersprüchen und Formeln und warf sie dann durch die Flammen in den Abgrund dahinter. Als alle Gefäße geopfert waren, begann sie mit einem monotonen Sing-

6

sang und einem hüpfenden Tanz um das Feuer, der sie in Trance versetzte, bis sie aufjaulte und kreischte und dann besinnungslos zusammenbrach.

Kapitel 1

Bayernhymne. Ich wälze mich in meinem Bett herum
und taste im Dunkeln nach dem Handy auf meinem
Nachtkastl. Nebenbei linse ich auf den Radiowecker.
Es ist kurz nach halb eins. Mein Mann Toni neben mir
brummt. Auf dem Display der Name der Anruferin:
Babsi Zimmermann. Sie ist eine bekannte bayrische
Komikerin, die sich letztes Jahr hier in Essing ihr Domizil auf dem Keltenberg gebaut hat, um dem Fanrum-
mel in ihrer Heimatstadt München zu entfliehen.

Kaum hierhergezogen, ist sie in mysteriöse Mordfälle verwickelt worden, die ein irrer Verehrer am Tatzelwurm, der berühmten Essinger Holzhängebrücke, ver-
übt hatte. Ziemlich erschütternd für alle Beteiligten. Für
sie mit ihrer tragischen Vergangenheit allerdings besonders. Wir haben viel darüber geredet, um es zu verarbeiten. Seitdem sind wir befreundet.

Was kann sie um diese Uhrzeit wollen? Ich nehme
den Anruf an.

»Hallo Babsi«, krächze ich ins Handy.

»Mary, entschuldige, dass ich dich mitten in der Nacht aufweck, aber da ist was Komisches im Wald auf der anderen Seite zugange.«

Ich setze mich mühsam auf. »Was Komisches?«

»Ja, oben auf dem Maifelsen. Ich wusst nicht, wen ich sonst anrufen sollt.«

Ihr Haus steht wie gesagt am Keltenberg, einer Siedlung im Ortsteil Neuessing am Talhang, an deren Straße sich aufwärts die Häuser entlang aufreihen. Sie hat eine wunderbare Aussicht über das Tal und auf den Maifelsen am Talhang ihr gegenüber.

»Was ist denn da?«

Babsi holt tief Luft. »Also, ich schreib grad an meinem neuen Bühnenprogramm. Dazu sitz ich immer im Esszimmer am Tisch. Von da hab ich das ganze Tal im Blick. Und dann seh ich da kurz nach Mitternacht einen Feuerschein in der Dunkelheit. Ich bin raus auf die Terrasse, weil ich gedacht hab, vielleicht spiegelt sich nur die Kerzenflamme in der Fensterscheibe, aber dem war nicht so. Und als ich da so draußen steh, hör ich in der Ferne einen unheimlichen Singsang und dann ein lautes Aufkreischen.«

»Und dann?«

»Dann war es plötzlich still. Das kam eindeutig vom Maifelsen gegenüber.«

»Brennt das Feuer immer noch?«

»Nein, es ist langsam ausgegangen. Jetzt ist es wieder ganz finster.«

Ich überlege, was da zu tun ist. Die Feuerwehr zu rufen, wär ein Schmarrn. Es brennt ja nix mehr. Selbst auf den Maifelsen hinaufzuwandern ist in der Dunkelheit zu gefährlich. Die kürzeste Strecke führt über einen Wanderweg ziemlich steil und steinig in Serpentinen durch den Wald hinauf und die andere, wesentlich längere, von hinten auf den Talkamm zu. Wenn man nicht aufpasst, kann man schon bei Tageslicht die unscheinbare Abzweigung zwischen den dicht stehenden Bäumen und Sträuchern übersehen und man verirrt sich hoffnungslos. Toni und ich wandern mindestens einmal im Jahr dort hinauf und jedes Mal finden wir den Weg nicht gleich, auch weil es wenig bis gar keine Wegweiser gibt. Von dort oben hat man eine tolle Aussicht über das Altmühltal, hinüber auf die Burgruine Randeck und hinunter auf das friedlich daliegende Essing.

»Ich geh morgen mal hin und schau nach«, verspreche ich Babsi.

»Kann ich mitkommen? Ich war das letzte Mal als Kind da oben.«

»Ich hol dich um eins ab.«

»Okay«, ist sie einverstanden. »Sorry noch mal wegen der Störung.«

Wir wünschen uns eine gute Nacht und beenden das Gespräch. Es dauert lange, bis ich wieder einschlafe.

Um fünf Uhr ertönt dann mein Radiowecker. Wie jeden Morgen, wenn ich wach werde und ins Bad trotte, gehe ich meinen bevorstehenden Tag durch. Heute wird am Frühstücksbuffet beim Lindenwirt, für das ich von Montag bis Donnerstag zuständig bin, ein Großkampftag, schwant mir. Jedes der zwanzig Gästezimmer ist belegt und außerdem ist heute der 1. Mai und somit Feiertag. Die Touristensaison im Altmühltal hat schon vor Ostern angefangen. Je nachdem wie das Wetter mitspielt, ist mein Heimatdorf Essing ein gut besuchter Urlaubsort und ein Naherholungsgebiet. Wegen der schönen Natur, den vielen Rad- und Wanderwegen, der Sehenswürdigkeiten und der Idylle.

Ich werfe mich nach dem Zähneputzen in meine Arbeitsmontur, eine hellgrün-karierte Trachtenbluse mit dem auf der linken Brust aufgestickten Lindenwirt-Logo und eine Jeans. In der Küche wartet schon mein roter Kater Edi auf mich. Auch er will ein Frühstück. Nachdem ich ihn versorgt, ausgiebig gestreichelt und ihm einen schönen Tag gewünscht habe, verlasse ich mit ihm das Haus und gehe schräg über die Dorfstraße hinüber zur Lieferantentür des Wirtshauses. Edi ist im Nachbargarten verschwunden, um seine Morgentoilette zu erledigen. Meine Freundin Bärbel und ihr Mann Sepp führen den Lindenwirt in der ach-was-weiß-ichwievielten Generation und haben in den letzten Jahren viel Geld in die Modernisierung gesteckt. Dabei haben sie auch einen extra Frühstücksraum anbauen lassen, in dem ein riesiges Buffet mit allem, was sich das Herz des Gastes nur wünschen kann, seinen Platz gefunden hat.

Man erreicht es praktisch durch eine Schiebetür aus der Küche, von wo ich es bestücken und auffüllen kann. Bis vor einem Jahr war ich Kommissarin in der Polizeiinspektion Kelheim, der Landkreisstadt sechs Kilometer talabwärts. Aber mein Beruf hat mich immer mehr überfordert. Mit meinen fast zweiundfünfzig bin ich halt auch nicht mehr die Jüngste und ein schwerer Unfall, der mir meine rechte Schulter vor zwei Jahren ziemlich demoliert hat, hat es mir nicht leichter gemacht. Außerdem bin ich inzwischen zweifache Oma und wollte wieder mehr Zeit für meine Familie haben. Und letztlich waren jener aufwühlende, grausame Fall um Babsi Zimmermann und der neue Kommissar Erdem Alemdaroglu dann die finalen Auslöser, dass ich meinen Job hingeschmissen hab. Ich bin mit dem G' schaftlhuber einfach nicht mehr zurechtgekommen.

Bärbel hat mich gleich in die Pflicht genommen, als sie von meiner Arbeitslosigkeit erfahren hat, und mich eingestellt, weil sie dringend Leute gesucht hat. Momentan ist es wirklich nicht leicht, anständiges Personal in der Gastronomie zu bekommen. Niemand will mehr diesen Knochenjob mit den anstrengenden Gästen und den ungünstigen Arbeitszeiten machen. Ich eigentlich auch nicht, aber ich wollte meine beste Freundin nicht im Stich lassen, und nun kümmere ich mich schon die zweite Saison um die Frühstücksgäste und das Buffet. Wahrlich nicht leicht, droht doch bei Unzufriedenheit oder dem kleinsten Mangel eine schlechte Bewertung im Internet. Es ist ja nicht so, dass ich ein Unmensch wäre, aber manchmal geht halt mein niederbayrisches Temperament mit mir durch, wenn ein besonders nerviger Gast es herausfordert. Trotzdem gefällt mir meine neue Arbeit, vor allem, weil ich durch meine Freundin und dem Stammtischtratsch immer auf dem neuesten Stand der Gerüchteküche im Ort bin. Das ist nämlich auch sehr dienlich für mein zweites Standbein: Ich bin seit Anfang des Jahres stolze Mitbegründerin der ersten Detektei in Essing. Der Bär, mein ehemaliger Arbeitskollege und Ex-Polizeimeister Markus Bärnreuther, ist mein Partner. *Weidinger & Bärnreuther – seriös, diskret und zuverlässig*, so lautet unsere Firmenbezeichnung genau. Lukas, mein jüngster Sohn, hat uns scherzhaft als Markus Poirot und Mary Marple bezeichnet. Danke auch!

Bärbel hat uns voller Begeisterung für unsere Idee einen kleinen Raum, der früher mal eine Rumpelkammer zwischen dem Kühlhaus und den Toiletten des Wirtshauses gewesen war, zur Verfügung gestellt. Das ist auch ganz praktisch: Ich habe keinen weiten Arbeitsweg, genau wie der Bär, der am anderen Ende von Essing wohnt, und unsere Klienten können uns unauffällig konsultieren, weil neugierige Beobachter annehmen könnten, sie gingen nur zum Wirt auf eine Halbe Bier oder ein Essen. Bisher haben wir aber nur sehr kleine Aufträge bekommen, wie den vom Mortl-Bauern. Er wollte, dass wir herausfinden, wer andauernd seine frisch hergerichteten Waldwege mit seinem Bulldog befährt und tiefe Spuren, bei uns Gloisn genannt, hinterlässt. Natürlich haben wir den Übeltäter ausfindig gemacht, weil der Bär und ich täglich und zu unterschiedlichen Uhrzeiten auf diesen Wegen unserer Freizeitbeschäftigung Nordic Walking nachgegangen sind. Wir haben quasi zwei Fliegen mit einer Klappe geschlagen und den Mortl-Bauern und den Söllner in den Lindenwirt zu einer Einigung ohne Polizei bestellt. Durch unsere Vermittlung und die Wirkung von einigen Bieren, die sich die zwei genehmigt haben, einigten sie sich darauf, dass der Söllner die Wege auf seine Kosten reparieren lässt. Außerdem hat er dem Mortl versprochen, nicht mehr mit seinem Riesen-John-Deere draufzufahren. Fall Nummer eins wurde also zur Zufriedenheit aller aufgeklärt.

Mit Fall Nummer zwei hat mich unser Bürgermeister Wimmer Heinz beauftragt. Am Tor des Eingangs zur Burgruine Randeck hängt eine Art Opferkasten. Jeder, der die Burg besuchen möchte, wird dort schriftlich angehalten, den Obolus von zwei Euro Eintritt in dieses blecherne Kistchen, das wie ein kleiner Briefkasten ausschaut, zu werfen. Laut dem Heinz wird es im Winter wöchentlich und im Sommer bei größerem Andrang täglich von einem Bauhofarbeiter geleert. Vor ungefähr zwei Wochen war es allerdings aufgebrochen und das ganze Geld futsch. Wie viel es genau war, hat mir Heinz nicht sagen können, aber im Durchschnitt

14

wären in den Sommermonaten täglich um die einhundert Euro drin. Ich habe ihn darauf hingewiesen, dass er diesen Diebstahl eigentlich anzeigen müsse, aber er hat gemeint, er wolle nicht gleich am Anfang seiner Amtsperiode so ein Kavaliersdelikt aufbauschen. Er ginge davon aus, dass es sich um Kinder oder zumindest einheimische Täter handle. Daraufhin habe ich ihm geraten, im Marktblatt, das jeden Monat von der Gemeinde herausgegeben und an alle Essinger Haushalte verteilt wird, einen Aufruf an den oder die Täter zu schreiben, dass sie das gestohlene Geld anonym in den Briefkasten am Rathaus einwerfen sollen, dann würde er von einer Anzeige absehen. Was könnten der Bär oder ich da auch unternehmen, als uns jeden Tag im Burggraben auf die Lauer zu legen und diesen blöden Kasten zu observieren. Nein, danke! Da ist mir meine Zeit zu schade. Der Bär hat ja auch noch einen Hauptbroterwerb bei einer Geldtransportfirma.

Kramer Luise wollte uns engagieren, damit wir herausfinden, welcher stinkerte Drecksköter, so ihre Bezeichnung, ihr über Nacht immer vor ihren Briefkasten hinkackt, so dass sie noch einigermaßen schlaftrunken am frühen Morgen schon ein paar Mal beim Zeitungholen mit ihren Pantoffeln direkt in die Hinterlassenschaft dieses Hundes getreten war. Was, bitteschön, sollen wir da tun? Die ganze Nacht vor dem Briefkasten Wache halten? Das hat sie tatsächlich von uns gefordert, aber als wir ihr dann unseren Stundensatz genannt haben, hat sie verächtlich abgewunken. »Davon kann ich mir ja jeden Tag neue Hausschuhe kaufen, reinlatschen und sie dann wegwerfen.«

Ganz umsonst machen wir so was nun auch nicht, aber die meisten glauben das anscheinend. Der Bär und ich sind ja nicht mehr beim Staat angestellt, sondern selbstständige Privatermittler mit gewissen Unkosten und einem unbestimmten Zeitaufwand. Es läuft also eher suboptimal mit unserer Detektei, aber das war dem Bär und mir von vornherein schon klar. Dass wir den Antrieb dazu hatten, lag aber daran, dass in Essing schon viele Kapitalverbrechen passiert sind und die Leute im Dorf uns zwei gern als Dorfgendarmen betrachtet und sich sicherer mit uns gefühlt haben. Schließlich haben wir alle Morde aufgeklärt. Und nicht zuletzt ist es halt einfach auch unser kriminalistisch geschulter Spürsinn, der uns bei jedem Verbrechen auf den Plan ruft. Ich kann doch nicht einfach daheim rumsitzen und Däumchen drehen, wenn in Essing das Verbrechen grassiert, und dem Bär gehts da ähnlich.

Die ersten Frühstücksgäste kommen pünktlich um sieben Uhr. Ich begrüße sie freundlich mit einem »Guten Morgen!«, weise sie auf die Selbstbedienung am Buffet hin und darauf, dass sie sich bei mir melden, falls sie Rühr- oder Spiegeleier möchten. Dann habe ich noch ein bisserl Zeit, mir selbst einen Cappuccino und eine Marmeladensemmel einzuverleiben, denn um acht

Uhr, so weiß ich inzwischen aus Erfahrung, ist Rush-hour am Buffet. Das heißt, ich komme dann kaum noch hinterher, die Schinkenplatte, den Obstsalat, die Butter oder alles andere aufzufüllen. Ich bin also im Stress als plötzlich Katzmeier Rita aufgebracht und mit wehenden Fahnen in den noch wenig besuchten Früh-stücksraum auf mich zu gerannt kommt. Sie ist eine alte Dame und die Mesnerin unserer Altessinger Kir-che. Vor allem aber ist sie die Ex-Lebensgefährtin mei-nes Schwiegervaters. Im Dorf ist er allseits als *der Opa* bekannt. Seit sie ihn letztes Jahr im Juli rausgeschmis-sen hat, er vor lauter Kummer einen Schwächeanfall ge-habt, einen Herzschrittmacher verpasst gekriegt hat und sie sich keinen Deut mehr um ihn schert, mag ich das neugierige, scheinheilige und verratschte Weib noch weniger.

»Maria! Maria! Das ist einfach furchtbar! Auf dem Friedhof!«, ruft sie mir schon von Weitem zu, so dass auch einige Gäste irritiert zu uns hersehen.

Ihre hohe Stimme klingt noch schneidender, wenn sie aufgeregt ist.

Ich atme tief durch. »Was ist denn auf dem Fried-hof?«

Sie packt mich am Ärmel. »Komm mit, das musst du dir selbst anschauen!«

Grantig entwinde ich mich ihr. »Ich kann hier nicht weg, Kruzinesn. Das siehst du doch!«

17

»Ja, aber du bist doch jetzt Detektivin oder so was und da musst du doch den Tatort inspizieren«, ist sie verzweifelt.

Mit ihren Worten versetzt sie mich sofort in Alarmbereitschaft, denn sie hatte zusammen mit dem Opa schon einmal einen Schwerverwundeten mitten vor dem Kirchenaltar gefunden. »Welchen Tatort?«

Ihre in Richtung Friedhof weisende Hand schnellt hoch und haut mir fast den leeren Butterteller aus der meinen. »Na, die verwüsteten Gräber!«

»Jemand hat Gräber verwüstet?«

»Ja, und wie: ausgerissene Blumen, umgeworfene Grablaternen, zertrampelte Erde …« Entsetzt schüttelt sie den Kopf. »Wer macht denn so was?«

»Da musst du den Pfarrer anrufen«, will ich sie abwimmeln. Ich muss unbedingt die Butter aus der Küche holen und am Buffet auffüllen und die hält mich hier auf mit ihrem Schmarrn.

Wieder packt sie mich am Arm. »Das hab ich doch schon, aber der hat Unterricht.«

»Dann ruf die Polizei.«

Wütend über meine Abweisung stemmt sie die Hände in die Hüften. »Was bist du denn für ein Dorfgendarm, wenn dir so ein Verbrechen egal ist?«

Mit ihrem Gekreische haben wir erneut die Aufmerksamkeit von noch mehr Gästen. Ich bin schon an der aufgehenden Schiebetür in die Küche, als ich mich gezwungenermaßen noch mal zu ihr umdrehe. »Also gut, ich schau mir das nach Feierabend an.«

Auf dem beinahe faltenfreien Gesicht von Rita zeigt sich Erleichterung und sie nickt eifrig. »Ich sperr die Kirch auf und lass alles so, wie es ist.«

Was auch sonst? Die Gräber haben Besitzer und die sind für die Pflege zuständig.

»Es kann locker elf werden, bis ich komm«, weise ich sie hin und verschwinde endgültig in der Küche.

Kapitel 2

Es ist sogar erst dreiviertelelf, als ich den Gottesacker über das schmiedeeiserne Tor und ein paar Stufen betrete. Er liegt etwas erhöht von der Dorfstraße, an der auch mein Haus steht, und ist von einer Mauer umgeben. In seinem Zentrum steht unsere kleine Dorfkirche mit dem spitzen, holzschindelgedeckten Turm. Der Pfarrer und Rita kommen mir schon entgegengeeilt. Offenbar hat sie ihn doch dazu überreden können, dass er auch dabei ist. Kein Wunder, so hartnäckig wie die ist.

Wir grüßen uns. Dazu muss ich jetzt erklären, dass ich unseren Pfarrer nicht mag. Robert Pecnik ist ein alter Mann und eigentlich schon in Rente, aber der Priestermangel ist halt auch in Niederbayern spürbar und so wurde er hierher versetzt. Er ist seit fast zwei Jahren da, durch sein altehrwürdiges, unnahbar kühles Gehabe bei seinen Schäfchen nicht sonderlich beliebt und seine Gottesdienste sterbenslangweilig. Sein schlaksiges Gestell, seine schlohweißen Haare und sein ausdrucksloses, eingefallenes Gesicht tragen ebenfalls nicht dazu bei, ihn sympathisch zu finden. Aber ich muss ihn ja nicht mit Heim nehmen.

Rita deutet auf die erste Gräberreihe gleich rechts vom Hauptweg, der zum Eingang der Kirche führt. »Da, schau dir das an!«

Ich folge ihr und tatsächlich: Wahllos hat hier jemand die Bepflanzungen ausgerissen und auf die gekiesten Wege geworfen, Laternen umgestoßen und Erde überall verteilt.

»Da hinten sind noch ein paar verunstaltet.« Sie rennt wie ein Wiesel voraus, der Pfarrer und ich hinterher.

Vor noch ein paar zerstörten Gräbern bleibt sie stehen.

Entsetzt schüttelt Pecnik den Kopf und hält sich die Hand vor den Mund. »Wer, um Himmels willen, tut denn so was? Das gleicht ja einer Orgie.«

Erwartungsvoll sehen mich die zwei an, als könnte ich den Übeltäter einfach so aus dem Hut zaubern.

Ich zucke mit den Schultern. »Da müsst ihr die Polizei einschalten. Ich kann da nix machen.«

Schon will ich in meinen wohlverdienten Feierabend verschwinden, da hält sie mich wieder auf. »Wart, Maria!« Sie kramt in ihrer Jackentasche und zückt ihr Handy. Als würde sie ein Einverständnis beim Pfarrer einholen, nickt er ihr zu und sie wischt auf dem Display herum. Dann hält sie es mir so nah vor die Nase, dass ich einen Schritt zurücktreten muss, damit ich was erkennen kann.

»Das war vor ein paar Tagen über der Tür in die Sakristei gestanden.«

Auf dem Bild sehe ich tatsächlich die schwere Holztür, die auf der Nordseite der Kirche in den Nebenraum der Kirche führt, in dem der Pfarrer und die Ministranten sich für den Gottesdienst vorbereiten. Über dem gebogenen Portal steht mit roter Farbe und Druckbuchstaben *Du hast nichts getan* hingeschmiert.

Verständnislos blicke ich die Zwei an und wiederhole: »Du hast nichts getan?«

Rita nickt. »Was glaubst, wie ich mich geplagt hab, dass ich das G'schmier wieder weggebracht hab, bevor die ersten Leut in der Früh auf den Friedhof kommen und das lesen?«

Ich will mich selbst davon überzeugen, wie sehr sie sich bemüht hat, und renne auf der Ostseite um die Kirche, bis ich vor der Sakristeitür auf der Nordseite stehe. Die zwei sind mir gefolgt und betrachten mit mir die gelb gestrichene Wand über dem Türbogen.

»Ich hab den Maler herbestellt. Der hat es sofort überstrichen«, informiert mich Pecnik zufrieden.

»Trotzdem ich so fest gebürstet und gerieben und so ziemlich alle Mittel ausprobiert hab, hab ich es nicht ganz weggebracht«, erklärt mir Rita zornig weiter.

Bei näherem Hinsehen erkenne ich, dass das Gelb über der Tür ein bisserl dunkler ist, als die Grundfarbe des Kirchenanstrichs. Die Schrift ist unwiederbringlich darunter verschwunden. Da hat der Maler ganze Arbeit geleistet und somit ist das Beweismittel dahin.

Ich seufze. »Das hättet ihr stehen lassen und sofort die Polizei herbestellen sollen.«

Rita winkt mit ihrem Handy. »Ich habs doch ein paar Mal fotografiert.«

»Aber auf einem Foto kann man halt nicht feststellen, was das für eine Farbe war und wie lang das schon dort gestanden hat. Das könnt alles dazu helfen, um dem Schmierer draufzukommen.«

»Das muss dieser Kirchenschänder in der Nacht davor hingeschmiert haben«, ist Rita überzeugt. »Als ich am Abend davor noch die Kirche abgesperrt hab, hat das noch nicht dagestanden. Das wär mir mit Sicherheit aufgefallen.«

»Wann war denn das genau?«

»Vor zwei Tagen.«

»Also am Montag in der Früh hast du es entdeckt?«

Der Pfarrer und sie nicken zustimmend.

»Frau Katzmeier hat mich angerufen und mir dann das Foto geschickt. Daraufhin hab ich den Maler beauftragt«, bestätigt er mir.

Ich reibe mir über die Stirn. »Also, dann habt ihr jetzt auf jeden Fall ein Problem mit jemandem, der die Kirche nicht mag und zwar so, dass er gewalttätig ist. Ihr müsst endlich die Polizei hinzuziehen, bevor noch mehr passiert.«

Rita rempelt den Pfarrer ungeduldig an. Schließlich räuspert er sich. »Also wir hatten da eher an Sie und Ihre Detektei gedacht, liebe Frau Weidinger. Ihr Motto lautet doch seriös, diskret und zuverlässig.«

»Ja, genau das brauchen wir jetzt«, pflichtet ihm Rita eifrig bei.

Beide schauen mich erwartungsvoll an.

»Aber die Grabbesitzer werden es mitkriegen und sich aufregen. Das wird sich nicht geheim halten lassen.«

»Um die kümmer ich mich«, winkt Rita ab.

»Der Bär und ich können hier nicht jede Nacht auf der Lauer liegen. Wir haben unsere Jobs«, bedenke ich weiter.

Aber der Pecnik hat einen Vorschlag: »Sie sind doch zu zweit. Also können Sie sich abwechseln.«

»Wie viele Nächte?«, frage ich sarkastisch. »Das geht vielleicht zwei oder drei, aber nicht ewig. Wir wissen nicht, wann der Täter oder die Täterin wieder zuschlagen wird.«

»Ja, Herrschaftszeiten!«, fährt mich Rita an. »Für was machst du denn dann so eine depperte Detektei auf, wenn du nicht fähig bist, so was zu leisten?«

Spinnt die, oder was? Geht die mich so an, dass mir gleich komplett die Lust vergeht, überhaupt einen Finger für sie und ihren Pfarrer zu rühren. Ich kann den Opa verstehen, dass er mit dem herrischen Weib nix mehr zu tun haben will. Wie er es nur die drei Jahre mit der ausgehalten hat, wo er bei ihr gewohnt hat? Ich drehe mich um und gehe.

»Frau Weidinger!«, ruft mir der Pfarrer bettelnd hinterher. »Bitte! Sagen wir eine Woche ...«

Rita legt nach: »Wenn ihr das aufklärt, wär das doch die beste Werbung für euch und eure Detektei. Die läuft ja nicht so besonders, wie man hört ...«

Ich halte inne. Kruzinesn, diese hinterfotzige Ratschkathl, schimpfe ich in mich hinein und wende mich ihnen wieder zu. Ich kann gar nicht sagen, wie es mich nervt, wie selbstgefällig sie dasteht und weiter herumg'schaftelt:

»Du hast doch einen Mann und die Bärbel. Der Opa oder deine Söhne könnten auch mal eine Zeit lang aufpassen. Dann bekommt jeder seinen wohlverdienten Schlaf.«

Jetzt nennt sie ihn also wieder Opa statt Vinzent. Auch gut.

Nun bin ich es, die ihre Hände in die Hüften stemmt. »Also gut, wenn euch der Spaß hundert Euro pro Stunde wert ist, dann übernehmen wir den Auftrag.«

Das ist durchaus ein Stundensatz, den ein Privatermittler verlangen kann. Der Bär und ich haben uns da schon informiert. Zwar beginnt das Honorar bei uns eigentlich weitaus niedriger, wird aber aufgestockt, je nachdem, was von uns verlangt wird und welchen Arbeitsaufwand wir haben.

Ohne sich mit dem Pfarrer darüber abgesprochen zu haben, ergreift Rita das Wort: »Einverstanden! Die Zeitrechnung beginnt täglich um zweiundzwanzig Uhr und endet um sechs Uhr morgens ab heute.«

Während sie das sagt, bin ich auf sie zugegangen und strecke ihr die rechte Hand hin. Ein Geschäft wird bei uns in Bayern immer mit einem Handschlag besiegelt. Sie nimmt sie und drückt fester zu, als ich es von ihr erwartet hätte. Dann reiche ich sie auch dem Pecnik. Sein Einverständnis ist mir auf jeden Fall wichtiger als ihres. Und auch er schüttelt sie. Seine Hand ist knochig und sein Druck schwach. Damit ist unser Geschäftsverhältnis wirksam.

»Von heute, Mittwoch, den 1. Mai bis nächste Woche, Mittwoch, den 8. Mai 2024 behalten wir den Friedhof im Aug, ohne Garantie auf Erfolg«, erkläre ich entschieden.

»Und die Polizei wird vorerst rausgehalten«, fügt Rita noch hinzu.

Dann hau ich ab.

Kapitel 3

Im Mai sind die Nächte noch sehr frisch. Auch diese, in der ich von zweiundzwanzig bis zwei Uhr die erste Schicht von der Friedhofsobservierung übernommen habe. Ich muss zwar um fünf Uhr schon wieder aufstehen und das Frühstück im Lindenwirt machen, aber eine Nacht mit den paar Stunden Schlaf schaffe ich schon.

Ich habe es mir auf einer Luftmatratze im überdachten und offenen Eingangsbereich vor der Kirche gemütlich gemacht und mir eine Decke um den Körper geschlungen. In einer Ecknische zwischen altem Taufbecken und Weihwasserkessel bin ich gut versteckt und ich habe das Eingangstor auf den Gottesacker und die Vorderseite der Kirche samt der schon zerstörten Gräber genau im Blick. Als Kind habe ich das letzte Mal eine Nacht im Freien verbracht. Auf dem Friedhof allerdings noch nie. Ein bisserl gruselig ist es schon, aber die in den Gräbern sind ja alle tot. Was sollten die mir also antun? Trotzdem malt sich meine Fantasie aus, dass sich dort aus dem Grab plötzlich eine Hand aus der Erde bohrt, hier ein Schatten vorüberhuscht und von hinter der Kirche ein unheimliches Stöhnen zu mir dringt. Eine Gänsehaut nach der anderen jagt mir über den Rücken. Der Schatten, der sich da auf mich zubewegt, ist aber real und keine Sinnestäuschung. Je näher er kommt, desto besser kann ich erkennen, um was für ein Wesen es sich dabei handelt. Ich bin so was von erleichtert, als mich mein Kater Edi mit einem Miauen begrüßt. Prüfend beschnuppert er die Luftmatratze und steigt dann vorsichtig darauf, um auf meinen Schoß zu klettern. Er lässt sich erst einmal ausgiebig von mir kraulen und schnurrt dabei auf Teufel komm raus.

»Das ist aber nett von dir, dass du mir Gesellschaft leistest, du Nachtstreuner«, freue ich mich, dass er da ist. »Jetzt gruselt es mich gleich gar nicht mehr so.«

Schon bei unserer ersten Begegnung hab ich gespürt, dass Edi ein ganz besonderer Kater ist. Durch seine Körpersprache gibt er mir Antwort, wenn ich mich mit ihm unterhalte. Dadurch hat er mir schon oft geholfen. Natürlich kann das auch rein meiner Interpretation oder Einbildung geschuldet sein, aber ich bin davon überzeugt, dass er mich versteht. Also erzähle ich ihm auch von meinem Tag: »Heute Mittag hab ich sofort den Bär angerufen und ihm von unserem neuen Auftrag berichtet. Natürlich war er nicht begeistert, dass wir uns eine Woche lang die Nächte auf dem Friedhof um die Ohren schlagen sollen. Aber als er dann unseren Lohn dafür erfahren hat, war er schon besser gestimmt. Ich hab ihm versprochen, wenigstens für ein paar Stunden Ablösung für uns zu organisieren. Am Wochenende haben zum Beispiel der Toni und meine Söhne mal Zeit, um ein paar Stunden Wache zu halten. Bärbel will ich gar nicht erst fragen, denn sie arbeitet sowieso schon so viel. Und den Opa auch nicht. Mit seinem von zwei Herzinfarkten gebeutelten Herz braucht er seinen Schlaf und wär mit seinen fünfundachtzig Jahren auch gar nicht fähig dazu, einen Friedhofsschänder zu stellen. Freilich gehe ich davon aus, dass derjenige unbewaffnet ist. Vielleicht hat er grad noch eine Schaufel dabei, um die Erde besser verstreuen zu können. Bis jetzt aber keine Spur von ihm oder ihr.«

Edi dreht sich ein paar Mal im Kreis, um die beste Ruheposition auf meinen Oberschenkeln zu finden. Dann lässt er sich darauf nieder und rollt sich zusammen.

»Anscheinend ziemlich langweilig, was ich dir da sag, hm?«

Seine Augen sind nur noch schmale Schlitze. Egal, ich rede einfach weiter, weil mich das ablenkt: »Am Abend hab ich auch gleich den Familienrat einbestellt. Lukas war heut sowieso kurz da, weil der Burschenverein den Maibaum aufgestellt hat. Ihn kann ich schon mal nicht einteilen, weil er morgen mit Suri zu ihren Eltern nach Mannheim fährt. Ihre Mutter wird operiert und sie helfen beide in dem Thaifood-Restaurant aus, damit ihr Vater das nicht ganz allein stemmen muss. Und Quirin ist mitsamt seiner Familie gestern

Abend nach Mallorca geflogen. Wie kann man nur mit einem vier Monate alten Baby schon in den Urlaub fliegen?«

Im Januar ist der zweite Sohn von Quirin und Vroni auf die Welt gekommen. Sie haben ihn Gabriel genannt. Nach Michael also der zweite »Erzengel« in unserer Familie.

»Vielleicht urlaubt es sich mit zwei solchen Engeln leichter. Auf jeden Fall werden der Bär und ich das irgendwie rumkriegen müssen. Mir grauts davor und ich ärgere mich, dass ich mich von Rita habe breitschlagen lassen.«

Ich gähne, stelle fest, dass Edi nun tief schlummert und schiele schon wieder auf die Uhr. Kurz vor zwei Uhr. Meine Schicht ist gleich zu Ende. Mir kommt die Wanderung mit Babsi am Nachmittag wieder in den Sinn. Ich bin natürlich mit dem Auto bis zu ihrem Haus am Keltenberg gefahren. Von dort sind wir gemeinsam über den Tatzelwurm, der Essinger Holzhängebrücke über dem Rhein-Main-Donaukanal, auf die andere Talseite spaziert und dann nach ein paar Metern links auf dem Wanderweg in den Wald eingetaucht. Dann kommt bald die Abzweigung rechts hinauf zum Maifelsen. Auf dem schmalen Pfad, der gesäumt ist von einem moosigen und üppig grünen Märchenwald, gehts in Kehren steil bergauf. Unterwegs fielen mir ein paar zerbrochene Tonscherben auf. Sie waren aber noch zu neu, um als prähistorisch durchzugehen. Oben angekommen erreicht man das Felsplateau. Schnaufend und schwitzend sind Babsi und ich dort angelangt. Und was haben wir vorgefunden? Ein erloschenes Lagerfeuer, das wir auch so erwartet haben, nachdem sie mir nochmals ihre Beobachtungen der vergangenen Nacht geschildert hatte. Ihr war eingefallen, dass dies die Walpurgisnacht gewesen war. Nun ja, ich glaube nicht an Geister, Gespenster, Hexen und die ganzen Gestalten, aber es gibt natürlich Menschen, die sich davon faszinieren lassen oder sogar glauben, selbst so was zu sein. Meinetwegen, dann hat sich halt hier in der Walpurgisnacht ein Spinner oder eine Spinnerin ein Feuerchen gemacht und sich als Hexe gefühlt. Jedenfalls war dort keine Leiche rumgelegen und es wurde auch kein Tier geopfert. Offenes Feuer ist allerdings bei uns im Wald untersagt. Aber wo kein Kläger, da kein Richter. Babsi und ich hatten uns auf der ziemlich morschen verwitterten Bank niedergelassen, den Ausblick ins Tal genossen und mal wieder ausgiebig geratscht. Sie hatte sogar daran gedacht, eine Thermoskanne mit Kaffee und zwei Stück Marmorkuchen in einer Tupperdose in ihrem Rucksack mitzuschleppen, so dass wir auch noch ein kleines Picknick machen konnten. Mich fasziniert ihr Starleben wirklich und ich bewundere sie, wie sie den Spagat zwischen der Präsenz auf der Bühne und in der Öffentlichkeit und ihrem Privatleben hinbekommt. Ich wäre jedenfalls absolut genervt, wenn mich die Leute auf der Straße erkennen würden und andauernd Autogramme oder Fotos mit mir wollten. Außerdem könnte ich nie vor tausenden Menschen da oben stehen und zwei Stunden lang das Publikum zum Lachen bringen. Das ist halt eine Gabe, genau wie mein kriminalistischer Spürsinn.

Der meldet sich allerdings jetzt grad überhaupt gar nicht. Ich gähne schon wieder. Und dann tauchen auch schon die dunklen Umrisse vom Bär am Tor auf. Er war schon mal schlanker, stelle ich wieder einmal fest. Noch als Polizist hatte er über zwanzig Kilo abgespeckt, aber seit er nur noch Geld herumkutschiert, wie er seine Arbeit bezeichnet, hat er wieder zugenommen. Zwar ist er noch nicht wieder ganz zur alten Form eines Bären, denn dem plüschigen Tier ähnelt er optisch tatsächlich, zurückgekehrt, aber fast. So mag ich ihn jedenfalls lieber. Das passt auch besser zu seinem gemütlichen und behäbigen Charakter. Eigentlich hat er sich nie zum Bullen geeignet, auch weil er kein Blut und keine Leichen sehen kann und Gewalt verabscheut. Außerdem ist er ziemlich empfindlich und schnell eingeschnappt. Aber innendrin ist er halt ein lieber Kerl und ich kenne ihn inzwischen in- und auswendig. Darum habe ich ihn auch als Partner an meiner Seite.

Ich gebe mich mit einem Winken zu erkennen und er kommt auf mich zu. Er erkennt Edi in meinem Schoß. »Hast Gesellschaft gekriegt?«

»Mein treuer Freund.«

»Bin ich auch«, stellt er fest und fragt: »Und? War was?«

»Nix!«

»War ja klar, dass sich das ziehen wird«, mosert er. Er hat sich in einen schwarzen Jogginganzug eines bekannten Sportbekleidungsherstellers geschmissen, allerdings dabei übersehen, dass die weißen Streifen auf der Seite alles andere als gute Tarnung sind. Aber darauf werde ich ihn ganz sicher nicht hinweisen. Er lässt sich neben mir ächzend auf die Luftmatratze plumpsen, so dass Edi erschrocken davonstürmt. Schisser-Kater! Er hätte mich jedenfalls nicht vor einem Zombie verteidigt!

»Geh ins Bett!«, befiehlt der Bär mir. »Du musst früh raus.«

»Du nicht?«

»Ich fang erst um zehn an, dann kann ich in der Früh noch ein paar Stunden schlafen.«

»Da hast du wirklich einen tollen Job«, kommentiere ich seine angenehmen Arbeitszeiten.

Er zieht eine Lätschn. »Dafür muss ich abends länger.«

Ich erhebe mich mühsam und strecke mich ächzend durch. So eine Luftmatratze ist halt für meine alten Knochen auch nicht grad der beste Ruheplatz.

»Pscht!«, mahnt mich der Bär eindringlich.

»Sorry, hab nicht mehr dran gedacht.«

Aber er motzt mich weiter an: »Wenn der Grabschänder grad draußen vor der Mauer gestanden hat, hast du ihn jetzt bestimmt vertrieben.«

»Ich glaub nicht, dass der hier noch mal auftaucht«, tue ich meine Vermutung kund. »Das waren wahrscheinlich ein paar Jugendliche, die eine Mutprobe veranstaltet haben.«

»Aber haben die auch diesen komischen Spruch über die Tür geschrieben?«, grübelt er. »Was stand da schon gleich wieder?«

»Du hast nichts getan.«

Der Bär wiederholt nachdenklich. »*Du hast nichts getan.*«

»Normalerweise wirft man jemandem vor, was er getan hat und nicht nix«, analysiere ich. Ich hab mir darüber auch schon den Kopf zerbrochen.

»Es gibt doch auch unterlassene Hilfeleistung«, fällt dem Bär ein Strafbestand aus dem StGB ein.

Paragraf 323 c oder so, wenn ich recht erinnere.

»Ja, aber schreibt man das über eine Kirchentür?«

»Vielleicht soll das ein Vorwurf an den Herrgott sein.«

Ich rümpfe die Nase. Schon seit der Taufe gehöre ich, wie im tiefsten Bayern halt so üblich, der katholischen Kirche an und bin eigentlich eine ganz passable Christin, glaube ich zumindest. Soweit es mir möglich ist, halte ich mich an die Gebote. Allerdings kann ich mir in der heutigen aufgeklärten Zeit nicht vorstellen, dass jemand die Schuld an etwas Gott gibt. Indirekt vielleicht, aber doch nicht mit einem hingeschmierten Vorwurf an der Kirche. Was soll das auch bringen?

»Ich glaub eher, das sollt jemand lesen, der da öfter vorbeikommt oder durch die Tür geht«, teile ich ihm meine Schlussfolgerung mit.

»Du meinst die Rita?«

»Oder den Pfarrer.«

Der Bär grinst breit. »Dem Opa würd ich es jedenfalls zutrauen, dass er seiner Verflossenen eine mahnende Botschaft hinschmiert, nur um sie zu schocken.«

»Spinnst du!«, rege ich mich auf. »Der kommt doch gar nicht da rauf.« Aber dann fällt mir ein, was der Alte schon alles fertiggebracht hat: eine Bürgerwehr ins Leben gerufen, ungenehmigte Demos organisiert, eine Anti-Sekte-Gruppe und einen Fanclub gegründet. Und jedes Mal spielten dabei vom Opa geschriebene Plakate, Banner oder Schilder eine große Rolle, um seine Meinung kundzutun. Das Geschmier an der Kirche würde also sehr wohl zu ihm passen, auch um seine Ex Rita ein bisserl zu ärgern. Dass ich da noch nicht eher draufgekommen bin?

Der Bär merkt mir wohl an, was ich grad denke. »Siehst, so verkehrt ist das mit dem Opa gar nicht.«

»Das würd auch erklären, warum die Rita so dagegen war, die Polizei einzuschalten. Sie will einfach nur, dass ich den Opa auf frischer Tat ertapp und ihn wieder mal in seine Schranken weise, weil sie zu feige dazu ist«, erweitert sich meine Erkenntnis immer mehr. »Aber Gräber verwüsten, das tut er nicht. Nein, dazu ist er niemals fähig.«

Der Bär schmunzelt. Das kann ich im Schein der Friedhofslaterne genau erkennen. »Am besten, du redest einfach mal mit ihm. Und jetzt schleich dich!«

Er rutscht auf der Matratze nach hinten und lehnt sich mit verschränkten Armen gegen die Mauer.

»Schön wach bleiben, gell!«, mahne ich ihn und mache mich, begleitet von Edi, davon.

Kapitel 4

Bei der Arbeit bin ich an diesem Morgen saumüde. Ich habe nach der Observierung auf dem Friedhof einfach nicht einschlafen können, weil ich kalte Füße gehabt habe und nicht mit dem Grübeln aufhören konnte.

Ich schütte schon den dritten Kaffee in mich hinein und muss mich zum Freundlichsein sehr anstrengen, als Bärbel wie üblich um kurz vor neun erscheint. Sie lässt sich am ultramodernen Kaffeevollautomaten am Frühstücksbuffet auch einen Cappuccino raus und setzt sich dann an ihren Stammplatz, der sich gleich am nächsten zur Schiebetür in die Küche befindet. So kann sie mich jeden Morgen mit dem neuesten Tratsch versorgen, den sie tags zuvor am Stammtisch mitgekriegt hat.

Bevor ich bei ihr gearbeitet habe, haben mich die Gerüchte im Dorf eigentlich wenig interessiert. Ich mag es nicht, wenn Halbwahrheiten herumerzählt, Dinge aufgebauscht oder sogar was dazu erfunden wird, um es noch sensationeller auszuschmücken. Aber bei meinem letzten Fall mit einem Toten auf unserer Burg und zwei verschwundenen Mordsbräuten waren mir Bärbels Infos eine große Hilfe. Darum gehört sie auch zu meinen Informantinnen. Schon wenn sie mich auf diese gewisse Weise mit ihren braunen, großen Augen anschaut, weiß ich, dass sie was in petto hat. Trotz der harten Arbeit und der ständigen Anwesenheit als Chefin bei allen Anliegen ihrer Gäste und Angestellten, hat sie sich eine bewundernswerte Locker- und Fröhlichkeit bewahrt. Ich habe sie noch nie grantig oder wütend erlebt. Deshalb wirkt meine zierliche Mitte vierzigjährige Freundin mit dem braunen Lockenkopf wohl auch noch so jugendlich.

»Hast du es schon gehört?«, fragt sie mich schließlich, als ich mal wieder mit einem leeren Gefäß an ihr vorbei in die Küche steuere. Diesmal ist es der Spender für die Erdbeermarmelade.

»Meinst du die zerstörten Gräber auf dem Friedhof oder das Feuer auf dem Maifelsen vorletzte Nacht?«

»Oha!«, staunt sie und runzelt die Stirn. »Wie ich hör, bist du auf dem neuesten Stand.«

Ich breite die Arme aus und schwelle stolz die Brust. »Hey, ich hab eine Detektei. Es ist quasi mein Job, über alles, was in Essing vorgeht, im Bilde zu sein.«

»Früher hast du das gar nicht gemocht und immer über den Tratsch geschimpft.«

»Früher hab ich mein Geld auch noch beim Staat verdient.«

Sie lacht auf und ihre Locken wackeln dabei. Das mag ich so gern an ihr.

»Ich sag dir also nix Neues, wenn die Katzmeier Rita überall herumerzählt, dass sie glaubt, die Hex hätt die Gräber geschändet.«

»Geschändet ist was anderes«, korrigiere ich. »Es sind halt ein paar Blumen ausgerissen, Laternen umgeschmissen und Erde verstreut, aber keine Toten ausgegraben worden.« Dann erst stutze ich. »Welche Hex?«

»Na, die, die oben am Waldrand in der Dorfdisco wohnt. Ich hab dir doch schon von dem spinnerten Weib erzählt.«

Jetzt fällt mir wieder ein, wen sie meint: Die Dorfjugend hat seit Generation eine kleine Hütte, Dorfdisco genannt, in der sie sich am Wochenende treffen, Partys feiern und ihre Gaudi haben. Auch ich war dort in meiner Sturm- und Drangzeit Stammgast. Inzwischen war sie zweimal ein Tatort und wurde auch einmal samt einem Mordopfer niedergebrannt. Der damalige Bürgermeister und einige Essinger Sponsoren haben den jungen Leuten dann eine neue Hütte spendiert. Hütte ist eigentlich nicht mehr die richtige Bezeichnung für das kleine Häusl, denn es schaut eher aus wie ein kleines Wohnhaus oder eine Garage. Weil es halt so weit außerhalb des Dorfes liegt, gibt es jetzt eine Brauchwasserzisterne, eine Mobiltoilette und ein Stromaggregat. Allerdings haben die Essinger Jugendlichen die Dorfdisco in den letzten Jahren nur mehr sehr wenig genutzt, weil andauernd so viele private Feste und andere Feiern stattfanden, dass sie den Treffpunkt nicht mehr brauchten. Auch mit ihrem Einverständnis hat der neue Bürgermeister nun die Hütte an diese Pandora, wie sich die seltsame Frau nennt, vermietet. Sie wollte unbedingt dort ihr Domizil einrichten, wie die Gerüchte besagen. Zum Wohnen wäre mir das schon sehr abgelegen, einsam und auch spartanisch, aber ihr scheint das nichts auszumachen. Sie braut angeblich irgendwelche Tränke, sammelt und trocknet Kräuter und bietet ihre hellseherischen Fähigkeiten als Dienstleistung an. Überall im Dorf waren auf einmal Plakate von ihr gehangen. So hat sie natürlich schnell den Titel Hexe erhalten. Wie man hört, sieht sie mit ihren roten Haaren auch noch wie eine aus. Ich habe sie allerdings noch nie gesehen. Nun hat also Essing auch eine Hexe und, kaum, dass sie ein paar Wochen hier ist, machen auch schon Gerüchte über sie die Runde.

»Die Rita behauptet, diese Pandora hat das getan?«, versichere ich mich. Mir gegenüber hat sie kein Wort davon erwähnt.

Bärbel nickt eifrig. »Der Gumplinger Fritz war gestern am Stammtisch und hat das verlauten lassen. Die Rita und er sind anscheinend grad ganz dick.«

»Der Gumplinger und die Rita?«, kann ich es nicht glauben und lache spöttisch.

Der Gumplinger ist ein alter, ungepflegter Witwer und Kleinbauer. Der wortwörtlich so zu bezeichnende Saustall auf seinem Hof setzt sich bei seinem Erscheinungsbild fort, denn er hat nur abgetragene Kleidung an. Seine grauen Haare hängen ihm in fransigen Strähnen ins faltendurchfurchte Gesicht und auch sein Körpergeruch ist alles andere als angenehm. Rita ist das pure Gegenteil: überaus reinlich, immer adrett gekleidet und frisiert und ordentlich.

»Anscheinend hat sie wieder jemanden gefunden, den sie herumkommandieren kann«, vermutet Bärbel ironisch.

Sie spielt damit auf den Opa an, der wie schon erwähnt eine Zeit lang unter der Fuchtel von Rita gestanden hat. Damals hab ich mich wirklich gefragt, wie lang seine Verliebtheit anhält und ihre Kochkünste ihm noch die Sinne vernebeln. Bis letzten Juli hat es gedauert. Damals hat er mit einem ziemlich attraktiven weiblichen Gast im Lindenwirt geflirtet und das war Rita zu Ohren gekommen. Der Opa steht halt auf hübsche Blondinen, aber mehr als mit ihr geschäkert hat er ja nicht. Traurigerweise war Ritas Scham über den Spott der Leute der Grund, warum sie ihn auf die Straße gesetzt hat und nicht wegen ihrer Eifersucht. Also hat sie ihn auch gar nicht wirklich geliebt und das hat wohl auch der Opa kapiert, denn er war recht schnell drüber hinweggekommen.

»Und was hat der Gumplinger genau gesagt?«, forsche ich.

Bärbel reißt die Augen weit auf, fährt mit den Händen durch die Luft und verstellt ihre Stimme geheimnisvoll. »Na, dass die Hex mit dem Teufel im Bunde sei und sie deshalb den geweihten Acker entehrt hätt.«

»So ein Schmarrn!«, tue ich kopfschüttelnd ab und gehe endlich in die Küche, um die Marmelade in dem Spender aufzufüllen.

Nachdem ich ihn wieder aufs Buffet gestellt und alles auf Vollständigkeit kontrolliert habe, kehre ich zu Bärbel zurück. »Und was ist mit dem Feuer auf dem Maifelsen? Das war die Hex wahrscheinlich auch, oder?«

»Ja, freilich!«, stimmt Bärbel mir übertrieben höhnisch zu. »Zuerst hat sie sich auf dem Maifelsen mit dem Teufel gepaart, wie die Hexen das halt in der Walpurgisnacht so machen, und dann ist sie auf den Friedhof.«

»Das glaubt die Rita doch selbst nicht«, spotte ich wieder. »Für was hat sie mich dann damit beauftragt, eine Woche lang in der Nacht den Friedhof im Aug zu behalten?«

Bärbel beugt sich ungläubig über den Tisch. »Hat sie nicht, oder?«

Diesmal bin ich es, die eifrig nickt. »Was denkst, warum ich heut so müd bin?«

»Und?«

»Was und?«

»Na, war die Hex wieder da?«

»Nein!«, tue ich ab. »Niemand war da. Zumindest in meiner Schicht bis zwei Uhr. Der Bär hat mich abgelöst und er hätt mich angerufen, wenn was gewesen wär.«

»Vielleicht solltest du diese Pandora trotzdem mal unter die Lupe nehmen«, schlägt Bärbel vor.

Damit spricht sie an, was ich mir eh schon denke. »Ja, das sollt ich wohl tun ...«

Ein Gast mit einer leeren Schinkenplatte steht auf einmal neben mir und ich erschrecke, weil ich so in Gedanken war. »Gibts noch Schinken?«

Mit einem überfreundlichen Lächeln, nehme ich ihm die Platte ab und versichere ihm, dass ich sofort welchen bringen werde. Dann eile ich auch schon in die Küche.

Kapitel 5

Der Opa wohnt nun schon seit einem Dreivierteljahr allein in einem Apartment auf dem Steininger-Hof. Der war vor ein paar Jahren noch der größte landwirtschaftliche Betrieb in Essing, bis sein Besitzer vergiftet und sein einziger Sohn einen Kletterunfall nicht überlebt hat. Seitdem hat der Hof viele Besitzer gehabt, zum Schluss nun hat die Gemeinde das Areal übernommen, die Hallen und Ställe als Stellplätze für Wohnwagen und Autos vermietet und das alte Bauernhaus zu vier Apartments umgebaut. In einem davon habe ich also meinen Schwiegervater untergebracht, nachdem ihn Rita rausgeschmissen und Toni und ich keinen Platz mehr daheim für ihn hatten. Die drei anderen jungen Bewohnerinnen kümmern sich wirklich prima um ihn. Jirina und Tuk, zwei ehemalige Prostituierte, waren in den letzten Mordfall auf der Burg verwickelt. Sie sind mir dankbar, dass ich ihnen geholfen habe, auf dem Steininger-Hof bleiben zu dürfen und Jobs zu finden. Die Tschechin und die Vietnamesin betüddeln ihn wie ein kleines Kind. Und Kerstin, die dritte Babysitterin für den Opa, ist Tonis zweiundzwanzigjährige ziemlich hübsche Tochter aus erster Ehe. Sie wohnt gleich gegenüber vom Opa im Obergeschoss und auch sie schaut immer wieder nach ihm. Das ist keine Selbstverständlichkeit, ist er doch ein anstrengender alter Grantler mit einer hinterwäldlerischen Weltanschauung, einem großen Appetit und nicht besonders anständigen Manieren. Allerdings kann er gut mit den drei jungen Frauen, die er beinahe als seine Enkelinnen betrachtet, und sie mögen ihn wie ihren Großvater.

Ich mache mich also nach Feierabend und einem Mittagsschläfchen, nachdem ich mich schon besser fühle, auf meine übliche Walkingrunde am alten Ludwigkanal entlang. Der schließt sich östlich an das alte Dorf gleich hinter dem Steininger-Hof an. Er liegt also quasi auf meinem Weg und da besuche ich doch gleich mal den Opa, um ihn unverfänglich wegen dem Geschmier über der Kirchentür auszuhorchen.

Er sitzt mit Kerstin auf der Bank vor dem Haus, als ich darauf zu stöckle. Offenbar trinken sie grad miteinander Kaffee, denn auf dem Tisch vor ihnen stehen zwei Haferl und ein angeschnittener Kuchen. Wir grüßen uns.

»Du kommst grad richtig«, freut sich Kerstin und will aufstehen. »Magst auch einen Cappuccino?«

»Nein, danke«, lehne ich ab und hebe meine Stöcke demonstrativ hoch. »Ich hab schon was anderes vor.«

Kerstin setzt sich wieder und schmunzelt. »Auf alle Fälle gesünder als das hier.«

Ich wende mich an den Opa, der richtig aufgeblüht ist, seit er hier mit den drei Mädels wohnt. Meine Angst, dass sie mit dem eigensinnigen Alten nicht zurechtkommen würden, oder anders herum, war völlig unbegründet. Da soll noch mal einer sagen, wir hätten ein Generationenproblem.

»Was führt dich hierher?«, fragt er mich.

»Nachschauen, wie es dir geht.«

Neugierig legt er den Kopf schief. »Du wolltest mir doch bestimmt erzählen, dass die Detektei einen neuen Auftrag hat, oder?«

Der Opa war ein begeisterter Befürworter zur Gründung der Detektei und hat sich auch gleich als unser Informant angeboten. Seitdem will er in all unsere Aufträge eingeweiht werden, damit er uns tatkräftig unterstützen kann. Wie auch immer er das in seinem Alter und mit seinen Gebrechen vorhat, aber mir ist wohler, wenn er brav daheimbleibt. Doch anscheinend ist er bestens informiert, woher auch immer.

Darum gebe ich mich geschlagen. »Der Pfarrer hat uns engagiert, um die Verwüstung der Gräber vorletzte Nacht aufzuklären.«

Aber der Opa kennt den wahren Auftraggeber. »Das hat euch doch die Rita angeschafft, oder nicht?«

»Das ist doch egal«, tue ich ab. »Hauptsache die zahlen gut.«

Energisch winkt er ab. »Also, wenn die mit im Spiel ist, bin ich raus.«

Typisch Opa! Er nimmt sich schon wieder viel zu wichtig.

»Dich können wir dabei auch gar nicht brauchen.«

Er verschluckt sich fast an seinem Kaffee, von dem er grad getrunken hat, und regt sich auf: »Nicht brauchen! Nicht brauchen! Dann brauch ich dir ja auch nicht sagen, dass ich das G'schmier über der Sakristeitür genau gelesen hab, bevor die Rita es mühsam weggewaschen hat.«

Kerstin verdrückt sich ein Kichern. »Der Opa hats mir auch grad erzählt: *Du hast nichts getan.* Sehr mysteriös, oder?«

»Allerdings«, ergebe ich mich. Rita hat sich also umsonst bemüht, diese Schrift geheim zu halten, denn sie macht offensichtlich schon die Runde.

»Das war die Hex, wer denn sonst«, urteilt der Opa eifrig. »Am besten du schickst deine ehemaligen Kollegen gleich zu der in die Dorfdisco und lässt sie verhaften, wegen Störung der Totenruhe, mutwilliger Beschädigung fremden Eigentums und Erregung öffentlichen Ärgernisses oder wie man das alles nennt.«

»Du kennst dich ja aus«, lobe ich ihn. »Aber dafür brauchen auch der Erdem und der Henry Indizien, mein lieber Vinzent.«

Als ich den Namen Erdem erwähne, zuckt Kerstin merklich zusammen. Die hübsche Brünette mit dem halblangen Pagenschnitt und der Eins-a-Figur war dem türkischstämmigen Kommissar nämlich schon einmal verfallen. Aber ihre Affäre hat nicht lang gedauert, wie alle, die der südländische Macho anfängt. Toni und ich wollten sie davor bewahren, aber sie hatte nicht auf uns gehört. Glücklicherweise hat sie es selbst bald kapiert, was für ein selbstgefälliger, egoistischer und beziehungsunfähiger Typ Erdem ist. Er ist auch ein Grund, warum ich meinen Job als Kommissarin aufgegeben hab. Es war einfach unmöglich, einigermaßen mit ihm auszukommen, weil er nur so vor Arroganz strotzt und ein G'schaftlhuber ist. Gegen die bin ich einfach allergisch.

Der Opa ahnt meinen wahren Antrieb. »Ich merk schon, du willst die Sache selbst aufklären und es den Kommissaren dann auf dem Silbertablett servieren, damit sie blöd dastehen.«

»Das habe ich überhaupt nicht vor«, verteidige ich mich. »Für solche Banalitäten sind die gar nicht zuständig. Außerdem wollten Rita und der Pfarrer vorerst die Polizei raushalten und ...«

»Und was?«

»Und ich hab da so eine Ahnung, warum sie das unbedingt wollen.« Ich betrachte ihn durchdringend und abwartend, damit er selbst draufkommt, worauf ich anspiele.

Mampfend entrüstet er sich, so dass Kuchenbrösel in alle Richtungen fliegen: »Was schaust du jetzt mich da so an?«

»Ich glaub, die Rita hat einen Verdacht ...«

»Ja, die Hex wars!«, kommt es von ihm wie aus der Pistole geschossen.

»Eher jemand, von dem sie glaubt, dass er sie ärgern will.«

Kerstin verkneift sich schon wieder das Lachen und es wird ein Grunzer draus.

Jetzt begreift er, worauf ich hinauswill. Er prustet übertrieben empört los, so dass sich weitere Kuchenteile über den Tisch verteilen. Schnell rettet Kerstin ihr Haferl, nimmt es an sich und bedeckt es mit der anderen Hand.

»Das ist ja eine infame Unterstellung! Ich zerstör doch nicht irgendwelche Gräber! Was du mir da zutraust, das tut mir gewaltig weh, Maria.«

»Ich mein auch nicht die Gräber, sondern das G'schmier«, korrigiere ich. Nun ist genau das eingetreten, was ich eigentlich vermeiden wollte: Er regt sich auf und ist beleidigt.

Mit zusammengekniffenen Augen und vor der Brust verschränkten Armen blickt er mich aus seinem rot angelaufenen Gesicht vorwurfsvoll an. »Wenn ich der Rita eine Botschaft hinschreiben tät, dann würd ich das auf ihrem Haus machen. Und zwar eindeutig, und so, dass es jeder lesen kann: Du bist eine scheinheilige, drangsalierende und bösartige Schlange.«

»Für so einen langen Satz ist ihr Haus doch viel zu klein«, amüsiert sich Kerstin und hilft ihm: »Der Opa könnt sich so einen Text wie *Du hast nichts getan* gar nicht ausdenken. Was sollt er auch damit aussagen wollen? Die Rita hat ja was getan. Sie hat ihn nämlich rausgeschmissen.«

»Genau!«, pflichtet ihr der Opa mit stolz erhobenem Haupt bei. »Und jetzt schleichst dich, Maria, bevor ich kündige und du dir einen anderen Informanten für deine Detektei suchen musst.«

Jetzt übertreibt er es aber wirklich, aber ich habe in Anbetracht seines angeschlagenen Herzens ein Einsehen. Er soll nicht wieder einen Infarkt oder einen Schwächeanfall kriegen. Ich schnaufe tief durch, verdrehe dabei die Augen und wende mich zum Gehen. »Pfiat euch!«

»Aber ich will ja mal nicht so sein«, ruft er mir hinterher. »Wenn ich was erfahr, dann meld ich mich.«

Ich schaue mich noch mal kurz um, zwinge mich zu einem breiten Grinsen, winke und stöckle davon.

Kapitel 6

Ich walke weiter auf dem Radweg in Richtung Kelheim, wechsle dann bei der nächsten Ortschaft Au über die Staatsstraße und stampfe beim Parkplatz der Tropfsteinhöhle bergauf am Waldrand entlang auf dem Jurawanderweg. Auf halber Höhe hat man hier einen wunderbaren Blick über das Tal, die Felder und die Häuser von Altessing, dem Ortsteil von Essing, in dem ich wohne, in der Ferne. Der Mai ist mein Lieblingsmonat, denn ich mag das saftige Grün, das jetzt überall sprießt, das wilde Gezwitscher der Vögel, die wärmenden Sonnenstrahlen und die Frühlingsbrise. Hier am Wald kann ich es besonders genießen. Allerdings erschnuppere ich einen fauligen Geruch, als ich der ehemaligen Dorfdisco immer näherkomme. Die Hexe ist anscheinend auch grad dabei, einen ihrer Tränke zu brauen, weil ein Kessel über dem Lagerfeuer an einem Dreibein baumelt und sie konzentriert darin rührt. Ich komme mir vor wie Gretel aus dem Märchen der Gebrüder Grimm, als sie mit Hänsel das Hexenhaus entdeckt.

Auf einem Schild am Häusl steht groß *Pandora - Medium und Heilerin* in geschnörkelter Schrift. Sie selbst ist eigentlich nur an den roten, langen und gelockten Haaren als Hexe zu erkennen. Ansonsten wirkt sie wie eine ganz normale Frau um die Fünfzig. Sie hat wie ich ein paar Pölsterchen an Bauch, Hüfte und Schenkeln, trägt Jeans und T-Shirt und grüßt mich mit einem freundlichen »Servus!«.

Ich grüße zurück und weiß nicht, wie ich ein Gespräch beginnen soll.

Doch sie übernimmt das: »Du bist die Maria Meierhofer, gell?«

Ich stutze, weil sie mich anscheinend kennt. Ich sie nicht. »Das war mein Mädchenname.«

Sie haut sich mit ihrer Hand auf ihre Stirn. »Ach ja, du hast ja geheiratet. Zweimal, wenn ich mich recht entsinn. Dein erster Mann ist tödlich verunglückt.«

Sie bringt mich immer mehr zum Staunen. Woher weiß sie das alles?

Lächelnd legt sie ihren Kochlöffel auf ein Tischchen neben dem Feuer, auf dem auch noch allerlei andere Gefäße und Zutaten liegen und stehen. Dann tritt sie vor mich. Ihre grünen Augen blitzen, als sie mir ihre rechte Hand hinstreckt. »Ich bins, die Dora Palfinger.«

Mein Hirn rattert und kramt die Datei mit den abgespeicherten Namen aus meiner Kindheit hervor. Natürlich! Die Dora!

Ich bin mit ihr in eine Klasse gegangen. Soweit ich mich erinnere, sind ihre Eltern irgendwo aus Franken nach Essing gezogen, als wir in der zweiten oder dritten Klasse waren. Damals hatte sie allerdings einen blonden Lockenkopf und war ziemlich still und zurückhaltend, aber ich habe sie gemocht. Sie hat sich viel mit Aberglauben und Mystik beschäftigt, und andauernd Fantasyromane über Drachen, Hexen und andere Fabelwesen gelesen. Ich habe immer versucht, sie aus ihrem Zimmer zu holen und in unsere Mädels-Clique zu integrieren, aber irgendwie hat sie niemanden so nah an sich herangelassen. Sie hat immer eine seltsame Aura umgeben, durch die sich niemand getraut hat vorzudringen. Aber dann ist sie mit ihrer Mutter weggegangen, als wir in der zehnten Klasse waren. Das war kurz vor den Abschlussprüfungen an der Realschule. Es hat geheißen, dass sich ihre Eltern scheiden lassen haben. Ihr Vater wohnt immer noch in Essing in der Altmühlgasse.

Ich nehme also ihre Hand und drücke sie fest. »Dora! Du bist wieder zurück in Essing?« Während sie meine Rechte festhält, ist mir, als übertrage sich bei unserer Berührung eine wärmende Energie von ihr auf mich. Schnell entziehe ich sie ihr und sie grinst wieder, diesmal mit einer Spur Überlegenheit in ihrer Mimik. Unheimlich!

»Ja, hier hab ich einen Teil meiner Kindheit verbracht«, gesteht sie mir. Ihre Stimme wird traurig, als sie weiterspricht: »Mein Mann ist im Januar gestorben und ich bin sozusagen auf Neuorientierung. Da hat sich Essing wieder aus den Untiefen meines Gedächtnisses gegraben.«

»Das tut mir leid«, bedauere ich und mir ist meine Neugier peinlich. »Also, das mit deinem Mann.«

Aber es scheint ihr nix auszumachen, über ihren Verlust zu reden. »Wolfgang hatte Krebs. Ich konnt nix mehr für ihn tun.«

»Du bist Heilerin?«, forsche ich.

Sie nickt. »Du weißt doch bestimmt noch, dass mich das immer schon interessiert hat: Naturheil- und Kräuterkunde.«

»Aber allein damit kann man Krebs nicht heilen.«

Dora schnaubt verächtlich. »Aber unser Gesundheitssystem auch nicht. Wolfgang hat die Krebstherapie abgelehnt.«

Ich habe schon von solchen Verweigerern gehört, die sich ganz auf natürliche Medizin oder irgendwelche selbst ernannten Wunderheiler verlassen und jämmerlich zugrunde gegangen sind. Aber über meine Ansichten dazu will ich mit ihr jetzt nicht diskutieren.

»Wie gehts deinen Eltern?«, lenke ich auf ein anderes Thema ab.

Dora kehrt zurück zu ihrem Braukessel und rührt wieder. »Meine Mutter ist schon vor ein paar Jahren gestorben und zu meinem Vater hab ich keinen Kontakt mehr, seit ich vor fünfunddreißig Jahren von hier weg bin.«

»Ich hab gedacht, du wärst auch wegen ihm zurückgekommen.«

Ohne ihre Arbeit zu unterbrechen, redet sie weiter: »Der Scheidungskrieg zwischen meinen Eltern war furchtbar. Ich wollt ihn nie wiedersehen.«

Damit scheint für sie das Thema abgehakt. Sie holt ein paar Holzscheite, die zwischen Mobilklo und Hütte gestapelt sind, und wirft sie in das Feuer.

Es ist direkt unheimlich, wie sie in die Flammen starrt. Als hätte sie grad ihren Vater statt der Scheite hineingeworfen und sehe jetzt genugtuend dabei zu wie er verbrennt.

Auf einmal raschelt es im Gebüsch neben der Hütte und ein borstiges, fettes Etwas drängt sich heraus. Ein Hängebauchschwein würde ich sagen. So ein Tier ist hier nicht so üblich und vor allem ist das da nicht eingesperrt. Also habe ich doch ein bisserl Respekt, als es auf mich zukommt und meine Füße beschnuppert.

Dora lacht auf. »Keine Angst! Das ist Penelope, mein Hausschweinchen.«

»Du lässt es frei herumlaufen?«

Penelope verliert das Interesse an meinen Füssen und trottet zu seinem Frauchen, das es sofort krault. »Sie ist zahm wie ein Reh und sie kommt nach ihren Streifzügen immer zurück.« Dann redet sie mit der

Sau: »Gell, Penelope, du bist doch meine Begleiterin. Du würdest mich niemals im Stich lassen.«

Als würde sie ihr antworten, blickt das Schwein zu ihr auf und grunzt als Betätigung. Unheimlich!

Dora nimmt eine Karotte von dem Tischchen und hält es ihrem Hausschwein hin. Gierig frisst es das Wurzelgemüse. Als sich Dora wieder aufrichtet, meint sie: »Bei dir ist auch nicht alles nach Plan verlaufen: Deine Eltern sind früh gestorben, dein Mann auch und du hast einen ziemlich harten Job als alleinerziehende Mutter und Kommissarin gehabt. Du hättest nix Besseres machen können, als den aufzugeben und noch mal neu anzufangen.«

Woher weiß sie das alles, Kruzinesn?

Als hätte sie meine Gedanken gelesen, schmunzelt sie. »Ich hab ein bisserl in meine Kugel geschaut. Darum hab ich auch gewusst, dass du bald hier auftauchst.«

Schon wieder unheimlich. Ich bin so verdattert, dass ich gar nicht weiß, was ich sagen soll.

Sie kommt zu mir her und legt ihre Hand auf meine rechte Schulter. Dann schließt sie die Augen. »Du hast immer noch Schmerzen da drin. Der Unfall hat dich ziemlich gebeutelt.«

Vor lauter Überforderung halte ich die Luft an. Eigentlich will ich sofort davonrennen, weil mir das hier langsam echt zu heiß wird. Mit so was kann ich nicht umgehen.

»Entspann dich!«, fordert sie mich mit sanfter Stimme auf.

Seltsamerweise geschieht das ganz von allein. Wieder verspüre ich diese komische Energie, die von ihrer Hand auf meine Schulter übergeht. Als würde sie meine Verletzung mit Wärme überfluten, fühle ich mich auf einmal so leicht und die Muskeln lockern sich.

Zufriedenheit legt sich über ihr Gesicht, das ich genau beobachte, und sie macht die Augen wieder auf. Die bernsteinfarbenen Sprenkel in ihren grünen Iriden funkeln mich an. »Jetzt ist es besser.«

»Ja«, bestätige ich ihr verwirrt.

»Normalerweise verlange ich achtzig Euro für Handauflegung. Sieh es als alten Freundschaftsdienst, weil du damals immer zu mir gehalten hast«, sagt sie dann unerwartet nüchtern. »Du bist wegen der Zerstörung auf dem Friedhof da?«

Kruzinesn, vor der kann man auch gar nix verheimlichen. Die liest in meinen Gedanken wie in einem Buch. Beängstigend!

»Du hast das mitgekriegt?«

Wieder rührt sie in der dunklen Brühe und murmelt etwas vor sich her. Laut sagt sie dann: »Es war mir klar, dass der Verdacht sofort auf mich fällt. Ich bin es gewohnt, dass ich für alles, was mit Okkultismus zu tun hat, sofort beschuldigt werd. Im Mittelalter wär ich schon längst auf dem Scheiterhaufen gelandet.«

»Und, warst du es?«, frage ich direkt, weil sie kann es sich ja denken.

»Nein!«, ist ihre klare Antwort und ich glaube ihr.

Mit den Jahren der Berufserfahrung entwickelt man einen siebten Sinn für Lügen. Das ist wohl so was Ähnliches wie ihre Hellseherei. Mir reicht es jetzt jedenfalls damit und ich will weiter.

»Wenn du mal mit deinem Martin Kontakt aufnehmen willst, komm doch zu einer meiner Séancen oben am See bei der St. Bartlmä-Kirche.«

Völlig geplättet halte ich inne. Woher weiß sie, dass mein verstorbener Mann Martin geheißen hat? Und: Will ich tatsächlich mit ihm reden?

Wieder zeigt sich in ihrer Mimik dieser wohlwissende Ausdruck. »Ihr hattet keine Gelegenheit, euch richtig zu verabschieden. Das belastet dich doch immer noch.«

Damit berührt sie einen wunden Punkt tief in mir drin, den ich glaubte, längst verarbeitet oder vergraben zu haben. Martin ist vor elf Jahren bei einem Motorradunfall gestorben und war mitten aus dem Leben gerissen worden. Genau wie ich. Mit vierzig war ich plötzlich Witwe mit zwei pubertierenden Söhnen und einem Schuldenberg vom Hausbau. Dora hat recht: Wir haben uns zwar mit einem Kuss voneinander verabschiedet, bevor er losgefahren ist, aber wer hätte damals ahnen können, dass es der Letzte sein würde. Daran habe ich ziemlich lange geknabbert.

»Ich überlegs mir«, wiegle ich ab und walke mit klopfendem, schmerzendem Herzen davon. Ich spüre, wie ihr Blick mich verfolgt und eine Gänsehaut um die andere läuft mir den Rücken hinunter.

Kapitel 7

Die erste Schicht bis zwei Uhr der kommenden Nacht auf dem Friedhof übernehme wieder ich. Diesmal bin ich nicht so locker und furchtlos, weil mich Dora total verunsichert hat mit ihrem Angebot. Mit Toten reden! Wie soll das funktionieren, Kruzinesn? Natürlich habe ich schon von solchen Séancen gehört, in der ein Medium angeblich die Verbindung ins Totenreich schafft und die Verstorbenen dann durch es, ein Pendel oder ein Buchstabenbrett kommunizieren. Aber so was passt einfach nicht mit meinem Glauben zusammen. Martin ist mir vorausgegangen und wenn ich selbst einmal sterbe, dann werden wir uns wiedersehen. Im Jenseits, im Himmel oder wo auch immer. Davon bin ich überzeugt. Andererseits frage ich mich, ob ich einfach nur Angst davor habe, mich in meiner jetzigen Lebenssituation Martin zu stellen. Damals, als ich nach fünf Jahren als Witwe Toni getroffen und mich in ihn verliebt hatte, habe ich lange gebraucht, bis ich mich auf ihn einlassen konnte. Ich hatte das Gefühl, ich würde Martin mit Toni betrügen, obwohl er nicht mehr da war. Doch dann hatte ich mir vorgestellt, dass Martin gewollt hätte, dass ich noch einmal glücklich werde und er es mir vergönnt. Und außerdem hat er mich doch mit den Kindern im Stich gelassen. Er war sich des Unfallrisikos bewusst gewesen, wenn er auf sein Motorrad gestiegen war. Obwohl er ein besonnener Fahrer und nicht schuld an dem Unfall gewesen war. Oft hatten wir darüber diskutiert, aber er wollte sein Hobby nicht aufgeben. Darum beschloss ich als Zurückgebliebene dann, dass ich ein Recht darauf hatte, ein einigermaßen schönes, zufriedenes Leben auch ohne ihn zu führen. Ich muss ja schließlich hier klarkommen.

Ich stelle mir vor, wie er sich neben mich auf die Luftmatratze setzt, mich anlächelt und zu mir sagt: »Du hast dich wirklich durchgeboxt, Maria! Du hast unsere Kinder zu anständigen, fleißigen und netten Menschen erzogen, hast die Finanzen in Ordnung gebracht und hast dir ein neues Leben mit dem Toni aufgebaut. Ich bin stolz auf dich.«

Ja, genauso würde er es zu mir sagen. Davon bin ich überzeugt, weil ich ihn so gut gekannt habe, da brauche ich keine Séance. Mir läuft schon wieder eine Gänsehaut über den Rücken und ein oder zwei Tränen rollen über meine Wangen. Obwohl ich Toni über alles liebe, spüre ich, wie sehr ich Martin doch auch vermisse. So habe ich schon lange nicht mehr empfunden und das alles wegen Dora.

Wie kann sie das alles über mich gewusst haben, Kruzinesn? Na ja, sie braucht sich nur mit jemandem aus dem Dorf über mich unterhalten haben. Mein Lebensweg ist kein Geheimnis. Und dann dieses Schwein! Penelope! Ein Name aus der griechischen Mythologie, soweit ich weiß. Genau wie Pandora, ihr Künstlername, wenn man es denn so bezeichnen mag. Ich ziehe mein Handy heraus, google den Namen und lande in der griechischen Mythologie: Pandora war eine vom Schmied Hephaistos aus Lehm geschaffene Frau. Sie wurde von den Göttern mit Schönheit, musikalischem Talent, Geschicklichkeit, Neugier und Übermut ausgestattet. Die letzten beiden Eigenschaften wurden ihr wohl zum Verhängnis, denn Zeus vertraute ihr eine geheimnisvolle Büchse an. Sie sollte sie an die Menschen weitergeben, aber niemals öffnen. Aber sie verführte ihren Mann Epimetheus dazu und er machte sie auf. Sofort entwichen alle Übel, Mühen und Krankheiten aus ihr und verbreiteten sich auf der ganzen Welt, die all dies zuvor nicht gekannt hatte. Der Pandora-Mythos und der biblische Sündenfall von Adam und Eva ähneln sich also ziemlich. Pandora wie Eva stehen heutzutage als Sinnbild für die Verführungskraft der Frau und die Büchse wird gerne als Ausdruck verwendet, wenn sich irgendwo etwas Schreckliches ereignet. Dann hat Pandora ihre Büchse wieder einmal geöffnet.

Na klar, müssen dafür wieder zwei Frauen herhalten, denke ich mir, als ich all das gelesen habe. Nun verstehe ich die Namenswahl von Dora, die sich durch ein Pan davor einfach in Pandora umbenannt hat. Sie umgibt sich damit mit etwas Mystischem und Bösem. Wie passend für eine Hexe! Aber ich werde bestimmt nicht dabei sein, wenn sie die Geister und Toten beschwört, und mich darauf freuen, Martin und meinen Eltern, so Gott will, wiederbegegnen, wenn ich mal abtrete. Zur Bestätigung, dass das die richtige Einstellung ist, besuche ich das Grab von Martin auf dem neueren Teil des Friedhofs auf der Nordseite.

»Gell, Martin, wir sehen uns wieder, aber das wird noch ein bisserl dauern. Ich will noch eine Zeit lang meine Kinder und Enkelkinder begleiten. Es ist so schön, Oma zu sein. Du müsstest den Michi mal erleben, wie er sich um sein kleines Brüderchen kümmert. Aber was erzähl ich dir das. Das kannst du ja von da oben aus alles selbst beobachten. Nur schad, dass sie dich nicht als Opa haben.«

Irgendwo auf dem Friedhof raschelt es plötzlich und ich zucke zusammen. Kruzinesn! Wäre ich doch niemals zu Dora gegangen. Wieder ist die Nacht kühl, aber mein Zittern kommt nicht nur daher. Trotzdem muss ich kontrollieren, was die Ursache für das Geräusch ist. Könnte ja sein, dass der Grabschänder sich doch noch mal hierher traut. Mit leisen Schritten, die trotzdem den Kies zum Knirschen bringen, umrunde ich also die Kirche und komme auf die Südseite, auf der die verwüsteten Gräber liegen. Jetzt sind sie wieder in

Ordnung gebracht und nichts mehr deutet auf ihre Zerstörung hin. Im Licht der Laterne draußen auf der Straße, die bis hierher leuchtet, kann ich niemanden entdecken. Ich verharre eine Weile in der Außennische, wo sich innen der Seitenaltar und der Altarraum befindet, und suche mit meinen Augen angestrengt alle Grabsteine der Reihe nach ab. Nichts. Als ich meine Hände von der Kirchenmauer löse, an der ich mich abgestützt habe, um besser um die Ecke schielen zu können, spüre ich etwas Klebriges in der rechten Handfläche. Als ich es genauer betrachte und meine Finger aneinander reibe, um die Konsistenz zu erfühlen, stelle ich fest, dass es Farbe sein muss, dem ätzenden Geruch nach irgendein Lack oder so was. Dann erst begreife ich, wie sie auf meine Hand gelangt sein muss und trete einen Schritt zurück, um es besser überprüfen zu können. Nur im Laternenschein erkenne ich schon eine rote Schrift: *Du hast nichts ge* steht da schon wieder in gleichen Lettern und zwar diesmal quer über einen in der Kirchenhauswand eingelassenen Grabstein, der mir ungefähr bis zur Schulter reicht. Ich habe den Schmierer wohl gestört, denn er hat das *Getan* nicht mehr fertig hinpinseln können. Hier in dieser Nische und unter einer juramarmornen Grabplatte am Boden liegt der Altpfarrer Alfred Memminger begraben. Er war bis zu seinem Tod ein höchst angesehener und verehrter Pfarrer bis er vor über dreißig Jahren 1992 gestorben war. Ich hatte bei ihm Kommunion und ihn in der Schule im Religionsunterricht. Er war streng und konservativ und hat von uns erwartet, dass wir jeden Sonntag in die Kirche gehen, aber trotzdem war er gesellig und auch bei uns Kindern beliebt. Ich habe damals sehr damit gehadert, dass ich als Mädchen anders als heute nicht zu seinen Ministranten gehört habe, denn mit denen hat er regelmäßig Ausflüge unternommen. Aber bei den Spieleabenden und Sportfesten durften auch Mädchen mitmachen. Als er an einem Herzinfarkt plötzlich verstorben war, war das für seine Pfarrgemeinde als wäre ihr Großvater gestorben. Ich erinnere mich noch an die Beerdigung mit den vielen Trauergästen.

Nun beschuldigt ihn aber anscheinend jener gleiche Schmierer wie der von der Sakristeitür, dass er irgendetwas unterlassen hat. Du hast nichts getan. Ja, was denn nicht, Kruzinesn? Die Farbe ist jedenfalls noch ganz frisch und ein paar Farbrinnsale bahnen sich ihren Weg den Grabstein hinunter. Eindeutig mit einem Pinsel aufgetragen, wie beim ersten Mal, stelle ich fest, als ich die Taschenlampe meines Handys umständlich mit der linken sauberen Hand einschalte. Das Geräusch von vorhin kam also wahrscheinlich von hier. Wäre ich doch auf meinem Beobachtungsposten am Kircheneingang geblieben, dann hätte ich den Täter oder die Täterin kommen sehen.

»Kruzinesn!«, fluche ich laut.

Dann höre ich etwas hinter mir, aber bevor ich mich danach umdrehen kann, spüre ich schon einen stechenden Schmerz an meinem Hinterkopf und mir wird schwarz vor Augen.

Als ich wieder zu mir komme, rüttelt jemand an mir und tätschelt meine Wange.

»Mary! Mary!«, ruft eine tiefe Stimme immer wieder meinen Namen.

Mein schmerzendes und verwirrtes Gehirn registriert sie als die vom Bär. Sie klingt panisch. Hat es mich doch schlimmer erwischt? Ich scanne meine Körperfunktionen. Ich spüre alle Körperteile, aber der Kopfschmerz ist schon wirklich brutal. Ich wimmere und versuche, die Augen zu öffnen.

»Markus ...«

Er kniet neben mir. Offensichtlich hat er mich in die stabile Seitenlage gebracht.

»Oh, Gott sei Dank, Mary! Da bist ja wieder!«

»Was ist denn passiert?«

»Jemand hat dir was über den Schädel gezogen. Du blutest wie ein Schwein«, informiert er mich besorgt. »Ich hab schon den Notarzt und den Toni angerufen.«

Die Schmerzrezeptoren auf meinem Hinterkopf senden alle durcheinander, so dass ich gar nicht richtig orten kann, wo es mich genau getroffen hat. Außerdem kann ich mich an nix erinnern.

»Wo bin ich denn?«

»Na, auf dem Friedhof«, erklärt er mir verwundert. »Die Beschattungsaktion wegen der zerstörten Gräber.«

»Was?« Was redet der da?

Mir fallen die Augen wieder zu. Alles fühlt sich so schwer an. Ich will einfach nur schlafen.

Aber der Bär hindert mich daran. »Mary, bleib wach! Der Sanka und der Toni werden gleich da sein.«

Doch ich kann und will nicht und dämmere wieder weg.

Plötzlich fühle ich mich ganz leicht. Ich finde mich im Wasser wieder, im warmen glasklaren Meerwasser. Ich habe eine Taucherbrille auf und einen Schnorchel im Mund und die sanften Wellen um mich herum wiegen mich knapp unter der Wasseroberfläche. Unter mir bunte Korallen und Fische in den schönsten Formen und Farben. Ich befinde mich mitten im größten Korallenriff der Welt: Great Barrier Reef im Nordosten Australiens. Neben mir Toni, ebenfalls in Schnorchelausrüstung, der unter Wasser immer wieder auf besonders schöne Fische oder Korallen zeigt oder mir winkt, dass ich näherkommen soll, weil er etwas entdeckt hat. Mir schwappt Wasser in meinen Schnorchel und ich muss auftauchen. Toni tut es mir gleich und als er den Schnorchel und die Brille abnimmt, habe ich plötzlich Martin vor mir und nicht Toni. Ich erschrecke mich furchtbar und das lässt mich auf einen Schlag aus diesem sehr realen Traum aufwachen. Ich blinzle und langsam baut sich mein Blickfeld auf. Mein Kopf dröhnt und meine Sinne kommen nur schwer in Gang. Ich sehe Toni mit dem Rücken zu mir am Fenster stehen. Oder ist es doch Martin? Aber nein, das geht ja nicht, Kruzinesn! Das ist schon Toni. Er ist breitschultriger als Martin es war, und dunkelhaarig und nicht blond. Und, wo bin ich? Das hier schaut mir verdammt nach einem Krankenzimmer statt nach einem Hotelzimmer in Australien aus. Das Schnorcheln war ein Höhepunkt unserer Australienreise letzten Herbst. An meinem Zeigefinger klemmt ein Pulsmesser und mein Schädel dröhnt, als würde andauernd ein Zug durch ihn hindurchfahren.

»Toni ...«, stammle ich.

Sofort dreht er sich um und ist auch schon bei mir. »Maria! Endlich!« Er drückt mir ein paar Küsse auf Stirn, Nase und Lippen.

»Was ist denn passiert?«

»Dir hat jemand eine Farbdose über den Schädel gehauen. Aber es ist nur halb so schlimm, wie zuerst befürchtet. Der Bär hat geglaubt, das wär lauter Blut, derweil ist anscheinend der Deckel von dem Farbeimer bei dem Schlag aufgegangen und die rote Farbe hat sich über deine Haare verteilt. Der Sanka hat dich ins Krankenhaus nach Kelheim gebracht.«

Jetzt erst erkennt mein Geruchssinn, diesen starken ätzenden Gestank nach Lack. Und ich hatte zuerst angenommen, es wäre der ganz normale Krankenhausgeruch von Desinfektionsmitteln oder so was. Vorsichtig drehe ich den Kopf, denn in meinem rechten Augenwinkel erkenne ich etwas Rotes. Tatsächlich liegen meine einstmals blonden langen Haare neben mir auf dem Kopfkissen. Sie sind mit der roten Farbe verklebt.

»Das ist kein Blut?«, versichere ich mich.

»Nein, Rostschutzlack.« Toni verzieht sein Gesicht. »Das wird nur sehr schwer oder gar nicht mehr rausgehen. Ansonsten hast du eine große Beule und eine leichte Gehirnerschütterung.«

»Kreizkruzinesn!«, fluche ich zu heftig und sofort übermannt meinen brummenden Schädel ein stechender Schmerz. Ich verziehe das Gesicht.

»Ich hab dir gleich gesagt, das mit der Detektei ist zu gefährlich«, mahnt mich Toni zornig. »Als der Bär mich mitten in der Nacht angerufen hat, hab ich wieder mal Todesängste um dich ausgestanden, Maria.«

Langsam kommt meine Erinnerung wieder zurück und das warme Meer, die Korallen und Fische und auch Martin rücken in weite Ferne. Ich war auf dem Friedhof und an seinem Grab. Dann das Geräusch und die frische Schrift auf dem Grabstein vom Altpfarrer Memminger.

»Der Schmierer!«

»Du hast ihn offenbar bei seiner Arbeit gestört und das hat ihm gar nicht gepasst.«

»Kruzinesn!«, entkommt es mir noch mal.

Toni nimmt meine Hand und drückt sie fest. »Maria, ich will, dass ihr diesen Fall an die Polizei übergebt. Der Täter oder die Täterin schrecken offenbar vor Gewalt nicht zurück und ich will nicht, dass noch mehr passiert.«

»Das werden die Kollegen jetzt sowieso übernehmen, oder nicht?«

»Ex-Kollegen«, korrigiert er mich. »Du erinnerst dich doch hoffentlich noch daran, dass du letztes Jahr deinen Dienst quittiert hast?«

Ich nicke gequält.

Er drückt seine Stirn an die meine. »Ich hab echt gedacht, dich hats schlimmer erwischt.«

»Keine Sorge«, tue ich mühsam lächelnd ab. »Mein Schädel ist aus Holz, das weißt du doch.«

Mit seinen braunen Augen sehen mich durchdringend an. »Hast du deinen Job nicht auch aufgegeben, weil es dir zu gefährlich und zu belastend geworden ist?«

»Ja …«, gebe ich zu. »Aber wer kann denn ahnen, dass ein harmloser Schmierer gleich zuschlägt.«

Seine Lippen werden zu schmalen Strichen, weil er sie zusammenpresst. Und auch seine hohe gekrauste Stirn zeugt davon, dass es ihm absolut ernst ist, als er sagt: »Ich will, dass ihr die Detektei wieder aufgebt.«

»Aber Toni …«

»Ich kann nicht immer um dich sein, um dich zu beschützen oder dir deinen Arsch zu retten. Ich hab auch noch einen Beruf. Es reicht vollkommen, wenn du bei der Bärbel das Frühstück machst. Dann könnt ihr meinetwegen den Dorftratsch analysieren, wenn dir das so fehlt. Mit meinem und deinem Verdienst können wir ganz gut auskommen, oder nicht?«

»Ich mach das doch nicht wegen dem Geld«, bin ich empört und setze mich auf. »Und außerdem analysieren wir nicht.«

So abfällig denkt er also über meine Arbeit. Vor lauter Ärger darüber hab ich mein Handicap ganz vergessen und erneut erfasst mich ein qualvoller, stechender Schmerz in meinem Hinterkopf, so dass ich aufstöhnend wieder zurück in das Kissen sinke. Durch meine zusammengebissenen Zähne frage ich: »Hast du der Bärbel Bescheid gegeben, dass ich heut nicht arbeiten kann?«

»Der Bär hat versprochen, es ihr zu sagen.« Er schielt auf seine Armbanduhr. »Ich muss dann auch in die Arbeit.«

»Du gehst in die Arbeit?«

Als Hauptkommissar im Polizeipräsidium Regensburg hat er zwar so eine Art Gleitzeit, aber er ist auch immer ziemlich eingespannt und natürlich sehr dienstbeflissen.

»Ja, klar. Es ist gleich sieben. Ich muss. Du bist ja hier vorerst gut aufgehoben.«

»Wo ist mein Handy?«

»Das ist bei deinem Sturz zu Bruch gegangen.«

Wieder fluche ich, diesmal allerdings in mich hinein. Ich müsste mit dem Bär telefonieren und mit der Bärbel und …

Toni beugt sich mit einem mahnenden Blick über mich. »Du sollst dich hier ausruhen, verstanden. Wenn es dir morgen besser geht, dann darfst du heim, hat der Arzt gemeint. Also, je langsamer und entspannter du es angehen lässt, desto eher kommst du hier raus.«

Er grinst, weil er genau weiß, wie sehr ich Krankenhäuser hasse. Dann drückt er mir noch ein Bussi auf die Lippen. »Ich lieb dich und ich würd gern mit dir alt werden.«

Das war noch ein nachdrücklicher Hinweis darauf, dass er meine Schnüfflerei und die damit verbundene Gefahr für meine Unversehrtheit satthat. Aber ich finde, er übertreibt es. Es ist ja wieder einmal gut ausgegangen. Die kleine Gehirnerschütterung und die Beule bringen doch eine Mary Weidinger nicht zu Fall. Und der Schmierer hat mich bestimmt nicht ins Jenseits befördern wollen.

»Ich geb den Schwestern Bescheid, dass du wach bist und was gegen die Schmerzen brauchst«, verabschiedet er sich, geht zur Tür. »Wenn du brav bist, bring ich dir heut Abend ein neues Handy mit.«

»Fütterst du bitte Edi noch, bevor du in die Arbeit fährst.«

Eigentlich mögen mein roter Kater und Toni sich nicht besonders, aber wenn ich nicht da bin, dann muss sich mein Mann um meine Katze kümmern. An seinem Augenrollen merke ich ihm an, dass er nicht begeistert davon ist, aber es natürlich tut.

Die Tabletten, die mir eine Schwester gebracht hat, helfen mir wirklich gut. Ich werde von der Notaufnahme hinauf auf die normale Station verlegt, nachdem noch mal ein Arzt nach mir gesehen hat. Er hat mich gefragt, was für ein Tag heut ist und wann ich Geburtstag habe, wohl um zu überprüfen, dass ich keine Amnesie habe. Auch er empfiehlt mir, noch einen Tag hierzubleiben. Aber wie soll ich mich entspannen und zur Ruhe kommen, wenn es schon nach dem Frühstück damit losgeht, dass mich der Opa samt Kerstin und dann der Bär besuchen?

Der Opa regt sich mordsmäßig über den Schmierer auf, dass der eingesperrt gehört und in seiner Zelle schwarz werden solle. Als ich ihm sage, dass wegen Körperverletzung noch kein Beschuldigter so lange gesessen hat, dass er verrottet wäre, wühlt ihn das noch mehr auf und ich belasse es dabei. Kerstin meint auch, dass ich das mit der Detektei besser sein lassen sollte, weil es anscheinend doch gefährlicher wäre, als gedacht. Ich stemple sie als von Toni beeinflusst ab. Nur der Opa beharrt darauf, dass ich den Attentäter erwischen soll, damit er seine Strafe kriegt.

Mittags kommt dann, o Wunder, tatsächlich der Bär zu mir. Ich weiß, dass er Krankenhäuser noch mehr hasst als ich. Das gleiche gilt auch für Gefühlsduseleien, aber seit seine Karin letztes Jahr schwer verletzt war, ist eine Wandlung in ihm vorgegangen. Ihr hat er trotz seiner Abneigungen im Krankenhaus beigestanden und er ist seitdem auch viel offener, was das Zeigen von Emotionen betrifft.

Darum sitzt er auch an meinem Bett und ist ziemlich niedergeschlagen. »Als du so dagelegen bist und ich das viele Blut gesehen hab, hat mich das total an den Unfall von Karin erinnert. Ich hab so Angst um dich gehabt.«

Aufmunternd lächelnd, versuche ich ihm seine Befangenheit zu nehmen. »Alles halb so wild. Ist nur Farbe!«

Ich ziehe an den roten Strähnen an meinem Kopf. Wie ich die wieder rauskriegen soll, ist mir ein Rätsel.

»Mir ist ein Stein vom Herzen gefallen, als der Notarzt mir das gesagt hat. Dem Toni ist es genauso ergangen.«

Ich mache eine verbitterte Miene. »Er will, dass wir mit der Detektei aufhören.«

»Das hat er mir auch schon gesagt, nachdem dich der Sanka abtransportiert hat.« Er brummt. »Vielleicht ist es wirklich besser ...«

»Abwarten.«

»Auf was? Dass es einen von uns noch heftiger erwischt? Nein, danke!«

»Ich will wissen, wer mich niedergeschlagen hat«, rede ich ihm energisch dagegen, dass sich mein Kopfschmerz wieder meldet.

»Das versteh ich. Aber das können der Erdem und der Henry auch rausfinden. Die zwei waren übrigens heut schon bei mir und haben mich ausgefragt. Natürlich hat der Notarzt wegen deiner Kopfverletzung die Polizei informiert.«

»Muss er ja.«

»Sie werden dich auch noch in die Mangel nehmen«, warnt mich der Bär vor und verzieht das Gesicht.

»Vielleicht ist es besser so«, grüble ich. »Die haben doch die besseren Mittel und Wege als wir.«

»Dann ist vorerst Schluss mit der Beschattung vom Friedhof?«

»Ja, was denn sonst.«

»Gut«, ist er zufrieden. »Du bist die Chefin.« Er erhebt sich. »Dann geb ich der Rita Bescheid, dass wir den Auftrag ab sofort beenden. Aber unser Honorar für die erste Nacht, das dürfen sie und der Pfarrer sauber bezahlen.«

Mir ist das Geld wirklich egal, aber natürlich ist es eine kleine Wertschätzung für die Nachtstunden, die wir uns um die Ohren geschlagen haben. Also nicke ich, doch ich bin mit den Gedanken schon woanders.

»Was glaubst du, wer der Schmierer ist?«

Der Bär zuckt mit den Schultern. »Keinen blassen Schimmer.«

»Die Bärbel hat mir gesagt, dass die Rita überall herumerzählt, die Pandora wars.«

»Die Hex von der Dorfdisco?«

Ich nicke. »Ich war gestern bei ihr. Als ich sie danach gefragt hab, hat sie verneint. Und ich glaub ihr.«

»Aha, du glaubst also einer Hex?«

»Ich kenn sie von früher. Ich bin mit ihr paar Jahre in eine Klasse gegangen. Sie ist die Dora Palfinger und hat mal eine Zeit lang hier in Essing gewohnt.«

»Trotzdem ist sie eine seltsame Frau, oder nicht? Die wohnt da draußen ganz allein, ohne fließendes Wasser und Strom, und bietet sich als Hellseherin und Heilerin an. Und ich hab gehört, sie soll ein Schwein als Haustier haben.« Der Bär schüttelt missbilligend den Kopf.

»Eben weil sie so ist, ist sie als Täterin prädestiniert, oder wie?«

»Kirchen und Gräber zu beschädigen passt doch eindeutig zu der. Bevor die hier war, hats das jedenfalls noch nie gegeben«, verteidigt er seine Meinung. »Außerdem hatten wir die Theorie, dass der Schmierer und der Grabschänder zwei verschiedene Personen gewesen sein können.« Damit spielt er auf den Opa an.

»Den Opa hab ich auch schon in die Zange genommen. Er streitet es ab. So was über der Kirchentür passt auch nicht zu ihm. Er wär so dumm gewesen und hätt es direkt auf das Haus von der Rita geschrieben.«

»Da hast jetzt auch wieder recht«, stimmt mir der Bär zu. »Also sind wir wieder am Anfang.«

Ich schmunzle. »Nicht wir, Markus. Damit können sich der Henry und der Erdem jetzt rumärgern.«

»Wennst meinst«, ergibt er sich und drückt die Türklinke. »Ich muss dann. Meine Schicht fängt heut um vierzehn Uhr an.«

Es vergeht keine halbe Stunde, da klopfen auch schon die beiden Kommissare an meine Zimmertür. Verzeihung, Henry Ertl ist ja Oberkommissar. Er ist letztes Jahr als mein Ersatz in die PI Kelheim abkommandiert worden und so eine Art Schimanski auf Bayrisch: mit Schnäuzer und blonder, zurückgekämmter Mähne gibt er sich lässig und lässt sich auch sonst nicht stressen. Meistens trägt er Jeans und ein weit aufgeknöpftes Hemd, in dessen Kragen seine üppige Brustbehaarung herausquillt.

Schon seit unserem ersten Aufeinandertreffen hat er mir imponiert und ich habe ihm ganz offensichtlich auch gefallen. Seine Avancen mir gegenüber haben mich ganz schön aufgewühlt. Aber das habe ich jetzt gut im Griff. Das glaub ich zumindest, denn seit dem Fall mit dem Toten auf der Burg letzten Juli haben wir uns nicht mehr gesehen. Toni hatte ihm damals so durch die Blume die Besitzverhältnisse über mich klargemacht. Danach war Henry mir gegenüber ziemlich distanziert.

Ich bitte also die beiden herein und gebe mich erfreut. »Wow! Anscheinend ist der Anschlag auf mich so wichtig, dass ihr gleich zu zweit erscheint.«

Erdem verdreht die Augen und steckt seine Hände verlegen in die Taschen seiner Edeljeans. Eine Zeit lang sind wir mal ganz gut miteinander ausgekommen, wenn sein südländischer Stolz, sein Übereifer und sein mieser Umgang mit Frauen nicht so nervig wären. Eigentlich ist er nämlich ein ganz netter Kerl, aber den lässt er leider nur sehr selten erkennen.

»Servus, Mary! Na, wie gehts?«, fragt mich Henry.

»Nur eine Beule.«

Erdem mustert mich mit gerümpfter Nase. »Was ist mit deinen Haaren?«

»Lackfarbe.«

»Die gleiche wie auf dem Grabstein vom Pfarrer?«

Ich nicke. »Ich hab den Schmierer anscheinend gestört und er hat sich gleich an mir gerächt.«

»Der Bär hat uns schon informiert«, gibt Henry zu. »Hast du ihn erkennen können?«

»Nein, er oder sie hat von hinten zugeschlagen.« Meine Betonung liegt auf dem Er oder Sie, damit hier gendermäßig alles korrekt ist.

Ein Schmierer kann auch eine Schmiererin sein, aber Bayern ist halt gewohnheitsmäßig und dialektgeschuldet noch eine ziemlich genderfreie Zone, da nehme ich mich nicht aus.

»Die Mesnerin und der Pfarrer hätten die Sachbeschädigung schon vorgestern bei uns anzeigen müssen, statt dich und den Bär da mit reinzuziehen«, weist Erdem mich hin.

»Das hab ich ihnen gesagt, das könnt ihr mir glauben.« Ich kann mir schon denken, dass die zwei annehmen, ich hätte mich um den Fall gerissen.

Henry ist inzwischen zum Fenster hinübergegangen und schaut versonnen auf die Dächer von Kelheim.

78

»Du hast nicht zufällig einen Verdacht, wer das auf dem Friedhof gewesen sein könnt?«

Jetzt hat er mich. »Was heißt Verdacht. Die Rita, also die Mesnerin, Frau Katzmeier, die hat anscheinend verlauten lassen, dass sie das der Dora Palfinger, unserer Dorfhex, zutrauen würd.«

Dora wird mich dafür mit einem Fluch belegen.

Henry lacht auf. »In Essing gibts tatsächlich eine Hex? Warum wundert mich das jetzt nicht?«

Ich verschränke die Arme vor der Brust, weil er mir eine Spur zu sarkastisch ist. »Aber ich glaub nicht, dass sie es war.«

»Das heißt, du hast schon mir ihr geredet?«, forscht Erdem unzufrieden nach.

»Das ist ja nicht verboten, oder?«

»Nein, ein Privatermittler darf das natürlich.« Hör ich da ein bisserl Spott aus Erdems Stimmlage heraus?

Henry lächelt ironisch. »Wie man so hört, läuft es nicht so besonders mit eurer Detektei?«

»Wir sind erst am Anfang«, wiegle ich ab. »Außerdem passiert in Essing und Umgebung ja auch nicht so viel.«

»Schon klar«, gesteht Erdem mir voller Häme zu. »Jetzt übernehmen wir auf jeden Fall diese Sache mit der Schmiererei. Der Farbeimer und der Pinsel sind schon bei der Spusi.«

»Scheint so, als hättet ihr auch nicht viel zu tun, wenn ihr euch mit einem schnöden Überfall auf eine Ex-Kommissarin abgebt.«

»Du wirst hoffentlich Anzeige wegen Körperverletzung erstatten«, hakt Henry nach.

»Das kannst du aber sicher glauben«, bestätige ich. »Mein Schädel brummt wie ein Bienenstock und mit meinen roten Haaren werd ich keinen Schönheitswettbewerb mehr gewinnen.«

Dank meiner Selbstironie bringe ich sie beide zum Schmunzeln.

»Pass bloß auf, dass du wegen den Haaren nicht auch als Hex abgestempelt wirst«, amüsiert sich Henry und verzieht das Gesicht. »Gefällt mir auch nicht an dir.«

Damit bringt er mich zum Lachen und auf einmal sind wir uns wieder ein bisserl näher.

Erdem räuspert sich und wendet sich schon zur Tür. »Gut, dann lassen wir dich jetzt in Ruh.«

»Falls du von deinen zuverlässigen Informanten was erfährst, gib es an uns weiter«, mahnt mich Henry und zeigt mit dem Finger auf mich. »Ab jetzt sind wir zuständig.«

Ich verdrehe die Augen und nicke. Einen Teufel werde ich tun und sie darauf aufmerksam machen, dass der Schmierer und der Grabzerstörer nicht unbedingt die gleiche Person sein müssen, und dass ich unbedingt diesen anklagenden Schriften weiter nachgehen werde.

Nachdem Toni mich abends noch mal besucht und mir tatsächlich ein neues Handy mit meiner alten SIM-Karte mitgebracht hat, bin ich erleichtert. Früher bin ich dieser Technik der modernen Kommunikation sehr kritisch gegenübergestanden, heute kann ich selbst nicht mehr ohne so ein Mobiltelefon leben. Nachmittags habe ich ein paar Stunden schlafen können und es ging mir schon bedeutend besser, als Toni da war. Also war er zufrieden mit mir und ich konnte es kaum erwarten, bis er wieder weg war, um mein Handy zu überprüfen. Wie viele Nachrichten und Anrufe da drauf sind, wenn man mal einen Tag keinen Zugriff darauf hat, das ist der Wahnsinn. Hauptsächlich besorgte Nachfragen und auch einige Anrufe von Lukas, Quirin und meiner Schwester Ulli. Ich rufe sie alle zurück, erzähle zum was weiß ich wievielten Mal die Geschichte meiner Verletzung und versichere, dass es mir gut geht und sie mich nicht mehr besuchen brauchen, weil ich morgen sowieso heimkäme. Quirin mahnt mich und zweifelt daran, ob die Detektei die richtige Entscheidung war. Wahrscheinlich hat Toni ihn geimpft, mir die auszureden. Er schickt mir nach dem Telefonat ein Video, in dem er Michi am Pool ihres Hotels aufgenommen hat, wie er mir in seiner kindlichen Sprache gute Besserung wünscht. Wahrscheinlich versteht er mit seinen fast zwei Jahren gar nicht, was damit gemeint ist, aber süß ist seine Botschaft schon. Dann folgen noch ein paar Fotos von Gabriel und Michi am Sandstrand. Stolz hält Michi in seiner Badehose sein kleines Brüderchen fest, dessen Füßchen im Sand stecken. Ich vermisse sie und wäre gern dabei. Stattdessen liege ich hier im Krankenhaus, Kruzinesn!

Zum Schluss melde ich mich noch bei Ulli.

Sie lässt sich nicht davon abbringen, mich morgen abzuholen. »Ich fahr mit dir gleich zu meinem Friseur, der wird das Beste aus deinen kaputten Haaren machen. Bei dir ist eine Typveränderung sowieso mal dringend notwendig.«

Zum Friseur muss ich, das sehe ich ein, aber gleich eine komplette Veränderung? Das ist mal wieder typisch Ulli. Freilich hat sie einen tollen Modegeschmack und auch sonst ein Gespür dafür, was anderen steht und was nicht. Sie verkörpert mit ihren Modelmaßen, ihren langen blonden Haaren und immer top gestylt ihr Fach bis ins Detail, denn sie ist inzwischen Filialleiterin in einem Bekleidungsgeschäft im Kelheimer Einkaufszentrum. Bevor sie ihre beiden Kinder bekommen hat, war sie in der ganzen Welt als Modescout unterwegs, um in den Modemetropolen dieser Welt zu erfahren, was grad in ist. Jetzt ist sie zwar Hausfrau und Mutter und mit meinem Ex-Kollegen Jo Birnthaler in wilder Ehe zusammen, aber gehen lässt sie sich nicht. Mir war mein Aussehen eigentlich nie sonderlich wichtig. Nicht nur das unterscheidet uns, aber das ist eine andere G'schicht ...

Kapitel 8

Als ich mit Ulli den stylischen Friseurtempel in Kelheim verlasse, der als der teuerste der ganzen Stadt bekannt ist, bin ich nicht nur hundertfünfzig Euro los, sondern auch meine blonde Haarpracht. Na ja, prächtig waren meine dünnen Schnittlauchhaare noch nie, das gebe ich zu. Ich hab sie halt immer zu einem Pferdeschwanz zusammengebunden. Das ging morgens schnell und war praktisch.

Doch jetzt habe ich eine freche Kurzhaarfrisur mit hellblonden Strähnen. Fransig hat sie mir der übereifrige Friseur, den Ulli extra für mich engagiert hat, in die Stirn gezupft und siehe da, obwohl ich mich erst noch an mein neues Spiegelbild gewöhnen muss, sieht es doch ganz passabel aus.

Ulli ist so was von begeistert und kann gar nicht aufhören, mich zu bewundern. Auch noch im Auto schielt sie immer wieder zu mir als Beifahrer herüber, obwohl sie lieber auf die Straße sehen sollte.

»Das macht einen ganz neuen Menschen aus dir. Du hättest sie dir schon viel früher abschneiden lassen sollen, so wie ich es dir immer wieder geraten hab.«

Jetzt kommt die Leier wieder. Sie bemerkt wohl mein leises Durchatmen, denn sie klopft mir auf meinen Schenkel. »Keine Sorge, ich hör ja schon auf.« Aber dann schielt sie wieder und quiekt freudig dazu. »Der Toni wird staunen. Du musst mir abends unbedingt schreiben, wie er reagiert hat.«

Ich habe tatsächlich keine Ahnung, was Toni dazu sagen wird, kennt er mich doch nicht anders als mit meinen langen Haaren. Aber im Prinzip bin ich ja dieselbe Mary und die lackierten Haare mussten einfach weg. Außerdem wachsen sie auch wieder.

Als Ulli ihren Großraumvan in meine Einfahrt lenkt, sitzt dort der Opa auf meiner Hausbank und wartet schon auf mich. Ich bin gerührt, doch als ich aussteige und er mich mit erschrockener Miene anstarrt, entfährt ihm ein: »Ja, Herrschaftszeiten, was ist denn mit dir passiert?«

»Gell, da staunst du«, versucht Ulli seine nicht gerade schmeichelhafte Frage abzuschmettern.

Aber der Opa wäre nicht der Opa, wenn er nicht gleich offen und ehrlich seine Meinung kundtun würde: »Also vorher hast du mir besser gefallen. Eine Frau braucht einfach lange Haare, aus, basta.«

»Du und deine mittelalterlichen Einstellungen!«, schimpft Ulli ihn und holt meine kleine Reisetasche und einen gut gefüllten Einkaufskorb aus dem Riesen-kofferraum. Die zwei waren sich in solchen Sachen noch nie einig. Wir anderen haben seine hinterwäldlerischen Ansichten längst akzeptiert, aber Ulli kann es einfach nicht lassen, ihm hin und wieder Kontra zu geben, nur um ihn zu ärgern.

Und sie legt noch was nach: »Deine Ex hat auch keine langen Haare gehabt.«

Damit erwischt sie einen wunden Punkt bei ihm. Ulli grinst ihn siegessicher an. Er schimpft in seinen nicht vorhandenen Bart und folgt uns dann ins Haus. Dort begrüßt mich sofort mein geliebter Kater. Miauend kommt er aus der Küche und wetzt sofort um meine Beine. Ich nehme ihn hoch und streichle ihn. »Hast mich vermisst, hm?«

Er antwortet mit einem weiteren Miau und mustert mich aus seinen bernsteinfarbenen Augen, als könnte er so erfahren, was mit mir los ist. »Mir gehts wieder gut, Edi.«

»Jetzt red sie wieder mit ihrer Katz«, mosert der Opa mit gekrauster Stirn.

»Da können sie alle sagen, was sie wollen, gell, Edi, aber wir zwei verstehen uns«, sage ich dann besonders laut.

»Du bist doch selbst ganz vernarrt in ihn, Opa«, stellt Ulli fest, geht voraus in die Küche und knallt ihren mitgebrachten Korb auf die Küchenzeile. »Ich hab für ein leckeres, ausgedehntes Mädels-Frühstück eingekauft, damit wir mal wieder so richtig ratschen können.«

Der Opa brummt »Hab schon verstanden.« und will schon gehen, als Ulli ihn zurückhält. »Das reicht auch für dich.«

»Bist du dir da sicher?«, frage ich, denn anscheinend hat sie den gesunden Appetit vom Opa vergessen. Ich trete neben sie und sehe ihr dabei zu, wie sie Kirschtomaten, Mozzarella, frisch aufgeschnittenen Schinken, italienische Salami und Käse auspackt. Edi hat sein Lieblingsessen Schinken sofort erschnuppert und hüpft von meiner Armbeuge auf die Küchenzeile.

»Hey, runter da!«, schimpft Ulli.

Ich konnte es Edi bisher einfach nicht abgewöhnen, dass er da oben nix verloren hat, aber jetzt packe ich ihn, bevor er den Schinken erreicht hat und setze ihn auf den Boden. Als ich mich wieder aufrichte, wird mir schwindelig und ich muss mich an der Arbeitsplatte festhalten. Ulli und der Opa merken es sofort und stützen mich.

»Bin wohl doch noch ein bisserl angeschlagen«, entschuldige ich mich benommen.

»Du legst dich jetzt sofort auf die Couch«, befiehlt Ulli mir und begleitet mich ins Wohnzimmer hinüber. »Dann frühstücken wir heut halt mal wie die Römer.«

»Wie die Römer?«, wundert sich der Opa.

»Im Liegen«, scherzt sie, dann rennt sie eifrig zurück in die Küche.

Immer noch hab ich leichte, aber erträgliche Kopf-schmerzen. Die Beule auf meinem Hinterkopf ist laut meinem Friseur und Ulli zwar noch riesig, aber wenn ich nicht drankomme, spüre ich sie nicht. Allerdings habe ich meine Fitness überschätzt.

Der Opa lässt sich neben mir nieder und tätschelt meinen Schenkel. »Gott sei Dank, ist die Sach gut aus-gegangen.«

Auch Edi kümmert sich um mich und legt sich auf meinen Schoß. Sein lautes Schnurren beruhigt mich. »Das schon, aber gelöst ist der Fall noch lang nicht.«

In der Küche rattert der Kaffeeautomat los. Ulli kommt mit einem Korb voll Semmeln, einer Wurstplatte und einem Tomate-Mozzarella-Teller zurück und stellt alles auf dem Couchtisch vor uns ab. »Du wirst doch hoffentlich nicht mehr auf dem Friedhof Wache halten?«

Ich seufze. »Nein, der Bär und ich haben den Auf-trag gecancelt.«

»Hab schon gehört: Die Kommissare ermitteln jetzt«, lässt mich der Opa wissen, dass er wie üblich auf dem neuesten Stand ist. »Und sie haben auch die Hex schon in die Mangel genommen.«

»Die waren schon bei der Dora?«

»Ja, und zwar kurz nachdem ich bei ihr draußen in der Dorfdisco war«, gesteht er.

»Du schaffst es bis zu der raus?«

»Ich geh jeden Tag spazieren«, erklärt er mir stolz. »Das hält mich fit.«

Und dann tut er immer so, als könnte er keine zehn Meter laufen, der alte Schlawiner.

»Moment, Moment!«, mischt sich Ulli ein, die sich uns gegenüber auf dem Fußhocker niedergelassen hat. »Wer ist, bittschön, Dora und welche Hex?«

Da sie mit Jo im sieben Kilometer entfernten Stadtteil Kelheimwinzer wohnt, kann sie von unserem Neuzugang in Essing noch nix mitgekriegt haben.

Der Opa verstellt seine Stimme geheimnisvoll: »Pandora, Heilerin und Hellseherin.«

Ich füge erklärend und nüchtern hinzu: »Eigentlich heißt sie Dora Palfinger. Sie hat in ihrer Kindheit eine Zeit lang hier gewohnt, bis sich ihre Eltern scheiden haben lassen und sie mit ihrer Mutter weggezogen ist.«

»Und die macht jetzt eine auf Hex?«

»Und wie«, ist der Opa ganz aufgeregt. »Ich hab mich zu einer von ihren Seanzen angemeldet, oder wie man das nennt.«

»Die macht Séancen?«, forscht Ulli neugierig, bevor ich nachhaken kann, was er bei der wollte.

»Oben am See beim Bartlmä-Kircherl«, berichtet der Opa weiter. »Sie hat zu mir gesagt, dort treffen sich ein Haufen Ener... Energe...«

»Energetisch?«

»Ja, genau: Energetische Linien oder so was, und es wär der ideale Platz.«

»Du glaubst an den Schmarrn?«, kann ich mich nicht zurückhalten.

»Mei, glauben«, tut der Opa ab. »Ich will halt mal dabei sein und mitkriegen, was da so passiert.«

»Das würd ich auch gern«, gesteht Ulli fasziniert und wendet sich an den Opa. »Meinst, ich kann da auch mitmachen?«

»Bestimmt. Ich brauch sowieso noch jemand, der mich da heut Abend hinfährt.«

»Gut, dann hol ich dich ab.«

Beide blicken mich erwartungsvoll an, aber ich wehre ab. »Ohne mich! Den Hokuspokus brauch ich nicht.«

Eigentlich ist der Opa auch ein Katholik, aber die Neugier übersteigt wohl seinen Glaubenseifer. Ulli ist schon längst aus der Kirche ausgetreten. Sie glaubt an gar nix. Das kann ich mir zwar nicht vorstellen, aber ich toleriere es.

Beschwingt holt Ulli noch unseren Kaffee aus der Küche und wir frühstücken miteinander. Sie erzählt uns von der Planung für den sechsten Geburtstag ihres Sohnes Mitte Mai.

Nepomuk, oder Nepi, wie wir ihn alle nennen, wünscht sich eine Dino-Party mit passender Deko und einer Dino-Torte. Was Eltern heutzutage für einen Aufwand betreiben, um ihren Kindern ein schönes Fest zu bereiten, ist wirklich unglaublich. Und sie hadert mit ihrer Tochter Gwendolin, die mit ihren drei Jahren grad eine zickige Phase durchmacht und vor allem meine Schwester an ihre nervliche Belastungsgrenze bringt.

»Der Jo hats gut«, lästert sie. »Der haut morgens ab und ich muss die kleine Prinzessin bezirzen, damit wir pünktlich in den Kindergarten kommen.«

»Du wolltest unbedingt noch ein Kind«, kommentiere ich das, denn eigentlich ist Ulli keine geborene Mutter, sondern eine Karrierefrau, und ich war bei jeder ihrer Schwangerschaften skeptisch. Aber sie meistert es unerwartet gut, das muss ich ihr zugestehen.

»Apropos Jo. Arbeitet der heut auch?«, frage ich.

Ulli lacht bitter auf. »Heut? Er arbeitet eigentlich immer.«

Ich ziehe eine bedauernde Schnute. »Unterbesetzung, oder?«

»Das kannst aber laut sagen«, motzt sie grantig. »Ich hab das Gefühl, seit der Bär, die Anke und du nicht mehr in der PI seid, ist es noch viel schlimmer geworden.«

»Aber es ist doch Ersatz eingestellt worden.«

»Ts«, spottet sie. »Du meinst diesen Henry, der kommt und geht, wann er Lust hat?«

»Der ist mir schon von Anfang an unsympathisch gewesen«, stimmt der Opa ihr zu.

»Der ist es halt gewohnt selbstständig und lieber allein zu arbeiten.« Warum verteidige ich Henry eigentlich, fällt mir auf?

»Das ist für einen Oberkommissar aber eher kontraproduktiv«, stichelt Ulli weiter. »Bei den Kollegen regt sich schon Widerstand. Bin gespannt, wie lang sich der noch halten kann.«

Ich weiß, dass Henry den Übelacker hinter sich hat. Unser zuständiger Staatsanwalt verdankt ihm sein Leben und hält ihm seitdem die Stange. Aber das behalte ich lieber für mich. Ich will ja hier nicht auch noch Öl ins Feuer gießen.

Als die zwei endlich weg sind, kann ich meinen Schwager Jo anrufen. Er war einer meiner zuverlässigsten Kollegen, für Recherche und Überprüfung von Personen zuständig und eine Koryphäe in Sachen Internet, Bits und Bytes. Er geht auch gleich dran.

»Hallo Mary«, begrüßt er mich heiter. »Na, wieder alles fit?«

»Einigermaßen«, halte ich mich kurz, denn ich will ja zur Sache kommen. »Hast du kurz Zeit, um mir ein paar Infos zu geben?«

»Hab schon damit gerechnet«, gesteht er. »Du willst bestimmt was über diese Pandora, alias Dora Palfinger, wissen, stimmts?«

»Yep.«

»Momentan ist sie die Hauptverdächtige wegen dem Überfall auf dich und der Schmiererei und Grabschändung auf eurem Friedhof. Ich hab sie schon für den Henry und den Erdem überprüft.«

»Und?«

»Du weißt, dass ich dir das eigentlich nicht sagen dürfte«, erinnert er mich.

»Das müssen deine beiden Vorgesetzten nie erfahren«, beschwöre ich ihn. »Ich kann schweigen.«

Ich höre ihn tief durchatmen und dann legt er auch schon los: »Dora Palfinger, geboren am 1. September 1972 in Coburg, keine Geschwister, ist mit ihren Eltern Mariella und Kurt Palfinger 1981 nach Essing gezogen. 1988 haben sich die Zwei scheiden lassen und Dora ist mit ihrer Mutter wieder zurück nach Coburg gegangen, wo sie eine Lehre als Einzelhandelskauffrau gemacht und auch abgeschlossen hat. Dann hat sie sich wohl zu sehr für Okkultismus und so was interessiert und ist ein paar Mal von der Polizei wegen Sachbeschädigung aufgegriffen worden, als sie am Nürnberger Bahnhof irgendwelche Botschaften an die Wände geschrieben haben.«

»Das passt«, sage ich mehr zu mir selbst, als zu ihm.

»Haben wir uns auch gedacht. In den Verhörprotokollen steht, dass ihr irgendwelche Geister das befohlen hätten, um die Welt auf das Ende vorzubereiten.« Er lacht zynisch. »Als könnte man sich überhaupt darauf vorbereiten. Egal! Jedenfalls hat sie 1997 einen Wolfgang Schmied geheiratet, ihren Mädchennamen aber behalten. Es gibt einige Anzeigen gegen die zwei bei den Coburger Kollegen wegen nächtlicher Ruhestörung, Erregung öffentlichen Ärgernisses und so weiter. Die haben wohl zu laut Geister beschworen oder sind nackt um einen See getanzt. Ich hab diesen Schmied mal ein bisserl gegoogelt. Der war auch so ein Schamane oder Hexer, je nachdem, wie du das nennen willst.«

Das erklärt einiges. »Er ist im Januar gestorben«, gebe ich auch von meinem Wissen preis.

»Ja, danach ist sie nach Essing zurück und dort seit dem 1. März mit Wohnsitz Am Sonnenhang 1 gemeldet.«

»Ich wusst nicht, dass die Dorfdisco eine Adresse hat.«

»Auch erst seit Kurzem. Die Gemeinde Essing hat das beantragt. Anscheinend soll dort gebaut werden.«

»Wars das?«

Er kruscht herum, denn ich vernehme ein Rascheln im Hintergrund. »Ach ja. Der Vater von der Palfinger lebt immer noch in der Altmühlgasse in Essing. Du kennst ihn bestimmt.«

»Vom Sehen«, erwidere ich. »Ich hab ihn schon als Kind, wenn ich Dora besucht hab, nicht besonders gemocht.«

»Du warst befreundet mit der Hex?«

»Ja, aber sie hat mich nie wirklich an sich herangelassen.«

»War vielleicht auch besser so, sonst wärst du jetzt auch eine Waldfee oder eine Wunderheilerin.« Er lacht.

»Wobei ich mir das bei dir nicht vorstellen könnt, so fromm wie du bist.«

»Du müsstest mal meinen Heiligenschein sehen. Jetzt, wo meine Haare ab sind, sieht man ihn sogar noch besser.«

Damit bringe ich ihn zum Lachen. »Dann pass mal schön auf, dass du dich nicht gegen die zwei Kommissare versündigst mit deinen heimlichen Ermittlungen.«

»Die sind nicht heimlich.«

»Ach, und ich hab geglaubt, gehört zu haben, dass der Henry und der Erdem jetzt den Fall Friedhof übernommen haben und ihr damit raus seid.«

»Das stimmt, aber mein Interesse an Dora ist rein privat«, rede ich mich heraus. »Wenn sie es war, die mich niedergeschlagen hat, dann will ich gewappnet sein.«

»Oho!«, tönt Jo. »Ich hätt nicht gedacht, dass du zur Rache neigst.«

»Du kennst mich eben noch nicht gut genug, mein lieber Schwager.«

»Das bisherige reicht mir«, ist er schlagfertig.

»Mir jetzt auch. Danke dir! Für deine Infos kriegst bei unserem nächsten Familienfest ein extra Bier.«

»Das findet eh bei uns statt: Nepis Geburtstag«, erinnert er mich missmutig.

»Ulli hat es schon erwähnt. Ein Mordstamtam wird das mit der Dino-Party.«

»Das liegt aber nicht am Nepi. Da versuchen sich die Mütter mit der buntesten, am schönsten dekorierten Mottoparty zu übertreffen«, stänkert er. »Derweil ist es den Kids völlig wurscht und sie wollen einfach nur Süßigkeiten in sich reinstopfen und spielen.«

»Dann lass Ulli einfach den Spaß«, appelliere ich an sein Verständnis.

»Sowieso, bin eh die meiste Zeit in der Arbeit.«

»Hat sie schon bemängelt.«

»Hey, habt ihr wieder mal ein Männer-Lästergespräch geführt?«

»Über Toni gibts momentan nix zu lästern. Außer, dass er will, dass wir die Detektei aufgeben.«

»Was du natürlich nicht tun wirst.«

»Das verrat ich dir nicht und Pfiat di«, verabschiede ich mich schnell, denn es hat an der Haustür geklingelt.

Draußen steht Bärbel. Sie bleibt wie festgewachsen draußen stehen und starrt mich an, als wäre ich ein Marsmännchen. »Wow!«, ruft sie dann aus, tritt ein und begutachtet mich dann aus der Nähe. »Was so ein Schlag mit dem Farbeimer alles bewirken kann. Du schaust zehn Jahre jünger aus, Mary!«

»Sehr witzig«, motze ich.

»Nein, wirklich! Du hättest dir deine blonden Fransen schon viel eher abschneiden lassen sollen.«

Ich mache die Tür hinter ihr zu und winke sie in die Küche. »Komm rein und erzähl mir, was es Neues gibt. Magst einen Kaffee?«

»Nein, hab heut schon zu viel Koffein intus. Aber ich muss mich irgendwie wachhalten. Von der Sperrstunde bis um sechs Uhr früh ist nicht lang genug für erholsamen Schlaf.« Sie setzt sich auf einen von den beiden Barhockern an der erhöhten Theke meiner Küche.

Mein schlechtes Gewissen meldet sich. »Tut mir leid, dass ich dich so im Stich lassen muss.«

Sie winkt lapidar ab. »Die Jirina springt am Wochenende ein, dann schlaf ich mich aus. Wie gehts deinem Kopf?«

»Passt schon.«

»Du hast uns allen einen gescheiten Schreck eingejagt, Mary.« Sie greift sich meine Hand und drückt sie fest.

»Das war nicht meine Absicht.«

Sie lacht zynisch und fragt nach: »Der Schmierer hat schon wieder was an die Kirche geschrieben?«

»Diesmal über den Grabstein vom Altpfarrer Memminger.«

»Wieder *Du hast nichts getan*, wie ich gehört hab.«

Ich nicke nachdenklich. »Seltsamerweise scheint sich niemand für die Bedeutung von diesem Satz zu interessieren und sich zu fragen, warum der Schmierer das da hingeschrieben hat.«

»Der Memminger hat sich nie was zu Schulden kommen lassen. Dazu war er viel zu korrekt und immer um ein harmonisches Miteinander bemüht.«

»Aber irgendein Geheimnis muss er doch gehabt haben«, grüble ich weiter.

Bärbel schnappt nach Luft. »Du meinst Missbrauch?«

Offenbar hat sie dieselben Gedankengänge wie ich. Es ist ja nix Neues, dass ein Pfarrer dessen beschuldigt wird.

Ich zucke mit den Schultern. »Nein, der Memminger niemals.«

»Das haben schon viele über ihren Pfarrer behauptet. Aber *Du hast nichts getan* klingt gar nicht danach«, verteidigt Bärbel ihre Meinung. »Dann würd der Schmierer doch eher ...« Sie schlägt die Hand vor den Mund, reißt ihre Augen weit auf und hält die Luft an. Ich mag ihre übertriebene Theatralik. »Was hast du getan?«

Ich verstehe nur Bahnhof. »Wie?«

»*Was hast du getan?*«, wiederholt sie. »Das hat über der Haustür vom alten Palfinger gestanden. Die Achhammer Kathi will das genau gesehen haben, als die polnische Pflegekraft, die sich seit Jahren um ihn kümmert, weggeschrubbt hat.«

Jetzt bin ich es, die die Hand von Bärbel neugierig umklammert. »Das hat die Kathi gesehen?«

Achhammer Kathi ist die Busenfreundin von Rita und mindestens genauso verratscht aber vielleicht nicht gar so übelzüngig. Sie dichtet immer gern was dazu, oder lässt was weg, damit es noch sensationeller rüberkommt. Darum zweifle ich an ihrer Geschichte.

»Ja, das hat sie steif und fest behauptet, als sie vor ein paar Tagen bei mir war, weil sie angeblich vergessen hatte, Eier zu kaufen und sie sich bei mir geborgt hat.«

»Sie hat also Redebedarf gehabt«, analysiere ich die echten Ambitionen der Ratschkathl.

Bärbel macht eine Schnute. »Na, jedenfalls wollt sie mit ihrem Einkauf vom Kramerladen heimradeln, als ihr das aufgefallen ist. Zwischen dem Niebler- und dem Köbel-Haus ist doch eine Lücke und da hat sie in die Altmühlgasse hinunterblicken können, genau auf das Haus vom Palfinger. Diese Pflegerin war grad auf einer Leiter über der Haustür eifrig beim Bürsteln und Reiben, aber entziffern hat die Kathi es doch noch gekonnt.«

»Der alte Palfinger ist der Vater von der Pandora«, setze ich zusammen.

»Du glaubst, die Hex ist der Schmierer?«

»Ist doch am naheliegendsten, oder?«

Ich habe meine Freundin erfolgreich angesteckt mit der Grübelei. »Was hat also der Pfarrer nicht getan und ihr Vater aber schon?«

»Das werd ich sie am besten selbst fragen«, kündige ich entschlossen an. »Morgen. Heut schaff ich das nicht mehr.«

Der Kopfschmerz hat sich wieder verstärkt. Ich muss mir eine Tablette einwerfen und mich hinlegen. Ich fühle mich schlapp.

Bärbel steht eilig auf. »Dann lass ich dir deine Ruh. Soll ich dich morgen zu der Pandora begleiten? Man kann ja nie wissen, zu was die noch fähig ist.«

»Du hast doch gar keine Zeit«, lehne ich ab. »Ich nehm den Bär mit.«

»Gute Entscheidung!«

Dann umarmt sie mich, wünscht mir gute Besserung und geht. Ich drücke mir zwei Tabletten aus dem Blister, spüle sie mit Wasser hinunter und haue mich auf die Couch. Toni hat mir eine *WhatsApp*-Nachricht geschickt, dass es heut mal wieder später wird. Na, toll! Ich wollte ihm doch meine neue Frisur zeigen. Meine Jungs erkundigen sich nach meinem Befinden und ich antworte ihnen wahrheitsgetreu. Edi kommt dabei angeschlichen und legt sich auf meine Brust, mit seinem Oberkörper genau zwischen meinen Busen. Das ist sein Lieblingsplatz. Dann streckt er noch die weißen Vorderpfoten bis an meinen Hals und legt seinen Kopf darauf. Es dauert nicht lang, bis mich sein gleichmäßiges Schnurren ins Land der Träume befördert.

Kapitel 9

Ich bin noch im Nachthemd, als es an der Haustür läutet. Es ist schon fast zehn, aber ich bin ja noch krankgeschrieben und habe heute mal so richtig ausgeschlafen. Toni hat mich vergangene Nacht um kurz vor Mitternacht auf der Couch aufgeweckt und wir sind zusammen ins Bett gegangen. Von meiner neuen Frisur war er begeistert oder besser gesagt, er hat zumindest so getan, als gefalle sie ihm. Er ist ein schlechter Lügner, beziehungsweise ich kenne ihn gut genug, um zu merken, wenn er nicht die Wahrheit sagt. Er sieht natürlich ein, dass ich mit den rotlackierten Haaren nicht rumlaufen kann.

»Gott sei Dank, wachsen sie ja wieder«, war sein abschließender Kommentar, der auch gleichzeitig eine indirekte Ansage an mich war.

Heute gehts mir schon bedeutend besser und auch die Beule auf meinen Kopf ist weiter geschrumpft. Draußen ist der Frühling in vollem Gange. Die Sonne scheint, die Vögel zwitschern um die Wette und ein

Schwall warmer, duftender Luft kommt herein, als ich schwungvoll die Tür aufmache. Mir ist es egal, ob der- oder diejenige an der Tür mich im Nachthemd sieht.

Vor mir steht Henry. Seine finstere Miene passt so gar nicht zur Witterung. Mit ihm hatte ich nicht gerechnet und mein Aufzug ist mir jetzt doch peinlich. Er mustert mich auch einigermaßen verlegen.

»Guten Morgen«, begrüße ich ihn irritiert. Was will er schon wieder von mir?

»Unser Morgen war leider nicht so gut«, kommentiert Henry monoton. »Kannst du dir bitte was anziehen. Wir brauchen deine Hilfe.«

Ich runzle verwirrt die Stirn, denn ich glaube, mich verhört zu haben. Sie brauchen mich? »Kannst du das noch mal wiederholen?«

Henry erklärt überdrüssig: »Es geht um eine Identifikation.«

»Von wem?«

»Zwei Wanderer haben heut früh oben in dem See bei der St.Bartlmä-Kirche eine weibliche Leiche gefunden. Der Erdem und ich waren schon vor Ort.«

Mich durchfährt der Schreck. »Kruzinesn! Nicht schon wieder!«

Deswegen ging also die Feuerwehrsirene vor ungefähr einer Stunde. Die Feuerwehr musste also eine Ertrunkene bergen.

»Doch, schon wieder«, bestätigt mir Henry. »Kannst du dich dann bitte fertigmachen, der Erdem

101

wartet und der Leichendoc ist mittlerweile bestimmt auch schon vor Ort.«

Ich lasse ihn stehen und renne ins Schlafzimmer, um mich anzuziehen. Jeans, BH, Socken und Shirt, fertig. Eigentlich hatte ich heute vor, ein praktisches Styling-Verfahren für meine neue Frisur zu erproben, aber dafür ist jetzt keine Zeit. Ich bürste kurz durch meine Fransen, zupfe sie so hin, wie der Friseur das gestern getan hat, was mir bei weitem nicht so gut gelingt. Ich muss ja nicht zu einer Misswahl. Schnell schlüpfe ich in Sneakers und meine geliebte Jeansjacke und gehe zu Henry hinaus. Ich bin einigermaßen überrascht, als ich ihn in meiner Einfahrt entdecke, wie er in der Hocke Edi hingebungsvoll streichelt.

Als ich auf sie zukomme, kann ich mir ein Schmunzeln nicht verdrücken. »Ich wär dann so weit.«

Henry erhebt sich. »Ist das dein vielgerühmter Krimi-Kater?«

»Ja, das ist Edi. Edi, darf ich vorstellen: Oberkommissar Heinrich Ertl«, scherze ich. »Ihr habt euch schon angefreundet, wie ich seh.«

Anscheinend mag mein Kater ihn, denn er umschmeichelt seine Beine eifrig, so dass Henry nicht von der Stelle kann, ohne über ihn zu stolpern. Also hebe ich Edi hoch und trage ihn ein paar Meter weg. »Wir haben jetzt keine Zeit zum Schmusen.«

Er protestiert kläglich miauend, folgt mir aber nicht zurück zu Henrys Auto, einem cremeweißen Oldtimer-Mercedes, in den er schon eingestiegen ist. Ich tue es ihm gleich. Der Beifahrersitz ist mit einem fleckigen braunen Leder bezogen und das Cockpit extrem spartanisch, wie vor vierzig Jahren halt so üblich. Wenigstens gibt es auf den Vordersitzen schon Anschnallgurte.

»Wie kommt ihr darauf, dass ich die Frau kenn?«, frage ich ihn, als er losgefahren ist.

»Wir glauben, es ist diese Hex Pandora, oder wie immer sie sich nennt. Sie hat auf jeden Fall rote Haare.«

»Ich hab gedacht, ihr habt sie längst wegen dem Anschlag auf mich vernommen?«

»Das hatten wir heut vor. Wir wollten erst Jos Rechercheergebnisse über sie abwarten«, verteidigt er sich. »Erdem und ich sind auf dich gekommen, weil du ausgesagt hast, dass du schon bei ihr warst. Sonst kennt sie hier wahrscheinlich noch niemand. Sie wohnt ja sehr abgeschieden und auch noch nicht so lang hier.«

»Schon klar.«

Er schielt neugierig zu mir herüber, als er von der Dorfstraße in die umständliche Zubringerstraße nach Randeck hinauf abbiegt. »Steht dir gut, die neue Frisur.«

»Danke.« Sein Lob macht mich verlegen und plötzlich ist es wieder da, dieses Knistern zwischen uns.

»Wie gehts dir heut?«

»Viel besser.«

Er starrt angestrengt zur Windschutzscheibe hinaus, als er mir gesteht: »Ich hab die letzten Monate immer wieder an dich gedacht.«

»Henry!«, mahne ich ihn. »Bitte. Lassen wir das. Wir haben doch damals die Fronten geklärt.«

»Fronten hin oder her«, ärgert er sich. »Ich find, du bist eine Wahnsinnsfrau.«

»Die leider schon vergeben ist.« Ich ziehe bedauernd meine Schultern hoch.

»Hab schon verstanden, aber Komplimente darf ich dir ja wohl machen.«

»So lang du es nicht vor Toni tust.«

»Was findest du eigentlich an dem?«, hört er nicht auf zu bohren. »Nur, weil er George Clooney ähnlich sieht?«

Ich seufze. Freilich hat mir Tonis Aussehen gefallen, damals, als ich mich in ihn verliebt habe. Aber nicht nur. »Ich fühl mich bei ihm geborgen und sicher.« Insgeheim stelle ich fest, dass sich dieses Gefühl bei Henry niemals einstellen würde. Er ist eher der Typ für eine ungezwungene, leidenschaftliche Affäre.

»Okay«, betont er es voller Ironie. »Und wo war er dann, als du auf dem Friedhof eine auf den Schädel gekriegt hast?«

Mit zornigem Gesicht drehe ich mich zu ihm hin. »Du kannst ihn mir nicht madig machen, also gibs auf.«

Er brummt genervt und dann kommts mir so vor, als hätte er das Knistern wie auf Knopfdruck wieder ausgeschaltet. Es wird kühl im Auto, als wir die steile Straße durch den Wald hinauf nach Randeck fahren.

Das kleine Dorf thront am Talkamm auf einem Felsplateau direkt über Essing. Fährt man durch die Ortschaft mit nur wenigen Häusern die Straße weiter, gelangt man auf eine ebene, weite Fläche aus Feldern und Wiesen, die von Wäldern gesäumt werden. Mittendrin steht eine kleine Kirche, eben jene, die dem heiligen Bartholomäus, bei uns abgekürzt zu Bartlmä, geweiht ist. Etwa fünfzig Meter vor dieser Kirche liegt ein kleiner ovaler See, um den sich viele Sagen ranken. Eigentlich ist es eher ein Tümpel, am Rand mit Schilf und Rohrkolben eingewachsen. Schon bevor Henry in den Feldweg abbiegt, an dem ein Hinweisschild zu dem Kirchlein steht, kann ich das Essinger Feuerwehrauto, einen Streifenwagen, Erdems schwarzen BMW, den Kleinbus der Spusi und das Auto vom Rechtsmediziner sehen. Schaut nach einem Großeinsatz aus. Nach etwa hundert Metern erreichen wir das Gewässer, das auf einer Seite von Bäumen und Sträuchern eingewachsen ist. Henry parkt seitlich in der Wiese hinter seinen Kollegen. Wir steigen aus. Um uns herum auch hier Frühlingserwachen. Die Rapsfelder blühen knallig gelb und sattes Grün überall. Schweigend wandern wir zum Zentrum unseres Interesses, wo sich alle Anwesenden versammelt haben. Nur der Feuerwehrkommandant Doblinger Fritz und ein paar seiner Feuerwehrmänner packen schon wieder zusammen. Ich grüße sie und auch den Ex-Kollegen Niedermayer, der am großzügig um den Tatort gespannten Trassenband Wache hält.

Henry hebt es hoch und winkt mich unten durch auf einen kleinen mit üppigem Grün umwachsenen idyllischen Platz mit einer Ruhebank direkt am Ufer. Neben der umsteht eine Gruppe aus Polizisten, in ihre Ganzkörperschutzanzüge vermummte Spurensicherer und Erdem die Leiche.

Letzterer entdeckt mich als Erster, winkt mich ungeduldig zu sich und stutzt kurz wegen meiner neuen Frisur, ohne sie zu kommentieren. »Na, endlich!«

»Dir auch einen wunderschönen guten Morgen, mein lieber Erdem«, begrüße ich ihn spitzzüngig und dann in die Runde: »Servus beinand!«

»Hi, Mary! Bist auch wieder mit von der Partie, was?«, heißt mich Klaus, der große, schlaksige Techniker der Spusi, da schon viel herzlicher willkommen. »Gut schaust aus!«

»Danke! Ich bin nur Zeugin.« Ich mache mit den Fingern imaginäre Gänsefüßchen in die Luft.

Nachdem der Strobl, auch ein Ex-Kollege, zur Seite getreten ist, kann ich ein Auge auf die Tote werfen.

Und tatsächlich ist es Dora. Während meiner Laufbahn bei der Kriminalpolizei habe ich natürlich viele Leichen gesehen, aber wenn man eine persönlich gekannt hat, ist das wieder was anderes. Sie hat laut ihren Worten mir gegenüber vorgehabt, sich nach dem Tod von ihrem Mann neu zu orientieren. Da wird wohl jetzt nix mehr draus werden und das tut mir leid. Ihr Anblick erzeugt ein flaues Magenflimmern in meinem

Bauch. Ein buntes, langes Tunikakleid mit mystischen Ornamenten und Figuren klebt nass an ihrem Körper. Doras Gesicht ist bleich und in den roten Haaren haben sich ein paar Schilfblätter verfangen. An ihr sind keine offensichtlichen Verletzungen zu entdecken. Glücklicherweise sind ihre Augen geschlossen. Über ihr kniet Leo Zucker, ebenfalls in Ganzkörperkondom und seines Zeichens Leichendoc, oder besser gesagt, Rechtsmediziner. Ohne seine Verkleidung ähnelt er dem erwachsenen Harry Potter gravierend, inklusive der Sommersprossen und der runden Brillengläser. Eigentlich hatte ich gedacht, ich würde ihm nach meiner Kündigung nie wieder begegnen. Es war immer ein makabres Erlebnis, wenn er den Bär und mich zu sich in sein düsteres Reich der Rechtsmedizin in Regensburg gerufen und uns meist sehr bildlich über seine Obduktionen aufgeklärt hat. Er kramt in seinem geöffneten Edelstahlkoffer mit all seinen medizinischen Gerätschaften herum und untersucht sie konzentriert, so dass er mich gar nicht bemerkt.

»Und?«, drängelt Erdem.

»Das ist die Dora Palfinger«, bestätige ich und drehe mich weg.

»Eine Wasserleiche ist was Ekelhaftes, gell?«, meint der Strobl mitfühlend. Freilich gibts was Schöneres, aber mich ärgert eher, dass ich sie nun nicht mehr befragen kann. Ich blicke mich um. In der Mitte des grasbewachsenen Platzes ist eine Lagerfeuerstelle, die mit

Feldsteinen eingefasst ist. Darum herum liegen einige Sitzkissen und Poufs. Neben einem stehen einige Gefäße, Dosen und Krüge. Darin vermute ich irgendwelche Gaben, um die Geister zu beschwören, oder so. Ich habe noch nie an so einer Séance teilgenommen, es nur mal in einem Gruselfilm miterlebt oder darüber gelesen. Hier hat also diese Hexerei stattgefunden. Um das Feuer werden die Teilnehmer herumgesessen sein und haben darauf geharrt, mit ihren verstorbenen Angehörigen Kontakt aufzunehmen. Darunter auch der Opa und die Ulli, fällt mir ein. Allerdings werde ich einen Teufel tun und das den beiden Kommissaren verraten, bevor ich nicht selbst erst mit ihnen geredet habe. Kruzinesn, bin ich darauf gespannt. Nachdenklich nähere ich mich der Feuerstelle und stelle mir das Szenario der Nacht vor.

»Was kannst du uns darüber sagen, was die Palfinger da veranstaltet hat?«, fragt Henry mich. Er und Erdem sind mir gefolgt.

»Die Dora hat Séancen abgehalten. So auch gestern Abend. Sie hat mich gefragt, ob ich auch teilnehmen will.«

»Und? Hast du?«

»Ich glaub nicht an so einen Hokuspokus«, verneine ich.

»Wo warst du vergangene Nacht?«, will Erdem, ganz der Kommissar, wissen.

Verwirrt blicke ich von ihm zu Henry. Was wird das hier, Kruzinesn? »Ihr verdächtigt mich?«

»Hast du ein Alibi für die Zeit?«, gibt Erdem nicht nach und weicht damit meiner Frage aus.

»Ich war im Bett, wo denn sonst.«

»Gibts Zeugen?«

»Den Toni«, antworte ich bissig. Ein Ehepartner ist immer ein unglaubwürdiges Alibi, das weiß ich selbst. In ihren ausdruckslosen Mienen kann ich das genau erahnen.

Erdem tritt von einem Bein auf das andere. Offenbar macht es ihm keinen Spaß, mich zu verhören. »Du hättest ein Motiv gehabt«, stellt er dann fest.

In Gedanken füge ich noch »..., um sie zu töten.« hinzu, denn genau das hatte er unausgesprochen gelassen.

Ich bin einigermaßen perplex, aber auch vorsichtig. Alles was ich jetzt sage, kann gegen mich verwendet werden. »Es ist nicht bewiesen, dass sie mir das auf dem Friedhof angetan hat und außerdem würd ich sie nicht wegen so was umbringen. Wenn dann hätt ich ihr auch was über den Schädel gezogen.«

Dass ich sie heute deswegen und wegen der Schmierereien in die Zange genommen hätte, behalte ich lieber für mich.

Henry runzelt die Stirn. »Wer sagt, dass es nicht so war?«

Ich horche auf. »Ich hab gedacht, sie ist im See ertrunken?«

»Die Todesursache steht noch nicht eindeutig fest«, hält sich Erdem eher vage. Das ist auch seine Absicht, damit ich mich eventuell verhasple. Verhörmethode Nummer eins: einem Verdächtigen niemals zu viele Infos geben.

»Aber, dass ein Fremdverschulden vorliegt schon?«

»So schaut es zumindest aus ...«

»Wenn man davon ausgeht, dass sie schwimmen konnte«, unterbreche ich Erdem.

»Das tun wir«, versichert Henry mir. »Vorerst.«

Die zwei Kommissare sind sich heute ziemlich einig. Auch Henrys Lockerheit ist wie weggeblasen. Anscheinend haben sie in den letzten Monaten gelernt, zusammenzuarbeiten.

»Dann werdet ihr wohl ihren Vater danach fragen müssen.« Er ist der Einzige, der das über seine Tochter wissen muss.

Erdem mosert: »Lass mich raten, du kennst ihn wahrscheinlich, so wie alle in deinem verschissenen Essing.«

»Jetzt bleib mal fair«, weist ihn Henry überraschenderweise zurecht. »Marys Integrität war und kann uns eine Hilfe sein.« Dann wendet er sich an mich. »Kannst du uns also etwas über Kurt Palfinger sagen?«

Ich schüttle den Kopf. »Er lebt sehr zurückgezogen in seinem schmucken Häuschen direkt an der Altmühl.

Früher war er mal irgendwas Höheres bei Audi in Ingolstadt. So viel ich weiß, hat er vor ein paar Jahren eine neue Hüfte oder so was bekommen, sitzt im Rollstuhl. Er hat eine Pflegerin aus Polen bei sich wohnen.« Dass auch er eine Schmiererei über seiner Haustür gehabt hat, von der die Achhammer Kathi Zeugin war, behalte ich vorerst für mich. Das sollen sie mal schön selbst rausfinden, wenn sie mich schon wie eine Tatverdächtige behandeln.

»Dem werden wir anschließend einen Besuch abstatten«, kündigt Erdem geschäftig an.

Henry verzieht das Gesicht, nickt aber dann zustimmend. Todesnachrichten an Angehörige zu überbringen, ist die unangenehmste Angelegenheit an diesem Beruf und ist mir auch noch in schlechter Erinnerung geblieben.

»Er wirds mit Fassung tragen«, muntere ich sie auf. »Dora und er hatten seit der Scheidung keinen Kontakt mehr. Das hat sie mir zumindest so gesagt.«

»Da ist also was im Argen gelegen«, vermutet Erdem.

Allerdings, stimme ich ihm insgeheim zu. Und ich brenne darauf, herauszufinden was. *Was hast du getan?* Diese anklagende Frage über der Haustür vom Palfinger geistert wieder in meinem Kopf herum, doch Henry reißt mich heraus: »Den Sitzgelegenheiten nach müssen es sechs Teilnehmer an dieser Hexerei gewesen sein. Du hast nicht zufällig eine Ahnung, wer?«

»Also, ich krieg ja viel mit, aber das kann ich wirklich nicht wissen.« Das ist nur halb gelogen, denn es sind mir ja nur zwei Teilnehmer bekannt.

Erdem ist zu Ludwig, dem anderen Spusi-Techniker, hingegangen und schaut ihm über die Schulter, als er die Gefäße inspiziert. Ludwig kniet im niedergetrampelten Gras und schnuppert an einem Topf, dessen Inhalt fettig glänzt. Irgendein Öl oder so was. Er verzieht angewidert das Gesicht. »Pfui Teufel!«

»Nimm Proben von allem, oder besser gleich alles mit«, befiehlt ihm Erdem überambitioniert wie gewohnt.

Ludwig mit dunklem Vollbart und Schutzbrille wirft ihm einen anklagenden Blick zu. »Ich weiß schon, wie ich meine Arbeit zu erledigen hab, mein lieber Herr Kommissar. Außerdem habt ihr hier nix verloren. In dieser Wildnis irgendwelche verwertbaren Spuren zu finden, ist schon Sisyphusarbeit genug, da müsst ihr eure nicht auch noch hinterlassen, verdammt!«

»Schon gut, schon gut!«, ergibt sich Erdem und wir drei verziehen uns in Richtung Absperrband.

Die Bestatter sind inzwischen eingetroffen und kommen mit dem grauen Plastiksarg angetrottet. Erdem eilt ihnen entgegen und hält sie auf. »Stopp, meine Herren, wir müssen erst die Spusi und den Leichendoc fragen, ob ihr den Tatort schon betreten dürft.« Der hämische Unterton in seiner lauten Feststellung bringt Ludwig zum Lautseufzen und Klaus, der am Ufer seine Untersuchung macht, schüttelt mit gerunzelter Stirn den Kopf. Leo scheint mit seiner Untersuchung durch zu sein, denn er hat seinen Koffer schon zugeklappt und streift sich grad die Einmalhandschuhe ab. Auch er verdreht über Erdems Bemerkung die Augen. Die drei sind, wie ich noch aus meiner Dienstzeit weiß, nicht besonders gut auf den überambitionierten Kommissar zu sprechen und anscheinend immer noch nicht warm mit ihm geworden.

»Wegen mir könnt ihr die Leich schon wegbringen«, erlaubt Leo den Bestattern mit einem auffordernden Winken und sie schlüpfen mit ihrem Sarg unter dem Absperrband hindurch, das der Niedermayer ihnen hochhält.

Jetzt erst scheint Leo mich entdeckt zu haben, denn er kommt freudestrahlend auf mich zu. »Mary, du hier?«

»Ich bin eine Tatverdächtige«, erkläre ich zynisch.

Spöttisch gluckst er. »Nicht euer Ernst, oder?«

»Hast du noch was für uns?«, lenkt Erdem ab.

»Todeszeitpunkt zwischen Mitternacht und drei Uhr. Das Wasser macht eine genauere Eingrenzung leider schwierig. Keine äußeren Verletzungen oder Spuren von Gewalteinwirkung. Mehr, wenn ich mit der Obduktion durch bin.«

Der Leichendoc hat sich am Tatort auch schon zu meiner Zeit immer ziemlich kurzgehalten.

Das passt Erdem gar nicht. »Das ist schon ein bisserl dürftig, Leo. Wie sollen wir mit so wenig ermitteln.«

Aber Leo lässt sich nicht drängeln und stellt lapidar fest: »Ihr habt doch schon eine Tatverdächtige.«

Er tätschelt aufmunternd meine Schulter und haut ab.

Den beiden Kommissarin muss doch langsam klar werden, dass sie mit ihrem Verdacht auf dem Holzweg sind. Aus der Ferne sehen wir dabei zu, wie die Bestatter die leblose und nasse Dora hochheben und in den schwarzen Plastiksack legen. Wieder bedauere ich ihren Tod, aber eher deshalb, weil ich mich gern noch mit ihr unterhalten hätte. Freilich war sie mir sympathisch, aber auch unheimlich. Aber jetzt bin ich mir völlig sicher, dass sie die Schmiererin und die Schlägerin mit dem Farbeimer war. Die Frage ist nur, was sie mit ihren schriftlichen Anklagen erreichen wollte. Und noch eine Frage ploppt in meinem Gehirn auf: Wer hat noch so eine Schmiererei über der Tür gehabt?

Am liebsten würde ich sofort ihren Vater befragen, aber diese Option fällt für mich vorerst weg, als Erdem zu Henry sagt: »Du bringst Mary heim und dann treffen wir uns bei diesem Palfinger.«

Dann werde ich eben den Opa und dann meine Schwester in die Zange nehmen, beschließe ich und kann es kaum erwarten.

114

Kapitel 10

Der Opa sitzt schon wieder bei mir auf dem Hausbankl, als Henry mich vor meinem Haus aussteigen lässt.

»Du weißt ja, was wir zu Tatverdächtigen immer sagen: Halten Sie sich zu unserer Verfügung«, erinnert mein Chauffeur mich und ich grinse ihn extrabreit an, bevor ich seine alte Karosse verlasse.

Mein Schwiegervater dackelt auf mich zu. »Ist es wahr? Die Hex ist tot?«

Ich spare mir die Frage, wie er das schon wieder erfahren hat, und nicke nur. »Komm mit rein, dann koch ich uns was zum Mittagessen.«

Das lässt er sich nicht zweimal sagen. Gut, dass ich gestern noch die Schweineschnitzel aus der Gefriertruhe genommen habe, dann mache ich Rahmgeschnetzeltes mit Nudeln. Geht schnell und ich kann nebenbei den Opa ausfragen. Er setzt sich auf einen von den beiden Hockern an meiner Küchentheke und wirkt aufgewühlt. Das versucht er zwar mir gegenüber zu verbergen, aber ich merke es ihm doch an. Muss gestern Abend ziemlich aufregend bei der Séance gewesen sein.

Ich halte die Schnitzel unter den Wasserhahn, um sie zu waschen und warte darauf, dass er loslegt. Das geschieht auch prompt:

»Jetzt erzähl halt! Es heißt, sie ist im See ersoffen.«

»Die Todesursache steht noch nicht fest«, antworte ich wahrheitsgetreu.

Das Gesicht vom Opa wird noch bleicher. »Dann haben die weißen Frauen sie also geholt.«

»Welche weißen Frauen?«

»Kennst du denn die Sage über die nicht?«

Doch, da war mal was, aber ich erinnere mich nur dunkel, als ich die Schnitzel auf einem Schneidbrettl in dünne Streifen schneide.

Der Opa klärt mich umgehend auf: »Das Bartlmä-Kircherl soll im Mittelalter zu einem Frauenkloster gehört haben. Weil die Bauern von den umliegenden Feldern immer wieder Mauersteine ausgegraben haben, könnt das schon stimmen, aber es gibt keine Belege dafür. Auf jeden Fall sollen die Nonnen vom rechten Glauben abgefallen sein und das Kloster verlassen haben. Bevor sie das getan haben, haben sie aber die angeblich goldene Glocke der Kirche in dem See versenkt. Der trocknet nie aus, nur einmal in einem besonders trockenen Sommer ist der Wasserspiegel so weit abgesunken, dass man dort ein Holzgerüst erkennen hat können. Die Bauern von den Weilern und Einödhöfen rundherum haben immer wieder diese Nonnen als die weißen Frauen um den See herumgeistern sehen.«

»Das können auch Nebelschwaden oder so was gewesen sein«, finde ich eine andere Erklärung, obwohl mir seine Geschichte eine Gänsehaut über den Rücken jagt. Ich schäle eine Zwiebel und eine Knoblauchzehe und zerkleinere sie.

Der fahlen Mimik vom Opa nach zu muten, ist er aber anderer Meinung. »Gestern hab ich sie mit meinen eigenen Augen gesehen, Maria.«

»Du meinst bei dieser Séance von der Pandora?« Ich stelle eine Pfanne und einen Topf mit Wasser für die Nudeln auf das Ceranfeld und schalte die Platten auf Vollgas.

»Ja, die sind auf einmal aus dem See aufgetaucht und hinter ihr gestanden.«

»Schon klar«, tue ich ab, weil ich es einfach nicht glauben will. »Und die haben dann all die Seelen von den Angehörigen der Teilnehmer aus dem See gefischt und ihr habt eine Party mit ihnen gefeiert.«

»Herrschaftszeiten, Maria!«, schimpft er mich grantig. »Mach dich nicht lustig da drüber. Die Pandora hat uns gesagt, der See ist so was wie ein Telefon ins Totenreich. Sie kann darüber Verbindung zu jedem aufnehmen, den wir uns wünschen.«

»Wen hast du dir gewünscht?«

»Na, die Magda halt.«

Das ist seine verstorbene Frau und damit meine Ex-Schwiegermutter. Sie ist bald nach dem Tod ihres Sohnes Martin gestorben, weil sie seinen Tod nicht verkraftet hat. Allerdings war sie damals auch schon sehr gebrechlich und immer krank. Der Opa hat danach schwer zu kämpfen gehabt, genau wie ich, darum verbindet uns ihrer beider Tod auch immer noch so fest und ich versuche, ihn ernst zu nehmen.

»Was hast du denn mit ihr geredet?«

»Nicht viel«, ärgert er sich. »Die Hex hat uns nur fünf Minuten gegeben, denn es waren ja noch die Ulli und vier andere da, die auch noch drankommen wollten.«

»Und wie ist das vor sich gegangen?«

»Wir sind alle um ein Lagerfeuer auf unbequemen Kissen am Boden gesessen und haben so ein greisliges Gebräu aus einem Krug trinken müssen. Die Hex hat lauter so Zeug ins Feuer geworfen und dabei so komisch gesungen. Irgendwann sind dann hinter ihr diese weißen Gestalten aus dem See aufgetaucht und wir mussten ihr die Namen sagen, mit wem wir Kontakt aufnehmen wollen.«

Die Zwiebeln, der Knoblauch und die Fleischstreifen brutzeln schon in der Pfanne und ich schalte die Ablüftung ein. Das Brummen stört den Opa sichtlich in seiner Erzähllaune.

»Musst du so eine Gaudi machen?«

»Du willst doch was zum Mittagessen, oder?«

Er verdreht die Augen, aber berichtet weiter: »Ich war als Erster dran und ich hab mir die Magda hergewünscht. Die Hex hat irgendwelche Sprüche gemurmelt und gesungen und dann war es so, als würd der Geist von der Magda in ihren Körper fahren. Als sie die Augen aufgemacht hat, hat sie mich angeschaut und meinen Namen gesagt. Genauso wie sie es noch zu Lebzeiten getan hat, Maria! Ich sags dir, das war unheimlich.«

»Und was hast du dann mir ihr geredet?«, interessiert mich brennend.

»Ich hab sie gefragt, wie es ihr geht.«

So eine saudumme Frage! Wie soll es ihr schon gehen? Wenn sie in den Himmel gekommen ist, wie wir es freilich annehmen, wird sie leben wie im Paradies. Scheiß auf die körperlichen Gebrechen und die Mühsal des irdischen Daseins.

»Und?«

Seine Augen beginnen zu leuchten. »Sie hat gesagt, es geht ihr gut und wir fehlen ihr alle gescheit. Aber sie hat uns immer im Blick und freut sich, wie wir uns so durchkämpfen.«

Ich wende das Fleisch immer wieder, während es scharf anbrät, und würze es. Das gibt der Soße dann den richtigen Geschmack. »Das ist aber eine sehr ausführliche Antwort gewesen.«

Unruhig rutscht er auf seinem Hocker herum. »Und dann hat sie noch gesagt, dass sie froh ist, dass du der

Seele von der ermordeten Katharina endlich zur Ruhe verholfen hast, weil du ihren Tod aufgeklärt hast.«

Jetzt staune ich. Wenn ich Dora Scharlatanerie vorwerfe, wie kann sie das wissen? Ich suche nach einer plausiblen Antwort und denke mir wieder einmal, dass sie von dem Mordfall nur von jemandem aus dem Dorf erfahren haben kann. Ich habe ja auch meine Informanten.

»Das freut mich«, gebe ich mich unbeeindruckt.

»Sie ist so glücklich, dass ihre Enkelsöhne ihren Weg gehen und sie nun Uroma ist. Den Michi und den Gabriel hat sie so gern und sie passt auf die zwei auf wie auf ihre Augäpfel.«

Dora muss wirklich allumfassende Infos über den Opa und mich eingeholt haben. Allen Respekt!

»Noch was?«

»Nein, dann waren meine fünf Minuten um und die Dora hat die Magda wieder aus ihrem Körper gedrückt.«

Ich schütte die Nudeln in das kochende Wasser. »Gedrückt?«

»Na, sie hat so gestöhnt und gepresst und dann hat es Blubb gemacht und auf einmal war die Hex wieder sie selbst.«

Was für ein Schauspiel!

»Dann ist die Ulli drangekommen?«, bin ich neugierig.

»Ja, sie hat sich irgendeinen Jonny gewünscht.«

»Jonny?« Ich komme gleich drauf, wer er ist: der Vater von Nepi, Ullis erstem Sohn. Jonny war ein schwedischer Student, mit dem sie eine kurze Affäre gehabt hat. Eines Tages, als sie noch in München gewohnt und mal auf Besuch bei mir war, hat sie ihn angeschleppt und der blonde Muskelprotz war nackt in meinem Badezimmer gestanden. Ich wusste allerdings nicht, dass er gestorben ist, sondern habe angenommen, dass sie keinen Kontakt mehr zu ihm gehabt hat, nachdem er zurück in seine Heimat Uppsala gegangen war. Da hat mir meine Schwester anscheinend einiges verschwiegen.

»Und was hat Jonny zu der Ulli gesagt?«, hake ich gespannt nach.

Der Opa zuckt mit den Schultern. »Ich hab nicht so genau aufgepasst, ich war wie betrunken von meiner Unterhaltung mit der Magda ...« Wie in Trance starrt er über mich hinweg zum Küchenfenster hinaus. »Meine liebe Magda ...«

Das »Gespräch« mit ihr beschäftigt ihn anscheinend immer noch und er schwelgt in Erinnerungen. Eine Zeit lang beobachte ich sein Mienenspiel, das von betrübt über ein schelmisches Lächeln bis hin zur nachdenklich gerunzelten Stirn alles zu bieten hat. Es tut mir leid, dass er seinen Lebensabend nicht mehr mit ihr verbringen darf. Sie war seine große Liebe.

Kruzinesn, mein Fleisch! Schnell hole ich Sahne aus dem Kühlschrank und gieße sie darüber. Es zischt und brodelt. Grad noch vor dem Anbrennen gerettet! Dann mache ich noch grünen Salat an, schmecke die Soße ab und seihe die Nudeln ab.

»Essen, Opa!«, hole ich ihn aus seiner Träumerei. Wenn er diese Aufforderung hört, ist er immer sofort zur Stelle.

Beim Essen kann ich ihn unmöglich mit weiteren Fragen löchern, denn dann ist er voll aufs In-sich-rein-schlingen konzentriert. Es ist, als hätte er Angst, seinem Teller könnten auf einmal Beine wachsen und er samt seinem Mahl davonrennen. Aber seine Gier stammt wohl eher aus seiner Zeit als Waisenbub, der er nach dem Krieg gewesen war, und nix zum Beißen gehabt hatte. Erst als er sein Besteck beiseitelegt, sich den Mund abschleckt und zufrieden in die Eckbank zurücksinkt, fahre ich fort:

»Wer war denn gestern Abend noch dabei? Hast du jemanden gekannt?«

Sein Gesicht strahlt vor Begeisterung. »Stell dir vor, die Babsi war auch da.«

»Die Babsi Zimmermann?«

»Ja, ich hab mich auch gewundert, dass die bei so was mitmacht.« Seine Stimme wird belegt, als er weiterberichtet: »Sie hat ihrem verstorbenen Vater ganz schön wütend vorgeworfen, wie er sich auf dem Dachboden erhängen und sie und ihren Bruder einfach allein zurücklassen hat können.«

Babsis Mutter war bei einem Verkehrsunfall gestorben, als sie und ihr Bruder noch Kinder waren. Ihr Vater hatte ihren Tod nicht verkraftet und kurz darauf Suizid begangen. Babsi hatte ihn auf dem Dachboden gefunden und sie nagt anscheinend immer noch daran.

»Und, wie hat er reagiert?«

»Die Hex hat geheult wie ein Schlosshund und keinen geraden Satz herausgebracht.«

»Das war alles?«

Genauso enttäuscht wie ich, klopft er sich auf den Schenkel. »Ja, das wars.«

Dann muss ich Babsi wohl oder übel auch noch dazu befragen. Das wird heikel, schwant mir.

»Wer war noch da?«

»So ein junges Mädel«, zählt er auf. »Die war höchstens fünfundzwanzig. Den Namen hab ich vergessen. Dann die Rosi und noch eine ältere Frau.« Der Opa setzt sich bestürzt auf. »Du glaubst, eine von denen hat die Hex im See ertränkt?«

»Die Kommissare werden die Teilnehmer als Erstes unter die Lupe nehmen.«

»Du hast ihnen gesagt, dass die Ulli und ich da waren?«, schlussfolgert er daraus.

»Nein, aber sie werden es rausfinden«, warne ich ihn vor. »Die Ungerer Rosi war auch dabei?«

Die Rosi ist die Stammbedienung beim Lindenwirt. Sie arbeitet eigentlich schon immer da, zumindest kann ich mich an keinen Lindenwirt ohne sie erinnern. Sie verkörpert mit ihrer fülligen Figur, dem üppigen Busen, dem pausbäckigen Gesicht, ihrer Schlagfertig- und auch Einfältigkeit die bayrische Kellnerin schlechthin. Mich wundert, dass die sich zu so einem Hokuspokus hinreißen lässt.

Der Opa nickt eifrig. »Sie hat mit ihrer Mutter Kontakt aufnehmen wollen, aber das hat nicht hingehauen. Die Alte wollt sich wohl mit ihrer Tochter nicht unterhalten und ist nicht aufgetaucht, obwohl es die Hex dreimal probiert hat. Die Rosi und ihre Mama waren ja auch zu ihren Lebzeiten immer zerstritten.«

»Schad«, kommentiere ich. »Was ist mit den beiden anderen Damen?«

»Das Mädel wollt sich von ihrer Freundin verabschieden. Die ist anscheinend bei einem Verkehrsunfall gestorben. Viele Tränen und viel Geschluchze, das kannst du dir gar nicht vorstellen.« Er verdreht die Augen. »Und die Alte hat sich mit ihrem Fred ausgesöhnt.«

»Was ist zum Schluss passiert?«

»Die Hex hat jedem von uns sage und schreibe hundert Euro dafür abgenommen«, ärgert sich der Opa. »Das ist doch eine Frechheit, mit der Seelennot der Menschen sein Geld zu verdienen.«

»Tja, Hexen ist eben anstrengend«, meine ich lapidar und beginne, den Tisch abzuräumen.

»Dann sind alle heimgegangen?«

Der Opa denkt angestrengt nach. »Die Ulli hat mich heimgebracht. Ich glaub, wir sind als Erste gegangen. Ich war wie erschlagen.«

»Das heißt, du hast von den anderen nix mehr mitgekriegt?«

Er packt mich an der Hand, mit der ich gerade die Pfanne mit dem restlichen Geschnetzelten hochgehoben habe. »Du glaubst, eine hat sie in den See geschubst, als alle anderen weg waren?«

»An In-den-See-schubsen stirbt man nicht«, mache ich ihn aufmerksam und bringe das restliche Essen endlich in die Küche.

Sofort dackelt mir der Opa nach. »Außer die Hex hat nicht schwimmen können.« Plötzlich reißt er die Augen weit auf und hält die Luft an. »Oder die weißen Frauen haben sie mit in die Tiefe gezogen.«

Ich schnaube zynisch. »Das glaubst du doch selbst nicht.«

»Aber die waren da! Ich hab sie doch mit eigenen Augen gesehen!«, verteidigt er sich vehement.

»Warum sollten die sie umbringen wollen?«

Diese Frage überfordert ihn und er zuckt mit den Schultern. »Frag halt die Ulli, die wirds dir genauso sagen.«

»Das werd ich tun, wenn ich mit Küche aufräumen fertig bin.«

»Dann geh ich jetzt heim«, kündigt er an und gähnt demonstrativ. »Ich muss ein Natzerl machen, hab die vergangene Nacht eh zu wenig geschlafen.«

»Mach das.«

Und dann ist er auch schon weg.

Kapitel 11

Als die Küche wieder sauber ist, mache ich es mir mit einem Cappuccino im Sessel im Wintergarten gemütlich. Er ist ein Relikt aus Zeiten, als der Opa noch bei mir gewohnt hat. Ich finde ihn allerdings ganz bequem und mein Kater auch, denn kaum liege ich drin, kommt er auch schon daher. Er hüpft auf meinen Schoß und erwartet wie gewohnt seinen Anteil vom Milchschaum von meinem Kaffee. Ich tunke also meinen Zeigefinger hinein und halte ihn ihm vor sein Näschen. Edis Zunge ist angenehm rau.

»Die Hex ist tot, Edi«, beginne ich. »Kannst du das glauben?«

Er kann, denn seine Erwartungshaltung nach mehr Milchschaum bleibt und ich habe seine volle Aufmerksamkeit. Ich tunke also wieder. Diesmal mit dem Mittelfinger. Soll ja hygienisch sein.

»Ich glaub schon, dass ich früher mal mit der Dora beim Baden war«, grüble ich laut weiter. »Aber heutzutag kann doch eigentlich jeder schwimmen und der See da oben ist ja auch nicht groß.«

Er legt seinen Kopf schief und der nächste Milchschaumfinger ist an der Reihe. »Du hast recht. Es sind schon Leut in einer Wasserpfütze ertrunken. Wenn ich nur die Todesursache schon wüsst.«

Nun ist er zufrieden und er beginnt sich zu putzen. »Da muss ich morgen wohl wieder mal beim Jo anrufen. Bis dahin wird das Obduktionsergebnis ja schon da sein.« Ich beobachte Edi bei seiner intensiven Fellpflege. »Und die Babsi und die Ulli auch. Aber mit denen telefonier ich jetzt gleich.«

In weiser Voraussicht habe ich mein Handy schon mit zum Sessel genommen und neben meinen Cappuccino auf das Beistelltischchen gelegt. Ich trinke zuerst ein paar große Schlucke von meinem Gebräu, greife es mir und tippe in meinen Kontakten auf Ullis Nummer.

Sie hebt auch gleich ab. »Servus Schwesterherz.«

»Hallo Ulli.«

»Du rufst mich bestimmt an, weil du mich über die Séance ausquetschen willst, stimmts?«

»Richtig«, stimme ich ihrer Vermutung zu. »Allerdings nicht ohne Grund.«

»Der Opa hat die Magic Mushrooms nicht vertragen und liegt im Krankenhaus?«, befürchtet sie sofort.

»Magic Mushrooms?«

»Die Hex hat uns so einen Tee trinken lassen und da müssen die drin gewesen sein. Die Halluzinationen, die ich gehabt hab, können nur daher gekommen sein und die waren genauso wie damals.«

»Damals?«

»Hast du nie so was ausprobiert? Ich mein, als du jung warst?«, will Ulli irritiert wissen.

»Nein, hab ich nicht.«

Sie stänkert: »O Mann, was bist du brav!«

Ich atme tief durch und setze neu an: »Die weißen Frauen waren also Halluzinationen?«

»Freilich!«, ist sie überzeugt. »Oder glaubst du seit neuestem an Geister?«

»Ich hab gedacht du ...«

»Ach, Mary! Du weißt doch, dass ich gegen so was immun bin. Ich wollt nur mal bei so einem Hokuspokus mitmachen und miterleben, wie das abläuft.«

»Und, wie ist es abgelaufen?«

»Sehr interessant. Die Pandora hat sich echt voll ins Zeug gelegt. Die hätt einen Oscar verdient für das Schauspiel, das sie uns da geboten hat.«

»Den kann sie aber leider nicht mehr entgegennehmen«, informiere ich sie. »Die Pandora ist nämlich jetzt tot.«

»Wow«, klingt Ulli merklich überrascht. »Die Babsi und die Rosi waren zwar sauer, aber dass eine von denen sie gleich umbringt.«

»Die Babsi und die Rosi? Wie kommst du auf die?«

»Na, als wir zum Schluss unsere hundert Euro an die Hex berappen sollten, haben sich die zwei geweigert, weil das mit der Kontaktaufnahme mit ihren Angehörigen nicht geklappt hat.«

Nun kann ich mit meinem Vorwissen punkten: »Der Opa hat erzählt, die Hex hat, als die Babsi dran war, nur rumgeheult und nix rausgebracht, und bei der Rosi wollt die Mutter angeblich nicht mit ihr reden.«

Ulli ist fasziniert: »Die Hex hat das echt voll draufgehabt. Sie hat so getan, als würden die Toten in ihren Körper schlüpfen und so die Möglichkeit haben, durch sie zu kommunizieren. Aber bei den beiden ist ihr das nicht geglückt.«

»Wahrscheinlich hat sie zu wenig über die Babsi und die Rosi in Erfahrung bringen können«, nehme ich an. »Bei dir war sie da offenbar erfolgreicher. Du hast mir nie gesagt, dass du noch mit Jonny in Kontakt bist oder besser gesagt warst, weil er ja anscheinend tot ist.«

Ulli schweigt betreten. Inzwischen ist Edi fertig mit Schlecken und macht es sich in meinem Schoß gemütlich. Sein beruhigendes Schnurren vibriert durch meinen Körper.

»Ich ...«, eiert sie rum und seufzt. »Als Gweny auf die Welt gekommen ist, ist mir klar geworden, wie wichtig es ist, die Eltern zu kennen. Jo ist der beste Vater für Nepi, wirklich, aber er ist eben nicht sein leiblicher. Und falls Nepi später einmal seinen richtigen Erzeuger kennenlernen will, hab ich Jonny eben über seinen Sohn informiert.«

»Und?«, bin ich neugierig, aber so was von.

»Er hat sich gefreut und wollt ihn unbedingt kennenlernen. Allerdings ist es ihm damals schon ziemlich schlecht gegangen. Er hats ein bisserl mit Anabolika und Steroiden für seine Muckis übertrieben und seine Organe haben irgendwann gestreikt. Er hat nicht mehr verreisen gekonnt und bevor ich mit Nepi zu ihm geflogen wär, ist er gestorben.«

»Das tut mir wirklich leid«, bedauere ich ehrlich. »Warum hast du mir das nie erzählt?«

»Es war nicht so wichtig«, tut sie verlegen ab.

Sie wollte mir wahrscheinlich die Genugtuung nicht zugestehen, dass ich recht hatte, weil ich der Meinung war, jeder Mann sollte darüber Bescheid wissen, wenn er ein Kind bekommt. Egal, ob er sich kümmert oder nicht, oder die Mutter das fordert oder nicht. Dagegen hatte sich Ulli bei Nepis Geburt strikt verweigert und auch mein Zureden hatte nix gebracht. Aber schließlich ist sie doch noch vernünftig geworden. Allerdings zu spät.

»Was hat denn Pandora über Jonny losgelassen?«

»Nicht viel. Ich hab ihr ein bisserl Hilfestellung gegeben und ihn gefragt, was er denn zu unserem Sohn sagt.«

»Und was sagt er?«

»Dass er ein lieber Kerl ist und er ihm alles Gute zu seinem baldigen sechsten Geburtstag wünscht.«

»Das hat die Dora doch unmöglich wissen können.«

»Stimmt«, gibt Ulli zu. »Vor allem, weil ich gar nicht angemeldet war und spontan mit dem Opa mitgekommen bin. Sie hat also vorher keine Erkundigungen über mich einholen können.«

»Das ist also auch deine Annahme«, fühle ich mich bestätigt.

»Ja, was denn sonst.«

»Aber vielleicht hat sie ihre Infos über dich in Zusammenhang mit der Recherche über mich herausgefunden.«

»Du hast dich auch für so was hergegeben?«, staunt sie.

»Ich war nur einmal wegen der Gräberverwüstung bei ihr und wir haben uns ein bisserl unterhalten. Ich war früher mal mit ihr befreundet.« Dass Dora mir bei unserer neulichen Begegnung mit ihrem Wissen über mich unheimlich war und mir ihre Handauflegung wirklich gutgetan hat, behalte ich für mich.

»Und die Rosi wollt auch nicht zahlen?«

»Genau, aber wie die Diskussion dann mit den dreien ausgegangen ist, hab ich nicht mehr mitgekriegt, weil ich mich mit dem Opa verzogen hab. Der war noch irgendwo im Nirwana und ich hab ihn ins Bett gebracht, weil er gar nicht wieder richtig zu sich kommen wollt.«

»Darum hast du grad vermutet, er wär im Krankenhaus«, erkenne ich.

»Ja, ich hab echt Angst gehabt, das halluzinogene Zeug hätt ihm geschadet, vor allem wegen seinem Herz. Aber als er eingeschlafen ist und gleichmäßig geatmet hat, bin ich heimgefahren.«

»Heut ist er jedenfalls wieder quietschfidel«, bestätige ich. »Und ich bin die Hauptverdächtige für den Erdem und den Henry, weil ich mich an der Dora rächen wollt.«

Ulli lacht. »Nicht dein Ernst, oder? Weil deine langen Haare wegen ihr hin sind.«

Natürlich habe ich Ulli von meinem Verdacht auf Dora als Farbeimerattentäterin berichtet.

»So ungefähr.«

»Apropos Haare. Was hat der Toni zu deiner neuen Frisur gesagt?«

»Gefällt ihm, aber er hat gelogen.«

»So was kann der?«

»Auch Toni ist nur ein Mann mit einer Vorliebe für langhaarige Blondinen«, spaße ich.

Sie gluckst und beendet das Gespräch. »Ich muss Nepi und Gweny vom Kindergarten abholen.«

»Gib ihnen ein Bussi von mir.«

»Mach ich und Ciao.«

Die nächste Nummer, die ich wähle, ist die von Babsi. Meine Telefoniererei nervt Edi anscheinend, denn er verzupft sich auf seinen Kratzbaum am Fenster und legt sich auf die oberste Plattform, seinem Thron. In meinem Schoß wird es kühl. Während es klingelt, schlürfe ich wieder von meinem inzwischen nur noch lauwarmen Kaffee.

Babsi freut sich über meinen Anruf. »Griaß di, Mary. Wollen wir wieder zum Wandern gehen?«

»Keine Zeit, sorry«, verneine ich. »Ich will dich vorwarnen. Könnt sein, dass die Polizei dich zu der Séance bei der Pandora besuchen wird.«

»Wieso das denn?«

»Sie ist tot.«

»Oh«, ist sie überrascht. »Ermordet?«

»Das ist noch nicht raus.«

Schadenfroh lacht Babsi auf. »Wär auch kein Wunder, was die da für einen Schabernack getrieben hat.«

»Hab schon gehört, dass die Kontaktaufnahme mit deinem Vater nicht erfolgreich war.«

»Dann hat dir der Opa wahrscheinlich auch erzählt, dass ich ihr für dieses miese Schauspiel keinen Cent geben wollt.«

»Du und die Rosi, ja«, bestätige ich. »Wie ist die Sache ausgegangen?«

»Wir haben uns auf die Hälfte geeinigt.«

»Fünfzig Euro für ein paar Minuten Rausch«, stelle ich verächtlich fest.

»In dem ekelhaften Gesöff muss irgendwas drin gewesen sein«, weiß sie sofort, was ich meine. »Mir brummt heut total der Schädel.«

»Die Ulli hat was von Magic Mushrooms gesagt.«

»War ja klar, dass die Hex mit unlauteren Mitteln hantiert, damit wir nicht merken, dass sie als Medium nix taugt. Das, was sie uns da vorgegaukelt hat, war einfach nur halbwegs gut recherchiert. Den Rest hat sie allgemeingültig gehalten, wie das in Horoskopen auch immer so drinsteht.«

»Du warst also ziemlich sauer auf sie?«

Sie ahnt sofort, worauf ich hinauswill. »Ich bring doch wegen fünfzig Euro keine Scharlatanin um.«

»Bleib ruhig«, beschwichtige ich sie. »Hauptverdächtige Nummer eins bin im Moment ich.«

Sie lacht auf. »So wie ich dich kenn, wirst du das aber nicht auf dir sitzen lassen.«

»Da kannst du Gift drauf nehmen«, versichere ich und hake nach: »Dir ist nix Besonderes aufgefallen, als du letzte Nacht heim bist?«

Sie überlegt kurz. »Diese Rosi hat noch mit der Pandora weitergestritten. Mir ist das zu blöd geworden und ich wollt ins Bett. Die anderen waren schon weg, als ich in mein Auto gestiegen bin. Ansonsten hab ich niemanden gesehen, falls du das meinst.«

Ich rate ihr: »Erzähl der Polizei einfach das, was du mir auch gesagt hast, und tu am besten so, als wüsstest du von nix.«

»Taucht da wieder dieser g'schaftige Alemdaroglu bei mir auf?«

»Und der neue Oberkommissar. Lass dich überraschen«, kündige ich an und verabschiede mich.

Kapitel 12

Kaum habe ich aufgelegt, ertönt meine Haustürglocke. Ich raffe mich also aus meinem gemütlichen Sessel auf und gehe öffnen.

Draußen steht der Bär im Sportoutfit und mit Walkingstöcken und starrt mich verdattert an. »Was ist mit deinen Haaren passiert?«

Ich präsentiere mich gekonnt und streife mir mit den Fingern elegant durch meine Fransen. »Schick, oder?«

»Na ja ...«

»Danke auch!«, motze ich enttäuscht. Andererseits ist er wenigstens ehrlich.

»Ist halt schon eine krasse Veränderung«, entschuldigt er sich betreten und wechselt sofort das Thema, bevor er in weitere Erklärungsnöte kommt: »Hast du es schon gehört?«

»Die Hex ist tot.« Wie oft habe ich diesen Spruch von Hänsel und Gretel aus dem Märchen von den Gebrüdern Grimm nun schon wiederholt? »Ich hab sie identifizieren müssen.«

»Du?«

»Ja, ich bin anscheinend eine von den wenigen Essingern, die sie leibhaftig gesehen hat.«

»Welche Ehre!«

»Eine noch größere Ehre wird mir vom Erdem und vom Henry als Hauptverdächtige zuteil, weil ich mutmaßlich von ihr niedergeschlagen worden bin.«

»Mary Weidinger – die skrupellose Rächerin«, übertreibt es der Bär mit seinem Sarkasmus. »Die haben anscheinend immer noch nicht verkraftet, dass wir den letzten Fall vor ihnen gelöst haben.«

Das stimmt zwar so nicht ganz, aber der Bär hat das einfach für sich als Sieg verbucht. Mit Erdem ist er halt noch nie gut ausgekommen. Ich entschließe mich, mit ihm eine Runde zu drehen. Ein bisserl Bewegung nach der Herumliegerei im Krankenhaus und daheim tut mir bestimmt gut und wir können dabei auch gleich ein bestimmtes Ziel in Augenschein nehmen.

»Ich komm mit, dann bring ich dich auf den neuesten Stand.« Ich eile zur Garderobe, hole meine Stöcke hervor und schlüpfe in meine Turnschuhe. »Auf zur Dorfdisco!«

Als wir auf die Hütte zukommen, müssen wir leider feststellen, dass die Spusi schon da ist. Ihr weißer Kleinbus steht auf dem Feldweg davor. Aber wenigstens ist nix zu sehen von Erdem und Henry. Ludwig und Klaus sind mir ja wohlgesonnen, also sehe ich kein Problem, dass wir ein bisserl mitschnüffeln dürfen.

Die Tür steht offen, ich klette mich von den Stöcken los und klopfe an den Türrahmen, um mich bemerkbar zu machen. Abgesperrt haben sie jedenfalls nix. Ist hier am einsamen Waldrand auch eher überflüssig.

Der schlaksige Klaus in weißem Schutzanzug mit heruntergelassener Kapuze dreht sich zu mir um. »Mary! Fast hätt ich mit dem Ludwig eine Wette abgeschlossen, dass du hier auftauchst.«

»Der Bär ist auch dabei«, verkünde ich und er erscheint neben mir, so dass es im Raum merklich finsterer wird. »Dürfen wir reinkommen?«

Die Dorfdisco, wie gesagt eigentlich eher ein kleines Häuschen als eine Hütte, ist nach ihrem Wiederaufbau vor ein paar Jahren ziemlich modern eingerichtet. Auf der linken Seite in dem ungefähr dreißig Quadratmeter großen Raum stehen eine Küchenzeile, hinten in der rechten Ecke eine große Sitzbankgruppe und gleich rechts eine ausladende Couchlandschaft.

Ludwig, der die Küchenzeile mit unzähligen Gläsern, Dosen und anderen Behältern darauf inspiziert, winkt uns zu sich. »Das müsst ihr euch unbedingt anschauen!«

Auch er hat seinen Anzug nur grob angezogen und arbeitet ohne Kapuze. Ein Zeichen dafür, dass sie sich von diesem Ort nicht viele verwertbare Spuren erwarten. Das hier ist ja auch kein Tatort.

Der Bär und ich folgen also seiner Aufforderung und betrachten das ganze Dosenaufgebot, das sich fein säuberlich auf der Arbeitsplatte aufreiht. Alle Behälter sind korrekt beschriftet, allerdings nicht auf Deutsch.

»Ist das lateinisch?«

»Teilweise«, erörtert Ludwig uns und deutet auf eine Dose mit dem Etikett *Brugmansia*, dann auf *Digitalis* und weiter auf *Anconitum*. Bei diesen Namen macht es Klick bei mir, denn ich bin auch Hobbygärtnerin. Das sind ziemlich giftige Pflanzen: Engelstrompete, Fingerhut und Eisenhut.

»Da steht *Kahlkopf* drauf«, entdeckt der Bär ein besonders großes Glas mit Schnappverschluss. Darin deutlich erkennbar kleine getrocknete Schwammerl.

»Das ist ein psilocybinhaltiger Pilz, auch Zauberpilz oder Magic Mushroom genannt«, klärt Ludwig uns auf. »Die sind bei den jungen Leuten voll angesagt.«

»Anscheinend auch bei Hexen, denn die Pandora hat das gestern in einem Getränk an die Teilnehmer herumgereicht«, füge ich hinzu.

»Du meinst das Zeug in den Krügen und Töpfen? Ich hab davon Proben genommen, also wird es sich herausstellen.«

Ich nicke. »Mein Schwiegervater war dabei und er hat Geister gesehen.«

Ludwig schmunzelt. »Ideal bei so einer Séance. Da braucht man sich als Medium nur mehr halb so viel Mühe geben.«

»Jedenfalls hat sie sich damit strafbar gemacht. Die Wirkstoffe da drin fallen unter das Betäubungsmittelgesetz und sind illegal«, mischt sich Klaus ein. »Die hat hier mehr Gift und Drogen gelagert als Pablo Escobar in seinen besten Zeiten.«

Der Bär öffnet den Deckel von einem Topf auf dem Herd und schnuppert daran. Dann verzieht er das Gesicht und schüttelt den Kopf. »Das ist ja hier eine wahre Hexenküch. Ekelhaft!«

In der Ecke der Küchenzeile entdecke ich ein kaum mehr verzichtbares Mixgerät, das in den letzten Jahren in deutschen Haushalten einen wahren Siegeszug hingelegt hat. Ich deute darauf. »Aber sie war modern ausgerüstet.«

»Sie hat auch ein Handy gehabt«, informiert uns Klaus. »Das hat der Erdem schon mitgenommen, damit es euer ITler gleich analysieren kann.«

Noch ein Grund mehr, morgen Jo zu kontaktieren, mache ich mir eine gedankliche Notiz.

Klaus ist zum Esstisch hinübergegangen und deutet auf das Papierchaos dort. »Sie hat sich anscheinend fleißig Notizen zu den Teilnehmern an der Séance gemacht.«

Neugierig trete ich neben ihn und betrachte das Zettelwirrwarr. Ich nehme einen, auf dem Dora kreuz und quer in beinahe unleserlicher Handschrift irgendwas hingeschrieben hat. Oben steht Selina Neubauer. Das muss, dem modernen Vornamen nach, wohl das junge Mädel gewesen sein, die der Opa nicht gekannt hat, und die mit ihrer verunfallten Freundin sprechen wollte. Die hat offenbar Kordula geheißen. Ich lese ihren Namen zwischen all dem Geschmier heraus. Auf der nächsten Seite, die ich ins Auge fasse, steht der Name vom Opa drauf: Vinzent Spangler. Unter anderem finde ich in den Notizen auch *Magda gest. August 2013, Martin gest. Juni 2013; Mary + Toni = 2. Ehemann; Quirin + Vroni = Söhne: Michael 2 + Gabriel 4 Monate.* Dora hat sich also ausreichend vorbereitet.

Inzwischen ist der Bär neben uns getreten und schaut mir über die Schulter. »Was habt ihr?«

»Grobe Lebensläufe von den Séance-Teilnehmern«, informiere ich ihn.

»Die da wären?«

Ich zähle an den Fingern auf: »Der Opa, die Ulli, die Ungerer Rosi, die Zimmermann Babsi, eine gewisse Selina Neubauer und noch eine ältere Dame.«

Suchend krusche ich in der Zettelwirtschaft herum und ziehe schließlich ein Blatt heraus, auf dem ein weiterer Name steht, der gut zu letzterer Teilnehmerin passen würde.

»Gisela Gerber«, triumphiere ich.

Klaus bestätigt mir gelangweilt: »Die Namen hat sich der Kommissar Erdem grad auch schon alle notiert und lässt sie überprüfen.«

»War ja klar«, kommentiert der Bär genauso missfällig über den dienstbeflissenen Ex-Kollegen.

Und ich verteidige ihn wie noch zu meinen Dienstzeiten: »Der macht halt seine Arbeit gründlich. Wir wären es auch so angegangen.«

Dem Bär stinkts aber trotzdem: »Damit hat er einen Vorsprung.«

»Hey, wir sind hier nicht bei einem Wettkampf, Markus.«

»Das war von Anfang an unser Fall«, behauptet er entschieden.

»Welchen Anfang meinst du?«

»Na, die Zerstörung auf dem Friedhof und dann die Schmiererei an der Kirch und der Überfall auf dich«, erläutert er mir eifrig. »Das war doch alles diese Hex. Da sind wir uns doch einig, oder?«

»Schon«, gestehe ich es ihm zu. »Aber die Frage ist doch, was sie damit bezwecken wollt, wer noch so eine Schmiererei von ihr hingemalt bekommen hat und vor allem, was sie noch vorgehabt hat.«

»Jedenfalls ist sie jetzt tot«, analysiert Ludwig richtig.

»Genau, und ich glaub nicht, dass es jemand von dem Zinnober oben am See gewesen ist.«

Weiter zum Grübeln komme ich nicht, weil wir von draußen zuerst ein Rascheln und dann ein Grunzen vernehmen. Der Bär, Ludwig und Klaus sind sofort in Habachtstellung.

Ich zuerst auch, aber dann fällt es mir ein. »Kruzinesn, die Sau hätt ich jetzt fast vergessen!«

»Sau?«, forscht Ludwig.

»Ja, Penelope.«

»Penelope?«, wundert sich auch der Bär.

Schmunzelnd gehe ich hinaus. Die Männer folgen
mir neugierig. Tatsächlich streunt auf dem Lagerfeuerplatz vor dem Häusl das Hängebauchschwein herum.
Ganz offensichtlich sucht es nach seinem Frauchen. Es
schnüffelt, grunzt und erstarrt, als es uns entdeckt. An
mich scheint es sich allerdings zu erinnern, denn Penelope kommt zu mir her und stupst mich am Bein mit
ihrem feuchten Rüssel an.

»So eine fette Sau!«, amüsiert sich der Bär, während
ich mich hinunterbeuge und sie vorsichtig berühre.
Ihre Behaarung ist ziemlich borstig und auch ihr Geruch ist nicht zu verachten, aber irgendwie tut sie mir
leid. Was soll aus ihr werden, jetzt wo Dora tot ist?

»Dein Frauchen kommt leider nicht mehr, Penelope«, sage ich zu ihr.

Als würde sie mich verstehen, blickt sie mit ihren
runden Äuglein traurig zu mir auf und mein Mitleid
steigert sich weiter.

»Ach, geh!«, tut Ludwig ab. »Die versteht dich doch
gar nicht.«

Auch der Bär interessiert sich für Penelope und
kommt näher. Er tätschelt ihr den Rücken. »Schweine

sind ziemlich intelligente Viecher. Die weiß genau, was los ist«, stellt er fest und redet dann in kindlicher Sprache auf sie ein. »Gell, du bist eine gescheite Sau, auch wenn du nicht besonders hübsch und dick bist.«

Zutraulich wendet sie sich nun ihm zu und grunzt ein paar Mal. Nun wird er angestupst.

»Ich kenn das«, antwortet er ihr. »Ich weiß, wie es ist, wenn man wegen seiner Figur verachtet wird.«

Sie pflichtet ihm mit einem tiefen Grollen in der Kehle bei. Die zwei scheinen sich zu mögen.

Ludwig und Klaus schütteln abtuend ihre Köpfe.

»Was machen wir denn mit ihr?«, fragt der Bär mich dann und streichelt die Sau weiter.

»Du kannst sie gern mit Heim nehmen«, biete ich ihm an. »Du hast einen großen Garten, da hat sie viel Platz.«

»Spinnst du! Was glaubst du, was die Karin sagt, wenn eine Sau ihren geliebten Garten umgräbt?«

»Dann müssen wir die Tierhilfe anrufen.« Ich zücke schon mein Handy.

»Damit sie sie in einen engen Käfig einpferchen?«, keift er mich an. »Kommt gar nicht infrage, gell, Penelope!«

Weil er sich so für sie ins Zeug legt, wetzt sie sich nun mit ihrem ganzen Körper gegen seine Beine und schnurrt, oder wie man das bei einem Schwein nennt.

»Hast du einen besseren Einfall?«

Ludwig mischt sich aus dem Hintergrund ein. »Habt ihr in Essing keine Bauern mehr?«

Der Einzige, der mir auf die Schnelle einfällt, ist der Gumplinger Fritz. Allerdings hat auch er nur mehr ein paar Ziegen. Aber auf seinem g'schlamperten Hof würde sich Penelope wohlfühlen, sauwohl sogar.

»Der Gumplinger«, kommt auch der Bär drauf und fragt dann das Schwein: »Ich hoff, du magst stinkende Geißen, Penelope?«

Ihr zufriedenes Grunzen hört sich nach einer Zustimmung an.

Der Bär freut sich. »Ja, genau, du stinkst ja selbst.«

Langsam wird er mir unheimlich: Der mit dem Hängebauchschwein spricht. Erneut hebe ich die Hand mit meinem Handy und google die Nummer vom Gumplinger. Es dauert eine Zeit lang, bis er endlich dran geht. Für seine Tiere ist er ein guter Bauer, wie man so hört und er erklärt sich auch gleich bereit, mit seinem Viehanhänger zu kommen und sich dem Hängebauchschwein anzunehmen, nachdem ich ihm die Situation erklärt habe. Mit dem Handy am Ohr beobachten der Bär und ich, wie Penelope zielstrebig in die Dorfdisco stakst und gleich neben dem Eingang einen Plastikeimer mit dem Rüssel umschmeißt. Das Zeug, das wie Trockenfutter für Hunde oder Katzen aussieht, verstreut sich auf dem Boden. Sie macht sich schmatzend und freudig gronend darüber her.

»Hey!«, regt sich Klaus auf. »Wir sind noch nicht fertig mit unserer Arbeit und die Sau hat hier drin nix verloren!«

Er geht auf sie zu und will sie hinausscheuchen, aber das stört sie nicht im Geringsten. Sie ignoriert ihn und frisst ungerührt weiter.

»Lass sie doch«, hilft der Bär zu ihr. »Ihre Spuren werdet ihr sowieso überall finden. Sie hat ja der Dora gehört.«

Bis der Gumplinger kommt, widme ich mich wieder der Zettelwirtschaft auf dem Esstisch. Ich muss Dora anerkennen, dass sie wirklich gut recherchiert hat. Das meiste anscheinend aus dem Internet, und teilweise aus Gesprächsnotizen auf Schmierzetteln. Offenbar war sie doch auch im Dorf unterwegs zum Ratschen. Ich entdecke ein paar Essinger Frauennamen, darunter auch den von Rita. Sie sind allesamt eifrige Kundinnen im Essinger Kramerladen und Mitglieder des dortigen Ratschkathltreffs. Allein für die Mühe mit denen hat sich Dora die hundert Euro je Teilnehmer redlich verdient. Bis auf Rosi und Babsi waren alle glücklich mit der Kontaktaufnahme mit ihren verstorbenen Angehörigen und so hat die Hexe doch auch ein gutes Werk getan.

Der Bär bemüht sich derweil weiter um Penelope. Die beiden haben anscheinend wirklich einen Draht zueinander. Als ich alles, was ich wissen muss, in meinem Gehirn abgespeichert habe, trete ich wieder hinaus und da sitzt er auf einem von den Gartenstühlen, Penelope vollgefressen und schlafend zu seinen Füßen. Wie verliebt er sie ansieht, bringt mich zum Schmunzeln.

»Was grinst du so?«

»Nur so«, tue ich ab und vertreibe den Gedanken, dass die zwei gut zusammenpassen würden. Dann kommt auch schon der schäbige Golf vom Gumplinger angefahren. Es ist eine wahre Freude, dem Bär dabei zu verfolgen, wie er dem Bauern klarmacht, dass Penelope ein intelligentes Tier ist, um ihr Frauchen trauert und viel Zuwendung braucht.

»Koa Angst«, versichert ihm der Gumplinger. »Die ist bei mir gut aufgehoben. Und mit meinen Geißen ist sie auch nicht allein.«

Wieder redet der Bär Penelope gut zu und auch der Bauer verfällt in den gleichen Singsang, so dass sie sie tatsächlich dazu bringen, über die Rampe auf den Viehanhänger zu steigen.

»Ich werd dich besuchen«, verspricht der Bär, bevor der Gumplinger die Rampe hochklappt und verschließt.

Er reibt sich die Hände an seiner eh schon dreckigen Arbeitslatzhose ab und blickt sich neugierig um. »Jetzt ist sie also tot, die Hex?«

»Ja.«

»Wär auch kein Wunder, nachdem was die alles getrieben hat.«

Irgendwie hab ich das Gefühl, er muss noch was loswerden. »Mag sein, dass sie ein bisserl betrogen hat, aber dafür verdient sie auf keinen Fall den Tod.«

»Nein, nein«, wiegelt er sofort ab. »Ich mein ja nur, weil sie die Gräber kaputtgemacht hat.«

»Es ist nicht bewiesen, dass sie das war.«

»Freilich!«, braust er auf. »Wer denn sonst?«

Ich ahne da was. »Weißt du das von der Rita?«

Auf einmal weicht er mir aus. »Die Rita hat gesagt, so eine Hex ist nicht gut für Essing. So eine gehört nicht hierher. Die will uns braven Katholiken nur Böses.«

»Aha«, wittere ich da noch mehr. »Und dann hat sie dir angeschafft, du sollst in der Nacht ein paar Gräber zerstören, damit sie es der Hex in die Schuh schieben kann.«

Sein sonst blasses und faltiges Gesicht errötet wie das von einem Puter. Ich habe also ins Schwarze getroffen. Dieses hinterfotzige Weibsbild! Was mich aber am meisten ärgert ist, dass sie den Bär und mich für ihr falsches Spiel eingespannt hat. Die spinnt doch!

Nervös tritt er von einem Fuß, der in dunkelgrünen Gummistiefeln steckt wie der zweite, auf den anderen.

»Ich muss jetzt wieder heim«, windet er sich heraus und springt auch schon in sein Auto.

Als er davonfährt, grunzt der Bär. Offenbar hat er das von der Sau übernommen. »So ein Depp!«

»Der ist genau der Richtige für die Rita, um sich vor ihren Karren spannen zu lassen«, spotte ich.

Auch der Bär ist wütend. »Und wir hauen uns die Nächte um die Ohren, derweil waren die es selbst!« Er schnaubt entrüstet, als er weiter zur Erkenntnis kommt. »Drum hat sie so verständnisvoll getan, als ich sie angerufen hab, um ihr zu sagen, dass wir ihren Auftrag beenden, weil es dich erwischt hat. Ich hab eher erwartet, dass sie unbedingt will, dass wir weitermachen.«

»Die hat ein schlechtes Gewissen«, stelle ich kopfschüttelnd fest. »Aber die kauf ich mir noch.«

Ich schnappe mir meine Stöcke, die ich neben die Tür gelehnt habe. Ich muss jetzt Dampf ablassen. Eilig verabschiede ich mich von den Spusis und der Bär hat Mühe, mir zu folgen.

Kapitel 13

Bis ich schau, sind wir auch schon in Neuessing. Auf der Strecke hat meine Wut langsam nachgelassen, auch weil ich eine Idee habe, wie ich es der Rita heimzahlen kann.

»Du musst nicht bis ganz heim zu mir mitwalken«, bremst der Bär mich schließlich außer Atem und schwitzend ab.

Der Bär wohnt ihm Ortsteil Weihermühle, ganz am westlichen Anfang oder Ende, je nachdem woher man kommt, von Essing, das sich lang gezogen das Tal entlang erstreckt. An dieser Stelle muss ich dazu erklären, dass der Markt Essing aus zwei inzwischen zusammengewachsenen Orten besteht: Altessing, wo ich wohne, und Neuessing, das weithin bekannt ist mit dem historischen Marktplatz samt Rathaus und Torturm und dem steilen Felsmassiv dahinter als Kulisse. Die Häuser quetschen sich zwischen Altmühl und Felsen auf das knappe Land. So sind die beiden Gassen, die durch den Markt hindurchführen ziemlich schmal und genauso beengt wie die Parkplatzverhältnisse und Gärten der Einwohner. Aber die meisten haben das Beste draus gemacht, so auch die Eltern von Dora. Sie haben ein baufälliges, schon länger leer stehendes Häuschen direkt an der Altmühl gekauft und es renovieren lassen, bevor sie darin eingezogen sind. Schon damals muss das einen Haufen Kohle gekostet haben, aber es hat sich gelohnt. Noch heute ist das Heim von Kurt Palfinger ein Schmuckstück von einem Jurahaus, so wie es bei uns hier in der Gegend früher gebaut wurde. Mit flach geneigtem Dach, gedeckt mit Jurakalkplatten, kleinen Holzsprossenfenstern und Läden dazu und einer geschnitzten Haustür. Es ist zwar eingezwängt zwischen zwei Nachbarhäuser, hat aber auf der Rückseite zur Altmühl hin einen kleinen, gepflegten Garten und einem Bootssteg.

An dem Haus sind wir stehen geblieben und ich betrachte es eingehend.

Die polnische Pflegerin hat offenbar bessere Reinigungsmittel als Rita. Die rote Farbe ist nur mehr zu erahnen und lesbar ist nichts mehr. Aber ich weiß ja von Bärbel beziehungsweise der Achhammerin, was da gestanden hat: *Was hast du getan?*

Ich muss es wohl laut ausgesprochen haben, denn der Bär fragt mich: »Ja, was hat er denn getan?«

»Das gilt es, herauszufinden«, kündige ich an.

Wie es scheint, kriegen wir auch gleich Gelegenheit dazu, denn die Haustür geht auf und Kurt Palfinger im

Rollstuhl und seine Pflegerin stehen da. Sie hat alle Mühe, ihn im Rollstuhl die beiden Stufen hinunter zu bugsieren. Die Chance für den Bär und mich, ihnen zu helfen und auch gleich ins Gespräch zu kommen. Wir kletten uns also geschwind von unseren Stöcken los und packen mit an, bis wir zu viert in der Altmühlgasse auf dem Kopfsteinpflaster stehen.

Die Pflegerin dürfte nicht älter als sechzig sein und hat ein freundliches Gesicht mit einem streng nach hinten gebundenen Dutt. Sie bedankt sich mehrmals in beinahe akzentfreiem Deutsch bei uns. Palfinger verzieht keine Miene.

»Sie sprechen unsere Sprache sehr gut«, lobt sie der Bär.

Sie fühlt sich sichtlich geschmeichelt. »Ich bin schon über dreißig Jahre überall in Deutschland zur Pflege gewesen.« Sie beugt sich zum Palfinger hinunter und legt liebevoll ihre Hand auf seine Schulter. »Gell, Kurti, aber jetzt bleib ich für immer hier.«

Kurti ist ihre Zuwendung vor uns zuwider, das merke ich ihm an. Er sitzt zwar in einem Rollstuhl, aber als gebrechlich würde ich ihn nicht bezeichnen. Breitschultrig und gut gekleidet wirkt er sogar richtig vital. Sein frisch rasiertes, kantiges Gesicht mit dem fliehenden Kinn, der langen, schmalen Nase und die wachen, hellblauen Augen unterstreichen das nur noch. Man sieht ihm nicht an, dass er schon auf die Achtzig zugehen dürfte.

152

»Ist schon gut«, wiegelt er griesgrämig ab. »Und jetzt schieb endlich!«

»Wir wollen das schöne Wetter ausnutzen und ein bisschen an der Altmühl entlang spazieren«, erklärt uns seine Pflegerin eifrig. Sie scheint sich wirklich sehr um das Wohl ihres Patienten zu kümmern und befolgt seinen harschen Befehl.

Wir lassen sie durch und ich überlege hastig, wie ich ein Gespräch in Gang bringen kann. So eine Chance bekomme ich nicht wieder.

»Mein herzliches Beileid übrigens«, rufe ich ihnen hinterher.

Ich erreiche damit genau, was ich wollte: Sie bleiben stehen.

»Ich mein, es tut mir leid, dass die Dora tot ist, jetzt wo sie doch erst wieder heimgekommen ist.«

Ich vernehme nur ein abfälliges Schnauben von ihm und der Bär und ich gehen ihnen nach, damit wir uns besser unterhalten können.

»Die Polizei hat mich geholt, damit ich sie identifiziere«, erkläre ich ihm, als ich vor ihm stehe. »Ich hab sie vor ein paar Tagen noch besucht. Wir waren doch früher einmal Freundinnen. Ich bin die Maria.«

»Ach ja, genau. Die kleine Meierhofer«, bringt er endlich auch was heraus. Seine Stimme klingt tief und herrisch und seine Augen scannen mich gründlich. Genau wie damals, jagd er mir damit eine Gänsehaut über den Rücken. Er ist mir immer noch unsympathisch.

Ich ihm ganz offensichtlich auch, aber er erinnert sich noch an meinen Mädchennamen. Wir sind uns, nachdem Dora auf einmal weg war, nur selten begegnet. Ein paar Mal ist er mir mit dem Auto entgegengekommen oder ich hab ihn beim Einkaufen im Supermarkt getroffen und höflich gegrüßt, das war alles. Er hat sich nach der Scheidung aus der Öffentlichkeit zurückgezogen, aber eigentlich war er nie wirklich Teil davon. Die Palfingers waren halt wohlhabende Zuagroaste, die sich nie richtig in Essing integriert hatten.

Mit der rechten Hand macht er eine winkende Handbewegung, um seine Pflegerin voranzutreiben. Aber sie übersieht das und streckt mir freundlich ihre Hand über ihn hinweg hin: »Ich heiße Olga, Olga Kotecki.«

Und auch der Bär bekommt sie gereicht und er schüttelt sie. »Markus Bärnreuther.«

»Ach, Sie sind die beiden Polizisten, die schon so viele Mordfälle hier gelöst haben«, fällt ihr ein. »Ich habe schon viel von Ihnen gehört.«

»Wir sind nicht mehr bei der Polizei«, kläre ich sie auf. »Ich arbeite jetzt beim Lindenwirt und der Bär bei einer Geldtransportfirma.«

Warum erzähle ich das überhaupt? Damit es davon ablenkt, dass wir am Schnüffeln sind, gebe ich mir selbst Antwort.

»Ach, darum waren die anderen beiden Kommissare heut bei uns«, erkennt Olga.

»Werden Sie die Dora hier auf dem Friedhof beiset-
zen lassen, Herr Palfinger?«, frage ich ihn. »Ich würd
gern auf die Beerdigung gehen.«

Mürrisch winkt er ab. »Gar nix werd ich. Sie war
nicht mehr meine Tochter.«

»Sie haben sich nicht wiedergesehen, seit sie hier in
Essing ist?«

»Nein, das wollt ich auch nicht. Was die mit ihrer
Mutter gegen mich bei der Scheidung abgezogen hat,
war unverzeihlich«, wettert er und sein Kopf läuft rot
an. »Die zwei hatten bei mir das schönste Leben und
das war dann der Dank dafür ...«

Schnell lenke ich ab, bevor er noch grantiger wird:
»Sie haben eine ziemlich komplizierte Hüftoperation
gehabt?« Alte Leute reden gern über ihre Gebrechen.

Wieder gestikuliert er abfällig mit der Hand herum.
»Ach was! Kompliziert! Die haben gepfuscht und ich
hab nie wieder richtig laufen können.«

»Im Haus mit deinem Stock geht das doch ganz
gut«, mischt sich Olga beschwichtigend ein. »Nur halt
nicht sehr lang. Aber du hast ja mich.«

Ein kurzes zufriedenes Lächeln huscht über seine
schmalen Lippen und er tätschelt kurz ihre Hand, die
erneut auf seiner Schulter ruht.

Und ich wechsle schon wieder das Thema: »Ich hab
über ihrer Haustür so ein ähnliches Geschmiere gesehen, wie es auf unserer Kirch in Altessing gestanden hat.
Sie haben keine Ahnung, wer das gewesen sein könnt?«

Jetzt regt sie sich auf. »Irgend so ein Schmierfink! Ich bin aus allen Wolken gefallen, als ich das am Morgen entdeckt hab, um die Zeitung zu holen. So eine bodenlose Frechheit!«

»Haben Sie es der Polizei gemeldet?«, hakt der Bär nach. »Das ist Sachbeschädigung.«

Erneut fuchtelt Palfinger zornig herum. »Wegen so einer Bagatelle kommen die doch nicht mal vorbei. Außerdem finden die den sowieso nicht.«

»Wenn es in Zusammenhang mit einem anderen Verbrechen steht, ist alles wichtig, auch so eine Schmiererei, denn solche haben wir in letzter Zeit noch ein paar Mal gehabt«, weise ich ihn hin. »Was könnt der Täter sich dabei gedacht haben: *Was hast du getan?*«

Ich beobachte sein Gesicht genau, als ich es ausspreche. Doch Palfinger lacht nur abfällig. »Ich hab sehr viel in meinem Leben getan, vor allem viel gearbeitet, sonst könnt ich es mir auch nicht leisten, hier zu wohnen und eine Pflegerin rund um die Uhr bei mir zu haben.«

Das nenn ich mal geschickt ausgewichen. Aber egal, mir wird er sich so oder so nicht offenbaren. Mit Sicherheit hat er während seines Führungsleiterpostens bei Audi und mit seinem herrischen Charakter viele vergrämt und verärgert.

»Das kann ich mir vorstellen«, pflichte ich ihm bei, halte mich aber zurück, um nicht in Ungnade zu fallen.

»Und jetzt lassen Sie uns endlich diesen depperten Spaziergang machen.« Erneut kommen seine großen

Hände zum Einsatz und er scheucht und deutet bestimmt und eifrig.

Der Bär und ich lassen sie weiterziehen und blicken ihnen noch eine Zeit lang hinterher.

»Ebenezer Scrooge«, murmelt dann der Bär.

»Wer?«

»Ach, ich hab mich nur grad die ganze Zeit gefragt, an wen der mich erinnert, und jetzt bin ich drauf gekommen: An den Ebenezer Scrooge aus dieser Weihnachtsgeschichte von Dickens.«

Den Film hab ich mit meinen Kindern vor Weihnachten auch immer angeschaut und stelle fest, dass der Bär recht hat. »Bis auf seine Statur. Kaum zu glauben, dass dieses Trumm Mannsbild nicht mehr laufen kann.«

Der Bär brummt missfällig. »Der ist doch der volle Pascha und lässt sich von dieser Olga bemuttern.«

Ich zucke mit den Schultern. »Wenn er gut zahlt! Was mich eher interessieren würd, ist, was in dieser Familie vorgefallen sein muss, dass die Ehe in die Brüche gegangen und die Scheidung anscheinend alles andere als rosig verlaufen ist ...«

»Wenn der was Besseres bei Audi war, hat der bestimmt jede Menge Geld verdient und die Frau wird ihn ausgesackelt haben«, vermutet der Bär.

Inzwischen sind wir zurückgegangen, haben uns unsere Walkingstöcke, die an der Hauswand lehnen, wiedergeholt und angelegt. Ich muss jetzt langsam heim. Ein leichtes Ziehen im Nacken kündigt den bekannten und wiederkehrenden Kopfschmerz an. Ich muss mich ausruhen und nachdenken. Vielleicht auch mit dem Toni oder mit dem Edi unterhalten, je nachdem, wer von den beiden verfügbar ist.

Der Bär hat noch eine Theorie: »Wahrscheinlich häusliche Gewalt. Ich trau dem Grantler auf alle Fälle zu, dass der seine Frau und bestimmt auch die Tochter geschlagen hat.«

»Die Bärbel hat neulich mal das Wort Missbrauch erwähnt, aber eher im Zusammenhang mit dem Altpfarrer Memminger«, fällt mir ein.

»Dann solltest du mal deine Kontakte in die PI spielen lassen und rausfinden, ob es vor fünfunddreißig Jahren eine Anzeige gegen den Palfinger oder auch gegen den Memminger gegeben hat«, rät mir der Bär und walkt in Richtung seiner Heimat davon.

»Du hast genau dieselben Kontakte.«

»Aber du bist mit dem Jo verwandt«, ruft er über die Schulter zurück.

Danke auch! Ich muss immer die Bittstellerin machen!

Kapitel 14

Daheim ist niemand, weder Edi noch Toni. Ich nehme eine Tablette und lege mich auf den Sessel im Wintergarten, aber ich kann einfach nicht zur Ruhe finden. Wie auch, wenn schon wieder so viel passiert ist und so viele Fragen durch mein Gehirn geistern. Was hat sich die Rita nur dabei gedacht, Dora die Gräberverwüstung anhängen zu wollen? Was sie und der Gumplinger getan haben ist kriminell, da gibts nix zu beschönigen. Je älter die Mesnerin wird, desto resoluter und skrupelloser wird sie anscheinend. Wie bringt sie das nur mit ihrer christlichen Überzeugung in Einklang? Ich werfe meine mal wieder über Bord, denn meine Rachegelüste nehmen weiter Form an, was mich auf die beiden Kommissare bringt. Was wohl Henry und Erdem grad tun? Wenn ich noch Kommissarin wäre, würde ich zuerst alle Teilnehmer der Séance vernehmen. Mit dem Opa, Ulli und Babsi habe ich mich schon unterhalten und eigentlich nur herausgefunden, dass Dora Palfinger eine Betrügerin war und ihre Kundschaft mit Drogen und

Giften gefügig gemacht hat, damit die ihr ihr Schauspiel abkaufen. Die beiden anderen Teilnehmerinnen kenne ich nicht, aber Rosi eben schon. Ob sie wohl heute arbeitet?

Ich rapple mich aus dem Sessel auf und greife mir mein Handy. »Dann auf zum Lindenwirt! Aber vorher ruf ich den Henry an.« Er ist mir trotz seiner andauernden Anmache immer noch der Liebere von beiden.

Er hebt auch gleich ab. »Mary, was gibts?«

»Ihr solltet euch mal die Rita Katzmeier vornehmen. Die hat was gegen die Hex gehabt, weil sie nicht nach Essing gepasst hat, hat die Rita jedenfalls behauptet. In ihren Augen war sie wohl eine Gefahr für die Einheimischen.«

»Ich frag dich jetzt nicht, woher du die Info hast.«

»Ich würds dir eh nicht sagen«, kontere ich. »Aber es schadet ja nicht, wenn man der mal auf den Zahn fühlt.«

»Warum machst du das nicht selbst?«

»Seitdem der Opa und die Rita getrennt sind, ist unser Verhältnis ein bisserl angespannt. Ihr habt das also nicht von mir«, rede ich mich heraus.

Ich will, dass die Rita Besuch von den Kommissaren bekommt, quasi als Strafe. Ich sehe sie direkt vor mir, wie sie um Fassung ringt und sie sich bei ihren Fragen zu rechtfertigen versucht. Vielleicht verhaspelt sie sich auch noch und gibt zu, dass sie den Gumplinger angeheuert hat, die Gräber zu zerstören, und es Dora in die

Schuhe schieben wollte. Das wäre eine Genugtuung für mich und es wäre wieder ein Fall der Detektei Weidinger & Bärnreuther aufgeklärt.

»Gibts sonst noch was, was wir wissen sollten?«

»Der Bär und ich haben das Hausschwein von der Dora Palfinger bei einem örtlichen Bauern untergebracht.«

»Sie hat ein Hausschwein gehabt?«

»Penelope, ein Hängebauchschwein.«

»Warum wundert mich das jetzt nicht«, mosert Henry. »Noch was?«

»Der Opa und die Ulli waren es nicht.« Freilich gehe ich davon aus, dass er und Erdem inzwischen die Teilnehmer der Séance ermittelt haben.

»Das ist klar«, meint er voller Ironie. »Und Rosi Ungerer und Barbara Zimmermann auch nicht, weil du sie alle genau kennst.«

»Richtig«, stimme ich ohne Umschweife zu.

»Dann kann die Täterin ja nur eine von den anderen beiden Damen gewesen sein.«

»Die Selina Neumeier und die Gisela Gerber werdet ihr bestimmt schon in die Mangel genommen haben«, gebe ich ihm zu verstehen, dass ich auch im Bilde bin. »Und die waren es eher auch nicht.«

»Du hast gut ermittelt«, gibt er sich beeindruckt.

»Immer doch! Du weißt, ich hab eine Detektei«, weise ich ihn geschäftig hin. »Allerdings lag im Hause Palfinger irgendwas im Argen. Der Kurt Palfinger hat auch eine Schmiererei über der Haustür gehabt. Aber das habt ihr bestimmt selbst gesehen, als ihr ihm die Todesnachricht von seiner Tochter überbracht habt.«

Sein kurzes Zögern deutet mir, dass sie keine Ahnung davon haben. Darum füge ich noch hinzu: »›Was hast du getan?‹ hat über der Haustür gestanden. In genau der gleichen Farbe und Schrift wie an der Kirch.«

»Dora Palfinger?«

»Ich würd sagen, ja«, stimme ich zu. »Und ich würd mal überprüfen, was da damals bei der Scheidung ihrer Eltern abgegangen ist, welchen Scheidungsgrund es gegeben hat, ob da was gegen den Vater vorgelegen hat und so weiter.«

Sollen die den Jo derweil damit beauftragen, dann kann ich ihn morgen ausquetschen.

»Ja, so hatten wir das vor«, überspielt Henry sein Unwissen.

»Schon klar«, triumphiere ich frotzelnd.

»Danke, Mary. Ich muss aufhören. Servus.«

»Servus.«

Voller Genugtuung freue ich mich über den Ermittlungsvorsprung, den der Bär und ich schon wieder haben. Aber zumindest brauche ich mir jetzt, wo ich ihn mit ihnen geteilt habe, nicht vorwerfen lassen, wir hätten es verschwiegen. Bester Laune mache ich also weiter, schlüpfe in meine Schuhe und überquere die Straße hinüber zum Lindenwirt. Tatsächlich bedient Rosi heute. In der hellgrün karierten Lindenwirt-Bluse und dem

162

schwarzen Bleistiftrock stampft die stämmige Kellnerin durch den Biergarten. Jetzt am späten Nachmittag sind nicht viele Gäste da. Ich folge ihr ins Wirtshaus und hole sie an der Kasse neben der Ausschanktheke ein.

»Na, Rosi, hast den Zinnober gestern am See gut überstanden?«

Als redegewandte Bedienung ist sie natürlich um keine Antwort verlegen: »Und du den Schlag auf den Schädel?«

Ich reibe mir über meine Beule. Die Tablette wirkt glücklicherweise. »Einigermaßen.«

Sie feixt. »Mich reuen die paar Stunden Schlaf, die mir wegen dem Theater von der blöden Hex abgehen, und die fünfzig Euro, die mich der Spaß gekostet hat.«

»Man lernt eben nie aus«, bedauere ich. »Du hast also die fünfzig Euro doch bezahlt?«

Rosis rundes, pausbäckiges Gesicht bekommt rote Flecken. »Die blöde Hex hat mir gedroht, mir jede Nacht den Geist von meiner Mutter ans Bett zu schicken.« Sie tippt eifrig auf die Tastatur der Kasse ein, bis der Drucker an der Theke daneben einen Bon ausspuckt.

»Ich hab gedacht, du glaubst, die Hex hat nur so getan, als ob sie die Geister beschwören könnt.«

An mir vorbei huscht sie um die Theke und schenkt an der Zapfsäule ein Bier ein.

»Man kann ja nie wissen«, rechtfertigt sich Rosi. »Und außerdem wollt ich mich mit der Mutti versöhnen, weil ich eh schon immer Albträume wegen ihr hab.«

»Aha.«

Warnend hält sie mir, nachdem sie das fertige Helle auf ein Tablett gestellt hat, ihren wurstigen Zeigefinger unter die Nase und kneift die Augen zusammen: »Ich sag dir eins, Mary: Solltest du mit jemandem im Argen liegen, dann bieg das grad. Weil, wenn die Person tot ist, ist es zu spät und die rächt sich an dir.«

»Ich bin mit niemandem im Streit«, behaupte ich, obwohl mir kurz Erdem durch den Kopf geht. Aber als Streit würde ich das zwischen uns nicht bezeichnen. Wir haben halt ein angespanntes Verhältnis und er ist sowieso Moslem. Also hat er in meinen katholischen Träumen eh nix verloren, sollte er vor mir ins Gras beißen.

Geschäftig wie üblich zieht sie mit der linken Hand eine Schublade der Theke auf, holt eine Flasche Weißwein heraus, während sie mit der rechten ein Glas mit Mineralwasser halb fühlt.

»Du weißt schon, dass die Hex jetzt tot ist?«, frage ich sie.

Sie nickt. »Die Bullen waren schon da deswegen.«

»Und?«

»Was und?« Das halbvolle Wasser wird von ihr mit Weißwein aufgefüllt.

»Was hast du denen gesagt?« Ist die begriffsstutzig, Kruzinesn!

»Was sollt ich denen schon sagen: Dass es nicht schad um die blöde Hex ist und ich meine fünfzig Euro wiederhaben möcht.«

»Prima«, lobe ich sie. »Du warst die Letzte nach dem Hokuspokus.«

Sie verdreht die Augen. »Das haben mir die Kriminaler auch vorgeworfen. Aber als ich gegangen bin, da war sie noch lebendig. Ich hab sie jedenfalls nicht in den See geworfen.«

Sie kennt also die Auffindesituation der Leiche. Ob von den schon wieder kursierenden Gerüchten oder den Kommissaren ist mir grad egal. Energisch packt sie das Tablett mit der Weinschorle und dem Hellen und rennt hinaus in den Biergarten. Ich warte, bis sie wieder zurückkommt.

Das passt ihr offensichtlich gar nicht. »Was willst denn noch wissen, du alte Schnüfflerin?«

»Ist dir noch was komisch vorgekommen?«

Sie zieht die Augenbrauen hoch. »Das ist nicht dein Ernst, oder? Nach einer Geisterbeschwörung, die eigentlich keine war?«

Ich bleibe hartnäckig. »Ist oder ist nicht?«

Sie seufzt genervt und ergibt sich. »Der Opa war auch da. Und eine von den anderen Frauen war deine Schwester, glaub ich.«

»Ich mein, ob dir auf dem Heimweg was aufgefallen ist, eine andere Person, die nicht mitgemacht hat oder so«, versuche ich ihr meine Frage zu erläutern.

Mit der Hand fasst sie sich an die Kehle und reißt die Augen auf. »Ich hab so einen geschwollenen Hals gehabt, weil die mich beschissen hat. Glaubst wirklich,

ich hab da noch aufgepasst, was rundherum war? Außerdem wars stockdunkel.«

»Du gibst also zu, dass du gescheit wütend auf sie warst?«

Die roten Flecken in ihrem Gesicht werden größer. »Ja, das geb ich sehr gern zu. Ich bin nämlich eine hart arbeitende Bedienung, die sich ihr Geld mit Rennen und Freundlichkeit verdienen muss und nicht mit so einem Betrug an gutgläubigen Menschen wie diese Pandora. Aber wenn ich sie umbringen hätt wollen, hätt ich ihr einen von den Krügen, in denen dieses greisige Gebräu drin war, über den Schädel gezogen, damit sie sofort tot gewesen wär. Ich hätt nicht gewartet, bis sie in dem See ersoffen ist, das kannst mir glauben.«

Ich glaubs ihr. Rosi ist viel zu einfach gestrickt, als dass sie mir oder auch der Polizei eine Lügengeschichte auftischen könnte.

Trotzdem kann ich es mir nicht verdrücken, sie ein bisserl zu ärgern. »Es ist noch nicht raus, wie die Pandora gestorben ist. Vielleicht ist sie ja erschlagen worden ...« Prüfend betrachte ich sie und sie faucht mich an: »Geh, leck mich doch am Arsch!«

Dann rauscht sie wieder hinaus und ich brauche mir mein Schmunzeln nicht mehr länger verdrücken.

Kapitel 15

Als ich heimkomme, höre ich Toni in der Küche. Er macht sich die Reste des Geschnetzelten vom Mittag in der Mikrowelle warm. Als er mich sieht, zuckt er kurz zusammen. Er versucht, es zu überspielen, indem er zu mir herkommt und mir ein Bussi gibt, aber ich merke es doch.

»Mein neuer Haarschnitt gefällt dir anscheinend gar nicht«, stelle ich fest.

»Ich muss mich erst noch dran gewöhnen«, entschuldigt er sich beschämt und wechselt das Thema: »Du warst mal wieder beim Schnüffeln unterwegs, nehm ich an? Dann bist du ja wieder fit.«

»Ich war beim Nordic Walken mit dem Bär.« Das ist zwar nur die halbe Wahrheit, aber zumindest nicht gelogen.

»Und euer Ziel war was oder wer?«, gibt er nicht nach.

»Die Dorfdisco, und dann hab ich ihn noch ein Stückerl heimbegleitet.«

»Die Hex wohnt doch da draußen.«

»Hat gewohnt. Sie ist vergangene Nacht gestorben. Todesursache unbekannt.«

Grad hat er seinen Teller mit dem dampfenden Essen aus der Mikro genommen und stellt es knallend auf der Küchentheke ab. »Nicht schon wieder!«

»Doch schon wieder«, bestätige ich. »Und stell dir vor, ich bin die Hauptverdächtige vom Henry und vom Erdem.«

Toni stöhnt auf, setzt sich auf den Hocker und greift sich die Gabel. »Und da musst du dich natürlich einmischen.«

»Ja, muss ich«, rechtfertige ich mich eifrig. »Oder willst du, dass die mich in U-Haft nehmen?«

Kauend verdreht er die Augen. »Ich muss dir aber jetzt nicht erklären, was die erst dazu brauchen, um dich dahin zu bringen.«

Ich reiße den Kühlschrank auf und gucke, nach welcher Brotzeit es mich gelüstet. »Jedenfalls kann ich das doch nicht einfach so auf mir sitzen lassen und außerdem will ich, dass ihre Todesumstände aufgeklärt werden. So ein Ende hat sie nicht verdient, obwohl sie eine Scharlatanin gewesen ist.«

»Logisch, die Verfechterin für alle Gegeißelten und Geknechteten Essings ist wieder im Kampf für die Gerechtigkeit«, höhnt Toni theatralisch. »Nur blöd, dass die Hex tot ist und dir kein Honorar für deine Dienste zahlen wird.«

Ich hole mir die italienische Salami und ein paar Tomaten heraus. Eigentlich habe ich keinen großen Hunger. »Ich mach das ...«

»... um deine geschätzten Ex-Kollegen zu unterstützen«, vollendet Toni meinen Satz gelangweilt. »Bitte,
nicht schon wieder die Leier, Maria.«

»Kruzinesn, Toni!«, werde ich jetzt grantig. »Du
kennst mich doch. Ich kann halt nicht raus aus meiner
Haut.«

»Die wieder eine Narbe mehr aufzuweisen hat.
Reichts dir nicht, dass du schon wieder im Kranken-
haus warst? Und alles nur wegen dieser verwüsteten
Gräber.«

»Und wegen dem G'schmier!«

»Das sind irgendwelche Mutproben von puberie-
renden Jugendlichen. Wahrscheinlich genau die gleichen, die die Kasse oben an der Burg aufgebrochen haben.«

»Eben nicht ...«

Weiter kommen wir nicht mit unserer Diskussion,
weil es an der Haustür klingelt. Ich mache auf. Vor mir
stehen Kerstin im hautengen Joggingoutfit und Bob
Marley. Also nicht der Echte. Geht ja nicht, aber zumindest die gezwirbelte Haarpracht hat er genau so wie
der berühmte Reggae-Sänger. Er trägt ein grünes T-
Shirt mit neongelber Aufschrift *Der mit den Blumen
spricht*, braune Shorts mit vielen Taschen, deren Zwi-
ckel ihm bis runter zu seinen Knien durchhängt, und

ausgelatschte Chucks, die wahrscheinlich einmal weiß gewesen sind. Alles in allem ein ziemlich ungepflegter Typ, obwohl sein Gesicht eigentlich recht attraktiv ist, wenn der geflochtene Geißbart an seinem Kinn nicht wäre. Ich schätze ihn so um die Dreißig.

»Hallo Mary«, begrüßt meine Stieftochter mich. »Hi, Dad!«

Toni ist aus der Küche ebenfalls an die Tür gekommen. »Hi, daughter!« Er hasst es, wenn sie ihn Dad nennt.

»Das ist der Max«, stellt sie uns ihren Begleiter vor und ich befürchte, dass sie gleich noch »Das ist mein neuer Freund.« dranhängt. Tut sie, Gott sei Dank, aber nicht. Auch Toni ist erleichtert, weil ich bemerke, wie er die Luft, die er kurz angehalten hat, wieder ausatmet. Kerstin spricht seinen Namen auf Englisch aus, also mit lang gezogenem Ä. Der einfache Max ist also out.

Max hebt kurz die Hand zum Gruß und lächelt uns unschuldig an. Schneeweiß blitzende Zähne kommen zum Vorschein. »Hi, Leute!«

Kerstin schiebt ihn zwischen Toni und mir in unsere Wohnung. »Das müsst ihr euch geben!«

Toni und ich folgen ihr zurück in die Küche.

Als hätte sie uns eine Sensation zu verkünden, offenbart sie uns: »Ich hab ihn draußen bei der Dorfdisco aufgegabelt, als ich beim Joggen war. Er hat nach seiner Mutter gesucht.«

Neugierig betrachte ich den Rastaman. »Seiner Mutter?«

Er zieht sein Handy aus der Hosentasche und wischt. »Ich hab sie gegoogelt.« Anscheinend wird er fündig und zeigt mir Pandoras Seite auf Instagram, wo in ihrer Profilangabe auch ihre Adresse steht: *Pandora – Medium und Heilerin, Am Sonnenhang 1, 93343 Essing.*

»Die Dora war ... ist Ihre Mutter?«, staune ich. Ich will ihn nicht gleich mit der Todesnachricht schocken.

»Jo«, stimmt er mir lässig zu.

»Aber die Dora hat doch keine Kinder.«

»Sie hat mich gleich nach meiner Geburt zur Adoption freigegeben«, erklärt er uns.

Ungläubig starre ich ihn an. Gut, den blonden Stich in seinen Rastas könnte sie ihm vererbt haben, aber ansonsten sieht er ihr nicht ähnlich. Außerdem spricht er Hochdeutsch mit einem leichten fränkischen Dialekt.

»Krass, oder?«, begeistert sich Kerstin. »Ich hab gedacht, ich bring ihn zu dir, Mary. Du weißt vielleicht, warum ihre Hütte mit einem Polizeisiegel verklebt und sie nicht dort ist.«

Es hat sich also noch nicht bis zu ihr durchgesprochen. Wahrscheinlich interessiert das Ableben einer Hexe im Essinger Kindergarten, in dem sie arbeitet, keine Sau. Obwohl, die Kinder fänden es bestimmt cool.

Dann muss wohl oder übel mal wieder ich diesen Job übernehmen. Ich räuspere mich. »Es tut mir leid, Herr ...«

»Ipfelkofer, aber ich bin der Max«, besteht er kumpelhaft auf seinen Vornamen mit dem langen Ä.

»Also gut, Määäx«, wiederhole ich. »Es tut mit leid, aber deine Mutter ist vergangene Nacht gestorben.«

Und dann folgt, womit ich eigentlich nicht gerechnet hatte: Er bricht in Tränen aus und schluchzt und heult los wie ein kleines Kind. Kerstin tröstet ihn sofort und schiebt ihn zu dem Hocker, auf dem grad ihr Vater noch sein aufgewärmtes Essen nur halb verspeist hat, wie ich grad feststelle.

»Ist ja schon gut«, redet sie auf ihn ein. »Das tut mir so leid für dich, Max.«

Vorwurfsvoll erläutert sie uns: »Er sucht schon fast sein halbes Leben nach ihr und jetzt hat er sie endlich gefunden und dann das.«

»Es tut mir leid«, wiederhole ich noch mal und weiß immer noch nicht, was ich von der ganzen Sache halten soll.

Auch Toni, der sonst immer Herr über die Lage ist, wirkt unsicher. Wir wechseln einen kurzen ratlosen Blick.

»Wie alt bist du überhaupt, Max?«, frage ich dann, nachdem er sich in ein Papiertaschentuch von Kerstin geschnäuzt hat.

»Vierunddreißig«, krächzt er mitleiderregend.

Ich habe noch nie einen Mann in dem Alter so emotional erlebt. Aber das denke ich mir nur nebenbei. Mein Hirn rattert in eine andere Richtung. »Die Dora ist vor fünfunddreißig Jahren aus Essing weggegangen, da war sie sechzehn.«

Max nickt heftig und ein paar von den Rastalocken fallen ihm ins Gesicht. Dann schnieft er. »Sie hat mich am 30. November 1989 im Klinikum Coburg zur Welt gebracht ...«

»Dann muss sie schon schwanger gewesen sein, als sie weggezogen ist«, grüble ich weiter. »Aber ich wüsst nicht, dass sie einen Freund gehabt hätt.« An ihn gewandt erkläre ich mich: »Ich war damals mit deiner Mutter befreundet.«

»Von meinem Vater existiert nicht mal ein Name«, bestätigt Max mir und fängt schon wieder an zu weinen. »Jetzt bin ich Waise ...«

»Aber du hast doch bestimmt Adoptiveltern«, will Kerstin ihn beschwichtigen.

Wieder prustet er in sein Taschentuch. »Schon, aber das ist nicht das Gleiche ...«

Kruzinesn! Dass ein Mann in meiner Küche mal dermaßen herumflennt, hätte ich mir niemals vorstellen können. So ein Weichei! Aber halt! Ich tue ihm damit Unrecht. Es ist nur so, dass sein Gefühlsausbruch rein eindrucksmäßig und nach seinem Erscheinungsbild überhaupt nicht zu ihm passt. Es ist wirklich tragisch, dass er sie nach der langen und harten Suche um einen Tag verpasst hat. Allerdings gilt seine Trauer wohl eher sich selbst als seiner Mutter, denn er hatte sie ja nicht mal gekannt. Ich überwinde mich also und lege ihm meine Hand auf die bebende Schulter. »Du wirst irgendwann selbst eine Familie haben.« Mir fällt nix Besseres ein, aber es ist auf alle Fälle der Auslöser dafür, dass er mir um den Hals fällt und mir in den Nacken schluchzt. Ich spüre seine Tränen auf meiner Haut. Und das von einem mir vollkommen Fremden. Hölzern stehe ich da und lasse es über mich ergehen.

»Du warst meiner Mama bestimmt eine gute Freundin ...«, jammert er.

Unsicher blicke ich von Kerstin zu Toni. Erstere spornt mich mit einer Handgeste an, etwas zu sagen. Also tue ich es: »Ich glaub schon.«

Er hebt den Kopf und schaut mir in die Augen. »Du musst mir alles über sie erzählen.«

Kerstin hinter ihm deutet mir nickend, dass ich zustimmen soll.

»Das ... das kann ich gern machen.«

Max' Augen wandern weiter zu Toni. Der hebt sofort abwehrend die Hände. »Ich hab deine Mutter nicht gekannt.«

Trotzdem streckt Max den freien Arm nach ihm aus. Den anderen hat er immer noch um mich gelegt. Wohl oder übel muss Toni näherkommen. Auch er wird ausgiebig gedrückt.

»Alles wird gut!«, bringt er überfordert heraus.

Max hält Toni und mich weiter im Griff. »Kann ich bei euch bleiben?«

Kerstin verkneift sich ein Auflachen. Ich höre ihr Grunzen genau.

»Wir haben keinen Platz.«

»Ich will jetzt nicht allein in meinem Zelt sein«, heischt Max um unser Mitleid. »Eine Couch tuts auch.«

Wir sehen unsere Felle davonschwimmen.

»Du schläfst in einem Zelt?«, hake ich nach, als er uns endlich losgelassen und weiter ins Esszimmer geht.

»Er hat mir erzählt, dass er letzte Nacht am Kanal gezeltet hat«, antwortet Kerstin statt ihm.

Wir folgen Max interessiert, als würde ein grad aufgenommenes Haustier sein neues Heim erkunden.

»Geile Bude«, meint er beeindruckt. Auf einmal scheint seine Trauer wie weggeblasen. Mit seinen dreckigen Chucks schlendert er weiter ins Wohnzimmer, schaut sich um und wirft sich auf die Couch, wo Edi am anderen Ende schläft. Er erschrickt, rumpelt auf und zwischen unsere Beine davon.

Max dagegen ist zufrieden. »Hier kann ich locker pennen.«

Dass er uns stören und sich uns aufdrängen würde, darauf kommt der Typ wohl gar nicht. Toni und ich allerdings haben so viel Anstand, und auch Mitgefühl für seine Situation, und lassen ihn gewähren. Ist ja nicht so, dass wir selbst keine Kinder großgezogen hätten und nicht wüssten, wie die sich manchmal aufführen. Das Kind hier ist allerdings schon vierunddreißig Jahre alt. Das kann ja heiter werden.

»Kruzinesn!«, fluche ich und Toni stimmt mir zu. »Das kannst du aber laut sagen.«

Nur Kerstin zwischen uns grinst selbstgefällig. »Herzlichen Glückwunsch! Ihr seid glückliche Pflegeeltern von einem Rastafari.«

Kapitel 16

Max hat gestern Abend seine laute Reggae-Musik erst ausgemacht, nachdem Toni schließlich grantig aus dem Bett aufgestanden war, und ihn doch ein bisserl schärfer darum gebeten hat. Die jungen Leute heutzutage denken sich einfach nix. Als Gast muss ich mich doch wenigstens ein bisserl anständig aufführen. Aber dieser Max hat offenbar keine gescheite Erziehung genossen. In seinem Alter müsste man allerdings inzwischen wissen, wie man sich zu benehmen hat. Er kommt mir vor wie ein Sechzehnjähriger. Er hat sich sofort gefühlt wie daheim und Tonis kaltes Abendessen am Küchentresen verschlungen. Dann hat er sich auf der Couch platziert und unseren Fernseher in Beschlag genommen, nachdem er sich ausgiebig geduscht hatte. Dann zum Einschlafen dieses Gedudel. Einfach nervig. Die Aufregung um ihn hat mir jedenfalls meinen Kopfschmerz zurückgebracht. Ich hab mir eine Tablette eingeworfen, um ihn wieder loszuwerden. Jetzt muss mir das nur noch bei Max gelingen und ich frage auch gleich Bärbel, als sie sich am Morgen zu mir in den Frühstücksraum gesellt. Ich hatte ihr gestern noch per *WhatsApp* angeboten, wieder das Frühstück zu übernehmen, weil ich so weit wieder fit wäre. Bärbel hat mir gleich mit mehreren Daumen nach oben geantwortet.

»Ist eins von den Personalzimmern unterm Dach noch frei?«, frage ich sie, als sie sich mit ihrem Haferl Kaffee an ihren Stammplatz an der Küchenschiebetür gesetzt hat. Die meisten Gäste sind jetzt um neun schon abgefrühstückt und ich kann mir eine kurze Verschnaufpause bei ihr leisten. »Ich hab einen Gast daheim, den ich loswerden will.«

»Den Opa?«

»Nein, ein gewisser Max Ipfelkofer mit langem Ä.«

Bärbels Stirn runzelt sich fragend und ich stille ihre Neugierde: »Kerstin hat ihn beim Joggen aufgelesen und ihn zu uns gebracht. Er ist angeblich der Sohn von Dora Palfinger und war auf der Suche nach ihr.«

»Wow!«, ist Bärbel begeistert. »Ich hab nicht gewusst, dass sie einen Sohn hat.«

»Hatte!«, korrigiere ich. »Ich auch nicht. Also ist da noch ein Zimmer frei?«

»Warum willst du ihn denn unbedingt loswerden?«

Ich druckse rum. »Na ja, er ist ein ziemlich kindischer Flegel ohne Manieren.«

»Moment! Wie alt ist er denn?«

»Vierunddreißig.«

Sie ist genau wie Toni und ich überrascht. »Was weißt du denn noch über ihn?«

Ich zögere. »Er mag Reggae.«

»Und weiter?«

»Er kann Krokodilstränen weinen.«

»Weiter!«

»Und er spricht offenbar mit Blumen«, erinnere ich mich an den Aufdruck auf seinem T-Shirt.

Bärbel legt den Kopf schief. »Du warst doch mal Polizistin, Mary?«

»Ja.« Worauf will sie hinaus?

»Warum bist du dann so leichtsinnig und lässt einen dir vollkommen Fremden einfach bei dir daheim übernachten?«

»Er hat mir leidgetan.«

»Hey, der verarscht dich doch!«

Ich will nicht, dass sie recht hat und erst recht will ich jetzt wissen, wer dieser Max Ipfelkofer wirklich ist. »Wart, das haben wir gleich!«

Ich renne also in die Küche, wo der Sepp schon mit seinem Beikoch angefangen hat, sich auf den Mittagsansturm im Biergarten vorzubereiten. Eilig zücke ich mein Handy aus meiner Handtasche im Personalraum und wähle Jos Nummer.

Er hebt auch gleich ab. »Mary, was gibts?«

»Kannst du mal schnell für mich jemanden überprüfen?«

»Könnt ich freilich, allerdings bist du nicht mehr meine Befehlsgeberin.«

»Jo, dann machs als Gefälligkeit für deine Schwägerin«, bedränge ich ihn.

Ich vernehme sein langes Durchschnaufen. »Name?«

Glück gehabt! »Max oder Maximilian Ipfelkofer.«

»Adresse.«

»Hab ich nicht.«

»Und wer soll das sein?«

»Angeblich der Sohn von Dora Palfinger. Sie soll ihn vor vierunddreißig Jahren geboren und zur Adoption freigegeben haben.«

Der Jo brummt missmutig. »Darüber hätt ich aber was gefunden, als ich über sie recherchiert hab.«

»Wenn es eine anonyme Geburt war, dann eher nicht, oder? Geboren ist er am 30. November 1989 im Klinikum Coburg.«

Er wiederholt nuschelnd meine Angabe, während er sie offenbar notiert. »Und woher hat dann dein Maximilian gewusst, dass die Palfinger seine Mutter war?«

»Keine Ahnung!«

»Das ist sehr dürftig, meine liebe Schwägerin.«

Ich drängle wieder: »Schau einfach, was du über den rausfinden kannst. Am besten gleich.«

»Natürlich!«, motzt er. »Ich hab ja sonst nix zu tun.«

Ich bin grad fertig, das Frühstücksbuffet abzubauen, als mein Handy in der Hosentasche die Bayernhymne spielt. Jetzt wieder in blasmusikalischer Manier. Das rockige Gedudel ist mir langweilig geworden. Eigentlich mag Bärbel es nicht, wenn ich das Ding während der Arbeit bei mir trage, aber ich habe ja schon fast Feierabend, der Frühstücksraum ist bereits leer und sie sieht es eh nicht, weil sie an ihrer Rezeption hockt und die Gäste verabschiedet.

»Jo, was hast du rausgefunden?«

»Im Klinikum Coburg hat es 1989 nur eine einzige anonyme Geburt gegeben. Allerdings ist die sechzehnjährige Mutter anonym geblieben, wie es der Vorgang ja schon bezeichnet. Das Kind, männlichen Geschlechts, ist sofort an Pflegeeltern weitervermittelt worden. Von denen dann an seine Adoptiveltern. Ihre Namen lauten Simone und Reinhard Ipfelkofer. Das hat mir die freundliche Mitarbeiterin vom Jugendamt dort mitgeteilt und mir auch schon die Adoptionspapiere gemailt.«

»Du bist der Beste!«, lobe ich ihn begeistert.

»Ich schick dir eine Kopie aufs Handy.«

»Du bist ein Schatz!«

»Du weißt, dass ich das auch an Erdem und Henry weitergeben muss.«

»Ja, klar!«

»Wo hast du denn diesen Max Ipfelkofer hergezaubert?« Er lacht über seine Pointe.

»Kerstin hat ihn in Essing aufgelesen und zu uns gebracht.«

»Warum hat sie ihn nicht mit zu sich heimgenommen?«

»Er passt eher nicht in ihr Beuteschema, würd ich sagen.«

»Okay, das macht mich neugierig.«

»Wie ich dich kenn, hast du doch schon ausführlichst über den recherchiert«, versuche ich ihm weitere Infos zu entlocken.

»Er hat keinen festen Wohnsitz. Seit er zwanzig ist, ist er Mitglied bei Greenpeace und mal hier mal dort für die im Einsatz. Ein paar Mal auch schon in Gewahrsam bei den Kollegen in Landshut, Köln und Berlin. Auf der Seite von Greenpeace taucht er aber auch bei Aktionen in China und Indien auf«, fasst er es kurz für mich zusammen. »Dann schick ich Erdem und Henry zu dir, damit sie ihn sich mal zu Gemüte führen.«

»Schick sie zum Lindenwirt«, berichtige ich. »Ich quartiere ihn bei der Bärbel unterm Dach ein.«

Wieder murmelt und notiert Jo und meint dann: »Aber schon komisch, dass der ausgerechnet dann auftaucht, kurz nachdem seine Mutter umgekommen ist.«

»Komischer Zufall«, stimme ich ihm zu und komme schon zum nächsten: »Apropos: Ist die Todesursache von der schon bekannt?«

»Sie ist erstickt.«

»Erstickt?«

»Ja, der Leichendoc hat Faserspuren in ihrer Mundhöhle, Hals und Lunge gefunden. Wahrscheinlich ist ihr eins von den Sitzkissen aufs Gesicht gedrückt worden. Sie vergleichen noch, welches.«

»Interessant«, grüble ich. »Und danach hat sie ihr Mörder in den See geworfen um seine Tat zu vertuschen.«

»Vermutlich.«

»Muss ein kräftiger Täter oder Täterin gewesen sein, oder?« Dora war nun auch keine zarte Frau, die sich einfach so ein Kissen aufs Gesicht drücken lässt.

»Im Blut von der Palfinger haben sie noch was von diesem Psilocybin feststellen können. Sie war ziemlich high und somit ein leichtes Opfer.«

»Die hat sich also nach dem Zauber noch die Kante gegeben.«

»Anscheinend.«

»Was steht im Bericht der Spusi?«

Jo stockt. »Das war eh schon mehr, als ich dir sagen dürft, Mary. Sorry!«

»Dann wirst du mir auch keine Auskunft mehr über die Scheidung von den Palfingers geben«, bedauere ich.

»Richtig«, stimmt er zu. »Außer, dass der Kurt einiges an seine Ex-Frau und Unterhalt für seine Tochter hat blechen müssen.«

»Das heißt, seine Ex hat ihn ausgenommen wie eine Weihnachtsgans«, stelle ich fest. Der Palfinger als gut verdienender Audianer hat bestimmt den Höchstsatz an seine Tochter zahlen müssen. Soweit ich weiß, hat ihre Mutter nie gearbeitet und somit auch 45 % von seinem Erwerbseinkommen eingeheimst. Da kann ich mir schon vorstellen, dass er stinksauer auf beide Frauen war.

»Scheidungsgrund?«

»Zerrüttungsprinzip.«

»Was auch sonst«, bin ich unzufrieden.

»So, das wars dann auch, meine liebe Ex-Kollegin.«

»Nur noch eins, bitte«, bettle ich, bevor er auflegt. »War was Besonderes auf dem Handy von der Dora?«

Jo seufzt. »Das bin ich noch nicht ganz durch. Und Servus!«

Ich verabschiede mich ebenfalls, aber er hat schon aufgelegt. Das war doch einigermaßen aufschlussreich. Ich warte an der Rezeption, bis Bärbel ein Gästepaar verabschiedet hat und bitte sie: »Max ist ein Greenpeaceler. Nimmst du ihn trotzdem bei dir auf?«

Sie zieht die Augenbrauen nach oben. »Wenns sein muss. Aber der zahlt für das Zimmer!«

»Lass ihn doch arbeiten: Kartoffelschälen, Gurkenhobeln oder Salatputzen. Das schafft er bestimmt.«

Drohend hebt sie ihren Zeigefinger: »Wenn der nicht spurt, dann fliegt er schneller wieder raus, als er Greenpeace sagen kann.«

»Ich red mit ihm.«

Schon bin ich draußen. Warum muss eigentlich ich mich um einen Vierunddreißigjährigen kümmern, Kruzinesn? Meine eigenen Söhne sind fast achtundzwanzig und vierundzwanzig Jahre alt und stehen auf eigenen Beinen und jetzt fällt mir dieser Rastaman in den Schoß beziehungsweise ins Haus. Das ist die Schuld von der Kerstin. Die müsste sich eigentlich um ihren Fang kümmern, ärgere ich mich. Aber vorerst kommt er mal beim Lindenwirt unter, dann sehen wir weiter. Zuvor werde ich mir das Bürscherl jetzt erst mal vornehmen. Wahrscheinlich lungert er faul auf meiner Couch herum. Bärbel hat recht: Ich lasse einen mir wildfremden Typen allein in meiner Wohnung, denn der Toni ist auch in der Arbeit.

Als ich heimkomme, trifft mich fast der Schlag. Meine Küche schaut aus wie nach einem Bombeneinschlag. Was hat der nur gemacht? Aufgerissene Nudel- und Reispackungen, Mehlstaub überall, Reste von Eierschalen, Paprika und Tomaten und haufenweise dreckiges Geschirr stapeln sich auf der Arbeitsfläche. Das Ceranfeld starrt vor Spritzern und übergekochten Rändern und es stinkt nach angebranntem Fett.

Aus dem Wohnzimmer höre ich psychedelische Klänge. Meditiert der, oder was? Mir egal.

»Max!«, brülle ich. »Määääx!«

Nach ein paar Sekunden höre ich Schritte näherkommen und ich staune. Edi liegt wie ein Fuchspelz um seinen Nacken. Seine Vorderbeine baumeln an der rechten Schulter und die Hinterläufe an der linken herunter. Die Rastamähne hat Max zu einem riesigen Dutt auf seinem Kopf zusammengedreht und einen Stofffetzen drumherum gebunden. Offenbar gefällt es Edi darunter und die zwei sind beste Kumpels.

»Was ist denn da passiert?«, frage ich anklagend.

Unschuldig blickt er sich um. »Edi und ich haben uns Frühstück gemacht.«

»Und was ist mit Aufräumen?«

Seine Mimik spiegelt Überforderung wider. »Aufräumen?«

»Ja, abspülen, Essensreste in den Kompost werfen, Arbeitsflächen abwischen und so weiter! Schon mal was davon gehört?«

»Jo.«

»Dann auf gehts!«, befehle ich ihm streng. »Und danach ab zum Lindenwirt. Die Wirtin gibt dir ein Zimmer, Kost und Logis kannst du bei ihr in der Küche abarbeiten.«

»Aber ich will hier beim Edi bleiben!«, wehrt er sich wie ein trotziges Kind.

»Das ist meine Wohnung!«

»Schon klar, aber ich ...« Er stockt bedrückt.

»Was?«

»Ich hab gedacht, ich kann in das Häuschen von meiner Mutter einziehen. Das gehört mir doch jetzt, wenn sie tot ist, oder nicht?«

»Es gehört der Gemeinde Essing. Deine Mutter hat nur zur Miete dort gewohnt. Außerdem gibts nur einen Wassertank, ein Stromaggregat, mobile Daten und ein Chemieklo.«

»Ich brauche keinen Komfort. Ich bin so was gewohnt«, tut er lässig ab.

»Vorerst kannst du dort aber nicht wohnen, weil es von der Polizei versiegelt ist.«

Ich erkenne, wie sich Tränen in seinen Augen sammeln. »Warum denn überhaupt? Hat sie was angestellt?«

Der bricht mir hier gleich wieder heulend zusammen, befürchte ich und mache einen Schritt rückwärts. Ich will den nicht wieder am Hals haben. »Sie ist halt eines unnatürlichen Todes gestorben. Da gibt es verschiedene Untersuchungen, bis alles aufgeklärt ist.«

»Was soll das heißen: *eines unnatürlichen Todes gestorben*?«

Ich winde mich, sage es ihm dann aber, denn früher oder später wird er es sowieso erfahren. »Sie ist erstickt worden.«

Und, wie ich es erwartet habe, gehts auch schon wieder los mit der Heulerei: Er schlägt die Hände vors Gesicht, so dass sich Edi eilig verzieht. So ein übertriebenes Gehabe kann auch er nicht ertragen. »Aber ... aber wer würde ... wer würde ... denn meiner Mutter ... so was antun?«

Es klingelt an der Haustür. Wer da auch stört, er oder sie ist mir mehr als willkommen. Draußen ist der Opa, hinter ihm Erdem und Henry.

»Was wollen denn die zwei schon wieder?«, raunt mir der Opa gehässig zu und dackelt auch schon an mir vorbei gen Küche. »Gibts was zum Essen?«

Ich spare mir die Antwort, denn dann steht auch schon Erdem vor mir. »Du weißt, warum wir da sind?«

»Der Jo hat euch also schon über den Max informiert.«

»Das hättest eigentlich du schon tun müssen, als der gestern hier bei dir aufgetaucht ist«, mahnt er mich.

War ja klar, dass der wieder rumstänkern muss.

»Maria!«, höre ich den Opa lauthals aus der Küche rufen. »Wer ist denn das?«

Dann muss ich wohl alle Parteien miteinander bekannt machen. Der Opa steht vor dem Max und beäugt ihn, als wäre er ein Tier in einem Zoo. Max hat sich inzwischen mitten auf die Küchenzeile zwischen das von ihm verursachte Chaos gehockt, statt es zu beseitigen.

»Das ist der Max«, kläre ich ihn und auch die Kommissare auf, die mir gefolgt sind. In der Küche wird es eng. »Maximilian Ipfelkofer, um es genau zu sagen. Meine Stieftochter hat ihn gestern bei der Dorfdisco aufgelesen. Er war auf der Suche nach seiner Mutter Dora Palfinger. Ich hab ihn grad darüber aufgeklärt, dass sie ermordet worden ist.«

Wie auf Kommando schluchzt Max herzerweichend auf und der Opa weicht ein paar Schritte zurück, so dass er gegen die Küchentheke hinter ihm stößt.

»Was ist mit seinen Haaren?«, fragt er mich irritiert.

»Das ist eine Frisur«, versuche ich es dem Opa zu erklären. »Dreadlocks.«

Er schüttelt ungläubig den Kopf. »Drahtlocks?«

Erdem tritt auf den heulenden Max zu, hält ihm seinen Dienstausweis vor die Nase und stellt sich und seinen Partner vor. »Wir möchten Sie gern zu Ihrer Mutter befragen.«

»Mich?«, stutzt er und zieht den Rotz hinauf. »Aber ich kenn sie doch gar nicht.«

Das scheint Erdem nicht zu stören. »Sie hat Sie nach der Geburt zur Adoption freigegeben?«

Max nickt.

»Wie haben Sie sie finden können?«

Schon wieder verzieht sich seine Mimik und er jault schmerzhaft auf, so dass der Opa schützend seinen Arm vor sich hält, als würde Max ihn gleich angreifen wollen. Der Rastaman scheint ihm vollkommen suspekt zu sein und ihm Angst zu machen. Typisch weltfremder alter Mann!

»Meine Mama ist gestorben ...«, bringt Max heraus.

Erdem versteht nicht. »Wie jetzt?«

»Na, meine ... meine Adoptivmama ...«, erzählt Max stockend weiter und schnieft und jammert weiter herzzerreißend.

»Sie auch?«

»Jo, deswegen bin ich doch wieder zurück nach Würzburg gekommen. Mein Dad wollt unbedingt, dass ich bei ihrer Beerdigung dabei bin.«

»Das gehört sich ja auch so!«, mischt sich der Opa geschäftig ein.

Ich reiche Max eine Packung Papiertaschentücher aus der Küchenschublade und er schnäuzt sich lautstark in eins von den Tüchern. Gespannt umstehen wir ihn und warten darauf, dass er weitererzählt.

»Sie hat mir einen Brief mit dem Namen meiner biologischen Mutter hinterlassen.«

»Aber die Geburt war doch anonym«, wundert sich Erdem. »Wie hat sie den wissen können?«

»Die Dora und meine Mom haben ohne Wissen vom Jugendamt Kontakt gehabt. Sie hat geschrieben, die Dora hätt sie kurz nachdem ich zu ihnen gekommen war, vor dem Haus abgefangen und gesagt, dass ich ihr Kind sei.«

Hat Dora damals schon hellsehen können? Offenbar hat sie den weiteren Weg ihres Kindes sehr genau verfolgt. Ich kann mir schon vorstellen, dass sie ihren Sohn nicht gern hergegeben hat. Als Sechzehnjährige muss sie sich in einem Dilemma befunden haben.

»Du hast also erst vor Kurzem ihren Namen erfahren?«, hake ich nach.

Er nickt und wieder kullern die Tränen. Doch diesmal beherrscht er sich mit dem Gejaule. »Ich hab sie gegoogelt und sie auf Insta gefunden. Sie hat als Hellseherin Werbung dort gemacht. Dann bin ich mit dem Zug hierhergefahren. Ich wollt sie überraschen und endlich kennenlernen.«

»Wann war das?«

Max zuckt mit den Schultern.

»Vor einer Woche, zwei Tagen ...?«, schlägt Erdem ungeduldig ein paar Optionen vor.

Unschlüssig meint Max: »Vorgestern?«

Ich will ihm auf die Sprünge helfen: »Der Kerstin hast du erzählt, dass du am Kanal gezeltet hast.«

Er haut sich aufs Hirn. »Scheiße, Mann! Mein Zelt!«

Anscheinend hat er seine mitgebrachte Bleibe total vergessen.

»Sie sind auf dem Campingplatz hier untergekommen?«, forscht Erdem nach.

Max hüpft von der Küchenzeile herunter. »No! Irgendwo an diesem Fluss in der Pampa. Ich muss mein Zeug dort holen.«

Der Typ ist echt verpeilt! Als er gerade an uns vorbei hinauswill, stellt sich Henry ihm in den Weg. »Moment mal, junger Mann!«

Hilfesuchend blickt sich Max nach mir um.

»Ich glaub, du musst erst die Fragen von den Kommissaren beantworten«, empfehle ich ihm.

»Was denn noch?«, empört er sich. Seine Trauer und seine Pein sind plötzlich wie weggeblasen. Wie gestern.

Erdem holt tief Luft. Ich merke ihm an, dass er langsam die Geduld verliert. »Also, noch mal: Wann sind Sie hier in Essing angekommen?«

»Vorgestern?«

»Etwas genauer, bitte!«

Max runzelt angestrengt die Stirn. Anscheinend will er sich erinnern. »Der Bahnhof, an dem ich ausgestiegen bin, war irgendwas mit zwei A im Namen ...«

»Saal?«, schlägt Henry vor.

»Ja, genau!«, freut sich Max. »Dann bin ich zu Fuß hierher gelatscht. Esslingen?«

»Essing!«, berichtige ich. Mir ist es ein Rätsel, wie der sich bisher durchs Leben schlagen hat können. Der hat ja überhaupt keinen Plan!

»Weiter!«, drängelt Erdem.

»Ich war total groggy nach der Reise und es war schon dunkel, also hab ich mein Zelt irgendwo aufgeschlagen und da gepennt. Das mach ich immer so, wenn ich mit dem Rucksack unterwegs bin. Am nächsten Tag hab ich dann nach dieser Hütte gesucht. Die Dora hat die oft auf ihrem Account gepostet. Ich hab sie ein paar Leuten im Dorf gezeigt und die haben mich dahin geschickt.«

»Und dort hat dich dann die Kerstin getroffen und zu mir gebracht«, beende ich seine Erzählung.

Max grinst süffisant. »Jo! Geile Braut, die Kerstin.«

Kurz streife ich Erdems Gesicht. Die Erwähnung seiner Verflossenen ist ihm sichtlich unangenehm, aber er übergeht es. »Sie sind also nicht in der Nacht Ihrer Ankunft weiter nach Randeck hinauf gewandert und haben Ihre Mutter dort oben an dem See und der Kirche getroffen?«

Was der Erdem sich da wieder zusammenreimt, ist so was von abwegig und ich kann mir ein abfälliges Brummen nicht verdrücken.

Und auch Max scheint verwirrt. »Was? Wohin?«

»Ihre Mutter hat dort eine Séance abgehalten. Die hat sie auch in mehreren Posts angekündigt. Wenn Sie ihren Account verfolgt haben, dann müssten Sie das doch wissen.«

Verdattert und schulterzuckend meint er: »Kann sein.«

Jetzt muss ich dazwischen gehen: »Warum sollt er seine Mutter umbringen? Er hat sie doch gar nicht gekannt.«

»Er muss es nicht geplant haben«, verteidigt Henry seinen Partner und wendet sich Max zu. »Vielleicht waren Sie enttäuscht von ihr, als Sie sie dort getroffen und erkannt haben, was sie macht. Wer will schon gern eine Hexe zur Mutter haben?«

»Wie ...?« Max ist jetzt total durcheinander.

Und genau das war die Absicht von den beiden Kommissaren, stelle ich fest. Den Zeugen beziehungsweise Tatverdächtigen dermaßen verunsichern, damit er sich in Widersprüche verwickelt und ihm dann ein Geständnis auf die Zunge legen. Diese Methode kenne ich, habe sie aber selbst nie angewandt, weil ich sie hinterfotzig finde.

Henry macht weiter: »Sie haben ein Leben lang nach ihr gesucht. In Ihrer Vorstellung war sie vielleicht die Idealfigur einer liebenden, warmherzigen und fürsorglichen Mutter und dann müssen Sie feststellen, dass sie eine Scharlatanin ist, die mit einem unglaubwürdigen Hokuspokus ihr Geld verdient und in einer Hütte am Waldrand lebt.«

»Was ...?«

Erdem setzt die Hypothese fort: »Ihre Enttäuschung entlädt sich in Wut und Sie drücken ihr ein Kissen aufs Gesicht, bis sie sich nicht mehr rührt. Wir haben doch gerade alle erleben dürfen, dass Sie sehr emotional reagieren.«

Wie vom Donner gerührt steht Max da und weiß gar nicht, wie ihm geschieht. Er mag vielleicht einen unsteten Lebenswandel haben und keinen Plan, aber einen solchen Mord traue ich im nicht zu.

»Jetzt langts aber! Für so eine Anschuldigung braucht ihr Beweise. Habt ihr da irgendwas vorzuweisen?«

Erdems tödlicher Blick trifft mich hart und auch Henry schaut mich böse an. So kenne ich ihn gar nicht. Die müssen absolut keine heiße Spur haben, wenn die derart auf der Suche nach einem Täter sind. Aber wenigstens bin ich jetzt anscheinend nicht mehr ihre Hauptverdächtige.

»Also, ich an eurer Stell würd das Bürscherl sofort verhaften«, mischt sich schon wieder der Opa ein. Wie gebannt hat er die Szene verfolgt und natürlich hat er

sich von den Kommissaren in seiner eh schon schlech-
ten Meinung über Max beeinflussen lassen. Dann geht
er mich an: »Wie hast du so einen bloß in dein Haus
lassen können, Maria?«

Kapitel 17

Plötzlich haut Max ab. Er schubst Henry zur Seite und stürmt durch die offene Küchentür hinaus. Henry und Erdem hinterher. Ich höre jemand aufschreien, Glas brechen und es scheppert. Vor lauter Schreck, weiß ich gleich gar nicht, wie ich reagieren soll. Wir hatten uns so auf den Opa konzentriert, dass Max die Gelegenheit zur Flucht ausgenutzt hat. Kruzinesn! Als ich das überrissen habe und der Opa »Maria! Ihm nach!« schreit, renne ich hinterher.

Ich komme nicht weit: Bei der Wohnungstür treffe ich auf Henry. In ihr eingerahmt war eine Milchglasscheibe. Offenbar ist er in sie hineingerannt, denn sie ist zerbrochen. Die Scherben verteilen sich auf dem Fliesenboden und er hat ein paar blutende Schrammen am rechten Unterarm.

Wo soll ich jetzt zuerst helfen? Erdem und Max hinterher oder mich um den verletzten Henry kümmern. Ich entscheide mich für Henry, einer Verfolgungsjagd bin ich eh nicht gewachsen. Ich befehle dem neugierig nachtrottenden Opa, mir die Rolle Küchenkrepp zu holen, derweil presse ich ein benutztes Papiertaschentuch aus meiner Hosentasche auf eine besonders stark blutendende Schnittwunde.

»Komm ins Bad«, biete ich ihm an. »Da kann ich dich besser verarzten.«

Er gibt sich bemüht cool, verzieht aber sein Gesicht immer wieder schmerzhaft. Über dem Waschbecken begutachte ich seine Verletzungen. Zwei kleinere Kratzer und eben die größere Schnittwunde. »Ich glaub, die musst du nähen lassen, die ist ziemlich tief.«

Der Opa reicht mir die Küchenrolle. »Danke, und den Verbandskasten aus der Speis brauch ich auch noch!«

Wieder trippelt der Opa davon.

»Verfluchte Scheiße!«, schimpft Henry zornig. »Dieser Depp haut einfach die Tür zu?«

»Wer?«

»Na, dieser Rastatyp halt.«

»Er wars nicht!«

»Ach?«, frotzelt Henry, während ich ihm ein zusammengeknülltes Krepppapier auf die Wunde presse, um ihm einen Druckverband anzulegen. Er verzieht schmerzhaft das Gesicht. »Und warum macht er dann die Fliege?«

»Weil ihr ihn total durcheinandergebracht habt! Das war keine gute Taktik!«

»Das sagst ausgerechnet du!«

Ich drücke noch fester zu und nehme dem Opa den Verbandskasten ab, den er mir hinstreckt. »Was soll das heißen?«

Henry hält angestrengt einen Schmerzensschrei zurück. »Nichts ...«

Ich lasse es gut sein und befehle ihm, die Wunde mit der anderen Hand abzudrücken und sich auf das Klo zu setzen. Derweil krame ich einen passenden Verband aus dem Kasten. Meine Hände sind inzwischen blutbesudelt, genau wie mein weißes Waschbecken. Die Glasscherbe muss eine Ader erwischt haben, so wie der blutet. Dann fange ich an, den Verband anzulegen. Während ich so wickle, vernehmen wir ein Schnauben und Ächzen und schließlich den atemlosen Erdem: »Ich hab ihn, Henry!«

Ich schiele kurz am Opa vorbei durch die Tür in den Flur. Da steht Erdem mit Max, der die Arme auf dem Rücken gefesselt hat. Seine Kleidung und seine Haut zeugen von einer Festnahme im Grünen: Erde und Grasflecken auf dem T-Shirt, Knien und im Gesicht. Er schwitzt und schnauft schwer. Da hat es Erdem nicht so schlimm erwischt. Nur seine Jeans hat ein paar Dreckspuren und seine Frisur sitzt nicht mehr so akkurat.

»Was ist mir dir?«, ruft er ins Bad.

»Meine behandelnde Krankenschwester sagt, ich muss die Wunde nähen lassen.« Henry schmunzelt.

»Ich fahr ihn in die Notaufnahme«, biete ich mich an und könnte mich dafür ohrfeigen. Ich will ihm damit nicht das Gefühl geben, ich würde mich um ihn bemühen. Also, auf jene Weise, wie er es sich vielleicht wünschen würde.

»Danke«, sagt er. »Womit hab ich das verdient?«

»Eigentlich gar nicht. Du hast meine Tür kaputtgemacht.« Ich bin mit dem Verband fertig und klebe noch ein Pflaster drauf, damit er hält. »Aber ich kann dich nicht selbst fahren lassen, nicht dass du noch wegen dem Blutverlust zusammenklappst.«

»Mir ist schon ein bisserl schummrig.« Um seine Aussage zu verstärken, verdreht er die Augen und hechelt theatralisch.

»Auf gehts«, befehle ich ihm und er steht auf. Tatsächlich schwankt er wirklich ein bisserl, aber ich halte ihn schnell fest. »Gehts?«

»Ja, ja«, tut er ab. Er hat seine Fitness wohl selbst ein wenig überschätzt. Ich geleite ihn auf den Flur hinaus, wo Erdem mit dem Max und der Opa auf uns warten.

»Was machst du für einen Schmarrn?«, werfe ich Max vor.

Niedergeschlagen und bedauernd weicht er mir aus. »Sorry ...«

»Für mich ist Ihre Flucht wie ein Schuldeingeständnis, mein lieber Herr Ipfelkofer«, erklärt Erdem ihm, schiebt ihn in Richtung offener Haustür und informiert

Henry: »Ich bring ihn in unsere Arrestzelle. Meld dich, wenn du mit deiner Verarztung fertig bist, dann hol ich dich im Krankenhaus ab.«

Grad als er Max abführen will, kommt Kerstin herein, schaut sich verwundert um und steigt über die Scherben und Blutstropfen am Boden. »Was ist denn hier passiert?«

»Eine Verfolgungsjagd«, raunt ihr der Opa zu und reißt die Augen dabei auf. »Der Erdem hat den verwahrlosten Hallodri da festgenommen.«

»Den Max?« Kerstin stutzt und geht auf den sogenannten Hallodri zu. »Wegen was?«

»Die glauben, ich hätt meine Mutter umgebracht.« Weinerlich verzieht er schon wieder das Gesicht. »Aber ich hab sie doch gar nicht getroffen ...«

Tröstend und mitleidig streichelt Kerstin ihm über das dreckige Gesicht und wirft dann Erdem einen missbilligenden Blick zu. »Da muss sich der Kommissar irren. Wäre ja nicht das erste Mal ...«

»Was tust du hier?«, hält Erdem ihr vor.

»Ich wollt nach Feierabend mal nach meinem Findelkind sehen.«

»Du kümmerst dich um ihn?« Seine Stimme klingt abfällig.

Keck reckt sie das Kinn. »Ja, ich fand ihn süß und so hilflos.«

»Er ist ein erwachsener Mann!«

»Das hatte ich von dir auch angenommen«, spottet sie zurück.

Glücklicherweise hat auch Toni schon Feierabend und trifft zu Hause ein. Auch er ist entgeistert von der kaputten Tür, dem Blut und dem Menschenauflauf in unserem Flur. Besonders lange bleiben allerdings seine Augen auf meinen inzwischen gewaschenen Händen ruhen, die den gesunden linken Arm von Henry festhalten, um ihn zu stützen.

Bevor er groß Fragen stellen kann, sage ich: »Der Opa erklärts dir. Ich muss Henry in die Notaufnahme bringen.«

Erdem und Max verlassen vor uns das Haus und wir folgen ihnen. Henry zwängt sich auf den Beifahrersitz in meinem Fiat 500. Ich muss warten, bis Erdem seinen Festgenommenen vorschriftsmäßig auf der Rücksitzbank seines Autos verstaut hat, weil er mich eingeparkt hat. Als ich aus dem Carport gefahren bin und Gas gebe, steht Toni in der Haustür und schaut uns anklagend hinterher. Mir schwant, dass es Ärger geben wird, sobald ich wieder daheim bin.

Henry kann wohl meine Gedanken lesen, denn er bedauert: »Sorry, wenn ich dir Schwierigkeiten mach.« Seinen verbundenen Arm mit der Hand stützend sitzt er neben mir.

Ich kann mir ein bisserl Sarkasmus nicht verdrücken: »Das ist dir doch völlig egal.« Seit wir uns kennengelernt haben, schmachtet er mich an und das hat natürlich auch Toni mitgekriegt. Er ist eifersüchtig auf den Henry und das grundlos.

Nach ein paar Sekunden bedrücktem Schweigen, hält er seinen Arm hoch. »Ich hab dich nicht darum gebeten, mich zu bringen.«

»Ich tu das aus reiner Nächstenliebe und nicht wegen dem, was du wieder denkst.«

»Das ist ja das Schlimme.«

Ich lenke zornig ab. »Habt ihr eigentlich schon alle Teilnehmer der Séance vernommen?«

»Ja.«

»Auch diese Gisela Gerber und die Selina Neubauer?«

»Ja.«

»Und?«

»Nix.«

Seine Antworten sind sehr dürftig, aber ich gebe mich damit zufrieden. »Was ist mit der Katzmeier Rita?«

»Zu der haben wir den Strobl und den Niedermayer geschickt. Sie hat sich vor lauter Aufregung verhaspelt und dann diesem Gumplinger Fritz angeklagt, dass er für die Verwüstung auf dem Friedhof zuständig ist, um es der Hex in die Schuhe zu schieben. Und er hat gestanden, dass die Katzmeier ihn dazu angestiftet hat. Die zwei kriegen eine Strafanzeige wegen Störung der

Totenruhe. Wir haben sie aufs Revier bestellt, um ihre Aussagen zu bestätigen.«

Dunkel erinnere ich mich an dem Paragrafen 168 im Strafgesetzbuch. Grabschändung wird mit einer Gefängnisstrafe bis zu drei Jahren geahndet. Aber die zwei sind ja Ersttäter und sie werden mit einer saftigen Geldstrafe davonkommen. Gut, dass der Opa nicht mehr mit ihr beinand ist, sonst hätt es ihn als ihren Helfer erwischt und ich dürfte ihn da wieder rausboxen.

Ich ärgere mich immer noch, dass ich Rita auf den Leim gegangen bin. Engagiert die den Bär und mich als Privatermittler für etwas, das sie selbst verbrochen hat! Für die durchwachten Nächte werden wir keinen müden Euro sehen, schwant mir. Und ich hab mich auch noch niederschlagen lassen müssen und meine Haare eingebüßt. Die Rita spinnt doch!

»Ihr müsst die zwei unbedingt getrennt vernehmen. Vor der Rita traut sich der Fritz sonst nix zu sagen.«

Henry schielt mit gelangweiltem Blick zu mir herüber. »Danke, für den Tipp, Frau Ex-Kommissarin!«

Das war mir eindeutig schon wieder so ironisch. Gut, dass ich grad an der Notaufnahme ankomme. Ich halte an. »Ich glaub, du kommst jetzt allein zurecht.«

»Du begleitest mich nicht mehr mit rein?«

»Du bist ein echt harter Oberkommissar und du hast nur eine Schnittwunde!«, kontere ich mindestens genauso sarkastisch wie er.

Er zieht eine Lätschn und steigt mit einem mürrischen »Danke auch!« aus.

»Gern g'scheng!«, trällere ich und lenke meinen Fiat wieder nach Hause. Mir graut es davor: vor den Scherben, der Putzerei und natürlich dem Toni.

Aber anders als erwartet, ist das Chaos bereits beseitigt, sogar das in der Küche, und er, der Opa und Kerstin sitzen auf unserer Terrasse und trinken miteinander Kaffee. Ich geselle mich mit einem Cappuccino dazu. Den brauch ich jetzt nach der ganzen Aufregung.

»Danke, fürs Aufräumen!«, sage ich in die Runde.

Alle drei nicken sie zufrieden und wir diskutieren hin und her, ob der Max nun seine Mutter auf dem Gewissen hat oder nicht und zum Schluss stellt Toni erleichtert fest: »Egal, Hauptsache wir sind ihn los!«

»Ich bin gespannt, wie es mit ihm weitergeht«, meint Kerstin.

Ich habe da so eine Vermutung: »Der ist bestimmt bald bei der nächsten Klima-Rettungs-Aktion von Greenpeace in Timbuktu oder sonst wo dabei und schon hat er seine ermordete und seine Adoptivmutter wieder vergessen.«

»Ist der auch so ein Klimakleber, oder wie?«, hakt der Opa nach. Wie viele Menschen hat auch er mit Unverständnis und Häme auf die Aktionen dieser neuen Generation von Klimaaktivisten reagiert.

»So ähnlich«, antwortet Kerstin und grinst. »Ich finds jedenfalls gut, dass es Greenpeace gibt. Und wenn der Max wieder rauskommt, nehm ich ihn gern bei mir auf.«

»Na, dann viel Spaß«, wünscht ihr Toni sarkastisch. »Ich hoff, du stehst auf laute Reggaemusik, kaputtes Glas und so einen Saustall in der Küch wie bei uns.«

Kerstin ignoriert diese Warnung und wirkt eher verzückt. »Ich find ihn jedenfalls süß.«

»Der Hallodri gefällt dir?«, kann es der Opa nicht glauben. »Der schaut doch aus, als hätt er seit Monaten nicht mehr geduscht. Pfui, Deife!«

»Oh, er hat geduscht«, berichtigt Toni. »Und zwar gestern, ausgiebig, mindestens eine halbe Stunde lang.«

»Jetzt hört halt auf, über ihn herzuziehen«, verteidige ich Max und tippe mir an die Stirn. »Im Prinzip ist er immer noch ein kleiner Bub. Irgendwas muss da bei ihm schiefgelaufen sein.«

Der Opa lacht auf. »Wär auch kein Wunder. Er ist der Sohn von einer Hex.«

Kerstin verzieht mitleidig ihr Gesicht. »Und jetzt ist sie tot und er ganz allein.«

Mein Handy unterbricht uns. Die Bayernhymne dringt lautstark aus dem Esszimmer, wo ich es auf den Esstisch gelegt habe, zu uns auf die Terrasse.

Ich spurte hinein. Der Bär, zeigt mir mein Display an.

»Servus, Partner, was gibts?« Es gefällt ihm, wenn ich ihn so nenne.

»Ich hätt Neuigkeiten wegen dem G'schmier.«

»Die Dora ist tot, die kann nirgends mehr was hinschmieren.«

»Das war schon vor zwei Tagen«, erläutert mir der Bär. »Und zwar bei der Thea Bertold.«

»Deiner Nachbarin?«

»Yep! Die Karin hat in der Früh die Zeitung aus dem Briefkasten geholt und es zufällig über ihrer Haustür gelesen. Da hat es die Thea wahrscheinlich noch nicht mal selbst gesehen, weil die doch immer so lang schläft.«

»Was hat denn dort gestanden?«, bin ich gespannt.

»›Du hast nichts getan!‹ halt, genau wie auf dem Friedhof.«

»Und warum hat die Karin dir das nicht gleich vorgestern schon erzählt?«

»Sie hat es als Streich von Jugendlichen abgetan. Wie vereinbart, hab ich ihr nix von unseren Ermittlungen erzählt und wie hätt sie da auch argwöhnisch sein können. Dann ist die Hex ermordet worden. Das war natürlich viel sensationeller als das G'schmier und sie hat es komplett vergessen.«

Wir hatten tatsächlich ausgemacht, unsere Ehegatten sicherheitshalber nie in einen unserer Fälle einzubeziehen. Das gestaltet sich aber eher schwierig, wie man sieht.

»Aber heut ist es ihr offenbar wieder eingefallen?«

»Ja, weil sie beim Kramer beim Einkaufen war.«

Mir schwant, wie dort jeden Morgen der Ratsch-kathltreff bei Elfi Zitzelsberger wieder fleißig in der Kaffeeklatschecke getagt hat.

Der Bär bestätigt mir meine Vermutung sogleich: »Der Karin ist brühwarm berichtet worden, dass du wegen einer Schmiererei im Krankenhaus warst und jetzt viel jünger und frecher ausschaust mit deiner neuen Frisur.«

»Na, prima«, kommentiere ich die Tatsache, dass meine neue Frisur die Gemüter offenbar mehr bewegt als die Schmierereien und die tote Hex. »Und hast du das G'schmier bei deiner Nachbarin wenigstens fotografiert?«

»Die Thea hats gleich ein paar Mal mit weißer Farbe übermalt, sonst wär es mir ja auch aufgefallen. Und jetzt steht schon das Gerüst ums Haus und die Maler sind da. Soll ich sie drauf ansprechen?«

»Nein!«, halte ich ihn zurück. »Da müssen wir mit viel Feingefühl rangehen.«

»Das heißt, ich hab das nicht, oder wie?« Der Bär klingt eingeschnappt.

»Das ist ein Frauending ...«

»Versteh schon«, ergibt er sich. »Aber entziffern kannst du es sowieso nicht mehr, weil die Seite mit der Haustür jetzt schon rosa übermalt worden ist.«

»Die Karin wird es schon richtig gelesen haben und es war ja der gleiche Satz wie an der Kirch.«

»Eben.«

»Ich muss dich allerdings auch noch über was informieren: Der Erdem hat einen dringend Tatverdächtigen am Mord an der Dora festgenommen.«

Der Bär schnappt nach Luft. »Und das sagst du mir erst jetzt?«

Ich berichte ihm brav, wie Kerstin uns gestern Abend den Max gebracht hat, beschreibe ihm, was für ein Typ er ist, schildere ihm den Verdacht von den beiden Kommissaren und wie sie den Max damit zur Flucht getrieben haben.

»Dann lass sie mal schön in dem Glauben, dann haben wir freie Bahn beim Ermitteln«, stellt der Bär fest.

»Die können den Max nur bis morgen festhalten, außer sie kommen an Indizien, die ihn belasten.«

»Oder wir finden welche, die auf einen anderen Täter hinweisen.« Der Bär klingt euphorisch.

Ich bin da eher skeptisch. »Bis jetzt haben wir aber rein gar nix.«

»Dass der Palfinger Dreck am Stecken hat, ist doch logisch. Wir müssen nur noch herausbringen, welchen.«

»Und damit fang ich am besten gleich an und mach mich auf den Weg zur Thea.«

»Kommst du nachher noch bei mir vorbei«, bittet er mich. »Ich mein, wenn du schon mal in der Nähe bist.«

»Mach ich«, verspreche ich, lege auf und marschiere zurück auf die Terrasse.

»Also Leut, ich muss das mit dem Max ein bisserl verdauen und eine Walkingrunde drehen«, kündige ich an, um mich loszueisen. Mein Gedankenkarussell, das der Bär mit seinem Anruf angeschaltet hat, dreht sich schon wieder.

»Und was ist mit einer Brotzeit?«, beschwert sich der Opa.

Kerstin klopft ihm beruhigend auf die Schulter. »Keine Sorge, wir zwei gehen jetzt heim und dann plündern wir den Kühlschrank.«

Diese AnkŸndigung zaubert einen erfreuten Ausdruck auf das Gesicht vom Opa. Sofort erhebt auch er sich.

Kapitel 18

Als Kerstin und der Opa weg sind, kommt Toni zu mir in den Flur, wo ich mir grad meine Turnschuhe anziehe.

»Mit wem hast du grad telefoniert?«

»Dem Bär. Ich hab ihn über den Max aufgeklärt.«

»Wo walkst du denn jetzt hin?« Seine Frage ist argwöhnisch.

Ich halte mich vage. »Ach, ein bisserl am Kanal entlang nach Essing rauf.«

Die Thea ist eine Witwe mit fast achtzig Jahren. Wenn ich mich ein bisserl mit ihr unterhalte, bringe ich mich nicht in Gefahr. Toni soll es trotzdem nicht wissen, dass ich zum Schnüffeln unterwegs bin. Er will ja, dass ich die Detektei aufgebe.

Als hätte er meine Gedanken gelesen, kommt er auch schon darauf zu sprechen: »Hast du mit dem Bär schon wegen eurer Detektei geredet?«

»Nein.«

Er stellt sich mir in den Weg zu unserer kaputten Wohnungstür. »Du hast doch hoffentlich eingesehen, dass es zu gefährlich ist?«

Jetzt geht diese Diskussion wieder los! »Und du müsstest endlich einsehen, dass ich nicht ohne kann. Wenn ich nur daheim hocken würd, wär ich todunglücklich.«

»Du kannst dich um deine Enkelkinder, deinen Kater und um deinen Garten kümmern«, schlägt er vor. »Und um mich natürlich auch.«

Ich will mich nicht schon wieder mit ihm deswegen streiten, trete ganz dicht vor ihn und blicke ihn ganz lieb an. »Das mach ich doch sowieso.«

Er beugt sich herunter und gibt mir ein Bussi. »Und was diesen Henry angeht: Wenn er dir zu nah auf die Pelle rückt, dann sags mir.«

»Dem werd ich schon Herr.« Jetzt kriegt er von mir ein Bussi, auch um dieses leidige Gespräch zu beenden.

»Ich lieb dich, Maria«, beschwört er mich.

»Ich dich auch.« Und schon hab ich mir meine Stöcke von der Garderobe geschnappt und bin zur Tür draußen.

Unterwegs versuche ich die verschiedenen Puzzleteile, die ich bis jetzt habe, zusammenzusetzen: Punkt eins: Dora hat den Pfarrer Memminger sehr gemocht, daran kann ich mich noch gut erinnern. Punkt zwei: Bärbel hat das Wort Missbrauch im Zusammenhang mit ihm erwähnt. Punkt drei: Dora hat Essing plötzlich mit ihrer Mutter verlassen. Punkt vier: Sie hat kurz darauf ein Kind zur Welt gebracht, von dem keiner weiß, wer der Vater ist. Punkt fünf: Dora muss die Schreiberin der Botschaften an der Kirche, ihrem Elternhaus und bei der Thea gewesen sein. Punkt sechs: Was hat sie damit erreichen wollen? Punkt sieben: Warum taucht sie nach so langer Zeit wieder hier auf? Punkt acht: Was hat Thea Bertold mit der ganzen Geschichte zu tun? Warum hat auch sie diesen Vorwurf über der Haustür gehabt?

Mein Kopf rotiert, als ich nach ungefähr zwanzig Minuten das Ortsende, oder, je nachdem woher man kommt, den Ortsanfang Weihermühle erreiche. Thea wohnt dort allein neben der Familie Bärnreuther in ihrem Häuschen. Ihr Mann ist vor ein paar Jahren gestorben und ihre drei Kinder längst aus dem Haus. Mit ihrer Tochter Simone bin ich, genau wie mit Dora, in eine Schulklasse in die Realschule gegangen. Ich glaube, mich daran zu erinnern, dass Thea die Freundin von Mariella Palfinger gewesen ist. Ich brenne darauf, mehr zu erfahren.

Der Zufall hilft mir mal wieder, denn ich treffe sie auch gleich in ihrem Garten an. Er ist klein aber sehr gepflegt, genau wie das Haus, das eingerüstet ist. Zwei Maler sind am Werk. Mit in die Hüften gestemmten Armen steht sie da und beobachtet sie bei der Arbeit. Wie gesagt, dürfte Thea auf die Achtzig zugehen, aber das sieht man ihr nicht an. Ihre Kurzhaarfrisur glänzt in der Sonne in einem dunklen Kastanienbraun und ihr pinkes T-Shirt und die kurze Jeanshose bedecken ihre immer noch recht weibliche Figur. Sie ist eine von den Witwen, die nach dem Tod ihres Mannes richtig aufgeblüht ist, jetzt wieder viel verreist, mit ihren Freundinnen regelmäßig beim Lindenwirt ihren Kaffeeklatsch abhält und sogar beim Yogakurs von der Bärbel mitmacht. Sie ist also fit, gesellig und aktiv. Sollte der Herrgott mir ein so hohes Alter schenken, möchte ich genauso altern wie sie. Ihr Haus verwandelt seine Farbe langsam von einem moosigen Grün in ein zartes Rosa.

Über den Gartenzaun rufe ich ihr zu: »Schöne Farbe!«

Sie erkennt mich und kommt zu mir her. »Ich hab einen Tapetenwechsel gebraucht, genau wie du.« Sie deutet auf meine neue Frisur.

»Eher gezwungenermaßen, so wie du«, kontere ich geschickt. »Du hast ja auch so eine Farb über der Haustür gehabt, genau wie über dem Grabstein vom Memminger, der Haustür vom Palfinger und in meinen Haaren.«

Ich merke ihr an, dass ihr das unangenehm ist. »Solche Randalierer! Das waren bestimmt ein paar junge Hüpfer, die nicht wissen, wie sie sich benehmen müssen.«

»Ich glaub eher, es hat was mit der Hex zu tun.« Ich beobachte genau, wie sie reagiert.

»Die ist aber jetzt tot«, stellt Thea fest.

Kommt es mir nur so vor, oder ist sie deshalb erleichtert?

»Aber die Polizei und auch ich glauben, dass sie das G'schmier hingepinselt hat.«

Meine Behauptung sitzt, denn ihre rosige Gesichtsfarbe verschwindet. »Du meinst, die geistert noch hier als Untote rum?«

»Nein!«, wiegle ich ab. »Das hat sie selbstverständlich noch zu ihren Lebzeiten getan. Sogar bei ihrem Vater hat sie was über die Haustür geschmiert: *Was hast du getan?* Du hast doch bestimmt schon erfahren, dass die Hex die Dora Palfinger war.«

Ich lasse es erst mal sacken und erkenne: Sie hat es erfahren! Darum bleibe ich dran: »Du warst doch mit ihrer Mutter, der Mariella, gut befreundet damals.«

Ihr Teint wechselt von bleich in puterrot. Schließlich nickt sie sichtlich verlegen.

»Hast du eigentlich mitgekriegt, warum sie auf einen Schlag weg aus Essing sind?«

Mariella Palfinger hat sich ihr ganz bestimmt anvertraut.

Sie winkt verächtlich ab. »Mei, du kennst doch den grantigen Palfinger.«

Das war eine ziemlich ausweichende Antwort.

Ich bin zu ungeduldig, als dass ich jetzt noch länger diplomatisch um den heißen Brei herumreden will und gehe auf Konfrontationskurs: »Der Kurt hat seine eigene Tochter missbraucht, stimmts? Die Mariella hats irgendwie rausgefunden und sich dir anvertraut. Darum hat die Dora auch ›Du hast nichts getan!‹ über deine Haustür geschrieben.«

Erschrocken und bedrückt senkt Thea die Augen und hält sich am Gartenzaun fest. »Das war damals eine furchtbare G'schicht.«

»Das belastet dich bis heut.«

Sie nickt, schaut mich dann durchdringend aus ihren hellblauen Augen an und scheint eine Entscheidung zu treffen. »Ich weiß nicht, wie lang ich noch leb, aber ich möcht die ganze Sach nicht mit ins Grab nehmen. So lange trag ich diese Last schon mit mir herum und ich will endlich meine Seele erleichtern.«

»Du kannst dich mir gern anvertrauen«, biete ich ihr an. »Sie ist sowieso verjährt und die Geschädigte tot.«

»Ja, dir kann ich es erzählen«, wirkt sie entschlossen. »Du warst eine prima Polizistin und vielleicht geschieht der Dora wenigstens nach ihrem Tod noch Gerechtigkeit. Aber ich möchte, dass du der Polizei nicht sagst, woher du das alles weißt!«

Ich klette meine Stöcke los und verspreche es ihr mit erhobener Hand. Dann geht sie zum Gartentürl und lässt mich hinein. Schweigend folge ich ihr ins Haus und sie lässt sich schwerfällig und niedergeschlagen auf die Eckbank in ihrer Küche sinken. Ich setze mich auf den Stuhl daneben und sie beginnt mit tränengefüllten Augen: »Du glaubst gar nicht, wie furchtbar das war. Manchmal hab ich die Mariella dafür verflucht, weil sie mir das alles erzählt hat. Aber was sollt ich denn machen?«

»Zur Polizei gehen?«

»Das wollt doch die Mariella nicht. Sie hat mich schwören lassen, dass ich niemandem was sag. Die Folgen für die Dora wären einfach unerträglich gewesen.«

»Aber jetzt kannst du deinen Schwur brechen: Die Mariella ist längst tot und die Dora jetzt auch. Und ihr gewaltsamer Tod soll doch gesühnt werden, oder?«

Sie schlägt die Hände vor den Mund. »Die Dora ist also umgebracht worden?«

Ich nicke und dann kullern die ersten Tränen über ihre faltigen Wangen. »So ein Ende hat sie nicht verdient, die arme Dora!« Sie schnieft und nimmt sich wieder zusammen: »Sie war so ein liebes Mädel. Aber dann vergeht sich ihr eigener Vater an ihr. Das muss man sich mal vorstellen! Die Mariella hat nicht gewusst, wie lang das schon so gegangen ist, aber sie hat mir öfter erzählt, dass sie nicht mehr an ihre Tochter herankommt. Wir haben es auf die Pubertät geschoben. Aber sie hat sich immer mehr in diese Fantasie- und Zaubergeschichten hineingeflüchtet und irgendwann hat die Mariella dann erkannt, dass die Dora schwanger sein muss. Sie hat sie zur Rede gestellt und sie hat es ihr endlich gestanden. Daraufhin hat die Mariella sofort alles zusammengepackt und ist mit ihrer Tochter nach Coburg abgehauen. Dort hat noch ihre Mutter gelebt und sie sind bei ihr untergekommen. Wir haben öfter telefoniert und sie hat mir erzählt, dass Dora und sie beschlossen hätten, das Kind nach der Geburt zur Adoption frei zu geben. Der Scheidungskrieg mit dem Kurt hat sie ziemlich mitgenommen, aber sie wollt unbedingt für ihre Tochter kämpfen.«

Mit zitternden Fingern wischt sich Thea die Tränen von den Wangen. Plötzlich vernehmen wir lautstark die Feuerwehrsirene. Das heißt, es ist was Schlimmeres passiert und sie müssen ausrücken. Wir schweigen, bis sie wieder verstummt ist, denn bei der Gaudi kann man sich ja nicht unterhalten.

»Warum hat die Mariella ihn nicht angezeigt?«, will ich dann wissen.

»Das hab ich dir doch schon gesagt: Sie wollt ihrer Tochter das nicht zumuten. Sie wollt, dass sie das alles schnellstmöglich vergisst und ein neues Leben anfangen kann.«

Kann man so ein Trauma jemals vergessen und einfach so hinter sich lassen? Im Nachhinein tut mir Dora sehr leid. Es ist außerhalb meiner Vorstellungskraft, was sie alles durchmachen hat müssen. Und ich war ihre Freundin und habe nichts davon mitbekommen. Mein schlechtes Gewissen regt sich.

»Dafür hat sie ihn zahlen lassen.«

Auf Theas schmalen Lippen zeigt sich ein genugtuendes Lächeln. »Ja, und wie! Aber der hat ja genug Geld verdient. Und jetzt sitzt er im Rollstuhl und ist auf eine Pflegerin angewiesen.«

»Angeblich wegen einer verpfuschten Hüftoperation.«

»Das geschieht ihm recht!«, verhöhnt Thea den Alten. »Der soll genauso leiden wie die Dora.«

»Warum glaubst du, ist sie wieder zurück nach Essing gekommen?«

Sie zuckt ratlos mit den Schultern.

»Ich glaub, sie wollt sich rächen.« Meine Behauptung erschrickt sie.

»Du meinst das G'schmier ist von ihr?«

Ich bin mir sicher, dass Thea sich das auch schon zusammenreimen hat können. »Anscheinend hat der Altpfarrer Memminger auch von dem Missbrauch gewusst. Vielleicht hat die Dora sich ihm anvertraut. Sie hat ihn sehr gern gemocht. Aber auch er hat damals nichts unternommen. Sie klagt ihn und dich mit ihrem G'schmier an: ›Du hast nichts getan!‹ Und über die Haustür von ihrem Vater schreibt sie: ›Was hast du getan?‹ Das ist doch eindeutig.«

»Und, was hat sie damit erreicht?«

»Sie ist ermordet worden«, antworte ich betrübt.

Thea hebt sofort die Hände. »Also, ich wars nicht!«

»Das ist mir schon klar! Und der Memminger kanns auch nicht gewesen sein. Aber wen hat sie denn dann noch mit ihren Anschuldigungen gegen sich aufgebracht?«

»Na, ihren Vater natürlich!«

»Vergewaltigung verjährt nach zehn Jahren«, erkläre ich ihr. »Er könnte nicht mehr dafür belangt werden.«

»Wenn ich den schon seh, dann würd ich ihm am liebsten an die Gurgel gehen!«, schimpft Thea aufgebracht los.

Ich grüble laut: »Aber er wär in seinem Zustand gar nicht fähig dazu, mitten in der Nacht nach St. Bartlmä rauf zu fahren, der Dora so lang ein Kissen aufs Gesicht zu drücken, bis sie erstickt ist und sie dann in den See werfen.«

Entsetzt starrt mich Thea an. »So ist die Dora umgekommen?«

Ich merke, dass ich zu viel preisgegeben habe, nicke aber.

Sie seufzt tief. »Also ich würd ihn trotzdem gern im Knast sehen. Ich kann es kaum ertragen, wie stolz sich der Palfinger in seinem Rollstuhl herumschieben lässt und seine Pflegerin herumkommandiert. Dass die das mitmacht?« Sie schüttelt den Kopf. »Ich hätt ihn schon längst umgebracht.« Als sie bemerkt, was sie in ihrem Eifer gesagt hat, hält sie sich erschrocken den Mund zu. »Das hab ich nicht so gemeint, gell, Maria!«

In der Ferne hören wir ein Martinshorn näherkommen. Wir horchen. Es werden immer mehr Alarmsignale und sie verstummen eindeutig hier irgendwo in der Nähe.

»Da muss was in Essing passiert sein«, nimmt Thea genau wie ich an.

Ich stehe auf und greife mir meine Walkingstöcke. »Ich muss das kontrollieren.«

Thea packt mich noch mal am Arm, bevor ich abhaue. »Gell, ich will da nicht mit hineingezogen werden.«

»Ich probier, dass ich dich da raushalt. Aber ich muss den Kommissaren von dem Missbrauch erzählen. Ich kann leider nicht abschätzen, inwieweit das relevant für ihre Ermittlungen ist.«

Ich tätschle ihre Hand auf meinem Arm. »Auf alle Fälle hast du der Dora damit einen großen Dienst erwiesen. Die werden den Täter bestimmt erwischen.«

Das beruhigt sie und sie lächelt zufrieden. Ich verabschiede mich.

Kapitel 19

Als ich zum Gartentürl rausgehe, steht schon der Bär ebenfalls walkingbereit auf der Straße.

»Da muss was passiert sein!«, empfängt er mich, deutet mit dem rechten Stock gen Marktplatz und wir stöckeln auf der Dorfstraße los. Unterwegs berichte ich ihm von der Aussage seiner Nachbarin.

»Hab ich mirs doch gedacht, dass da im Hause Palfinger was im Argen war«, fühlt er sich bestätigt. »Ich weiß schon, warum ich den alten Sack nicht leiden kann.«

Wir erreichen den Marktplatz, von dem die Altmühlgasse abzweigt. Dort wohnt der vom Bär bezeichnete alte Sack, also der Palfinger Kurt. Genau in der engen Gasse stehen das Feuerwehrauto der Essinger Feuerwehr, ein Sanka und ein Notarztfahrzeug.

Der Mooslechner Tom, Mitglied der Freiwilligen Feuerwehr und Freund meiner Söhne, versperrt uns den Weg. »Ihr könnts da nicht durch.«

Ein bisserl weiter vorne sehe ich den Rettungswagen mit geöffneten Heckklappen. Darin hockt Olga Kotecki fest in eine Decke eingewickelt auf der Rollliege. Ein Sanitäter kümmert sich um sie. Ihr sonst so akkurater Dutt ist zerzaust und triefend nass und sie schlottert, obwohl heute ein warmer Frühlingstag ist. Die steht anscheinend unter Schock.

»Was ist denn passiert?«, fragt der Bär neugierig.

Glücklicherweise ist Tom ein auskunftsfreudiger junger Mann. »Der alte Palfinger ist mitsamt seinem Rollstuhl von seinem Steg in die Altmühl gestürzt.«

»Kruzinesn!«, gebe ich mich betroffen. »Und?«

Tom schüttelt den Kopf. »Seine Pflegerin ist noch hinterhergesprungen und wollt ihn retten, aber sie hat ihn nicht gepackt. Nix mehr zu machen.«

Der Bär hakt nach: »Das heißt, er ist ertrunken?«

»Aber der hat doch bestimmt schwimmen können«, behaupte ich ungläubig.

»Der war doch im Rollstuhl«, macht uns Tom aufmerksam.

Keine Ahnung, ob der Palfinger seine Beine noch zum Schwimmen gebrauchen hat können. Auf jeden Fall war er ein Trumm Mannsbild und er muss mitsamt seiner vollgesogenen Kleidung ziemlich schwer gewesen sein. Keine Chance also für die Pflegerin, den aus dem Wasser zu kriegen.

Hinter uns haben sich weitere Schaulustige auf dem Marktplatz eingefunden. Ich stelle fest: Der Bär und ich sind jetzt auch zwei von den neugierigen Sensationslüsternen, die mich an einem Tatort immer ziemlich gestört haben und ich schäme mich.

Ich deute dem Bär grad an, dass wir weiterwalken, aber da hat uns die Olga entdeckt und winkt uns. »Frau Weidinger, Herr Bärnreuther!« Agiler als ich es erwartet hätte, springt sie aus dem Sanka und kommt zu uns her. Der Sani folgt ihr auf sie einredend. Aber sie wehrt ihn ab und gelangt schließlich bei uns an. Wie ein begossener Pudel steht sie schließlich bei uns und jammert: »Ich hab den Kurti auf den Steg geschoben. Er mag es, dort bei schönem Wetter am Nachmittag zu sitzen. Ich hab in der Küche das Abendessen zubereitet ...« Immer noch verstört fasst sie sich an die Stirn. »Ich schaue raus und da war kein Rollstuhl und kein Kurti mehr auf dem Steg! Ich laufe hin und sehe ihn im Wasser. Ich bin sofort hinterhergesprungen, aber er war so schwer wie ein nasser Sack ...« Sie schluchzt auf und droht zusammenzubrechen. Aber der Sani und Tom sind sofort bei ihr und stützen sie.

»Frau Kotecki, Sie sollten lieber wieder zurück in den Krankenwagen«, mahnt sie der Sani.

Sie nickt mit schmerzverzerrtem Gesicht. »Ich konnte nix mehr machen. Ich habe alles versucht ...«

»Ja, Frau Kotecki, das haben Sie uns schon gesagt. Sie konnten ihn nicht mehr retten«, beschwört sie dann auch Tom und geleitet sie mit dem Sani wieder zum Rettungsfahrzeug.

Der Bär grübelt. »Meinst, der Palfinger ist ins Wasser gegangen?«

Ich runzle die Stirn. »Der war nicht der Typ für einen Selbstmord.«

»Aber vielleicht hat er wegen dem Graffiti über seiner Haustür und dem Mord an seiner Tochter langsam begriffen, dass die Wahrheit endlich ans Licht kommt und keinen anderen Ausweg mehr gesehen.«

»Das glaubst du doch selbst nicht! Du hast ihn doch auch erlebt. Der hat sich keinen Deut um die Dora geschert. Und um seinen Ruf schon gleich gar nicht.«

Plötzlich drängt sich von hinten Toni durch die Schaulustigen. »Maria? Ist was passiert?«

»Ja ...«, bin ich verdattert, was er hier tut und ich begreife es. »Aber nicht mir.«

Sichtlich erleichtert atmet er aus.

Ich bin gerührt. »Du hast geglaubt, mit mir ist was?«

»Ich hab die Sirene gehört und gleich drauf die Martinshörner und du hast mir doch gesagt, du gehst nach Essing ...«

Mit meinen angeketteten Stöcken ist es umständlich, ihn zu umarmen, aber es gelingt mir dann doch so einigermaßen, ohne dass ich jemanden rundherum absteche.

»Du bist der Beste! Aber mir gehts gut«, flüstere ich ihm zu.

Langsam begreife ich seine Sorge um mich. Tatsächlich hat es in den letzten Jahren einige dramatische Situationen und einige Verletzungen gegeben, die ich erlitten habe. Sei es, dass ich bei der Geiselnahme in meinem eigenen Haus angeschossen worden bin, dass ich einen schlimmen Unfall und eine filmreife Schießerei überlebt habe, oder mich Doras Farbeimer niedergestreckt hat. Aber ich habe mindestens genauso oft um sein Leben gebangt. Ihm das jetzt und hier vor all den Leuten zu sagen, die uns gerührt beobachten, ist nicht passend. Und ich komme auch gar nicht dazu, ihn auf später zu vertrösten, denn aus der Tasche meiner Jogginghose ertönt die Bayernhymne. Ich lasse also Toni los und er verdreht genervt die Augen.

Der Opa ruft an. Wie immer, wenn er das tut, bin ich alarmiert. Es könnte ja was mit ihm sein.

»Opa, was ist los?«

Lautstark brüllt er hinein, so dass ich das Handy etwas weiter vom Ohr weghalten muss. »Der Türkenkommissar hat mich und die Kerstin verhaftet! Stell dir das mal vor!«

Ich erspare mir, ihm zu erklären, dass selbst Erdem ohne richterlichen Haftbefehl niemanden verhaften, sondern nur festnehmen kann.

»Warum denn das?«

»Wir haben doch nur das Zelt vom Max geholt.«

»Ihr habt was?«

»Na, ich und die Kerstin haben uns gedacht, wir müssen doch seine Habseligkeiten retten, wenn er im Knast hockt, damit sie ihm keiner klaut. Und dann kommt der Erdem daher und wirft uns vor, wir hätten Beweismittel beseitigen wollen oder so was. Der spinnt doch!«

»Wo bist du denn?«

»Der Erdem hat uns mit in die PI genommen. Wir sitzen in diesem finsteren Verhörraum rum und keine Sau kümmert sich um uns«, beschwert er sich aufgeregt. Im Hintergrund höre ich Kerstin schimpfen. »Der kann was erleben ...«

Ich wechsle Blicke mit dem Toni und dem Bär, die natürlich alles mithören können, so laut wie der Opa ins Handy schreit.

»Ich komm!«, verspreche ich und lege auf.

Toni bietet sich sofort an: »Ich fahr dich.«

Der Bär winkt ab. »Da muss ich nicht dabei sein. Viel Spaß!«

Ich verabschiede mich mit einem Schulterklopfer von ihm und folge Toni zu seinem Auto, das er auf dem Marktplatz abgestellt hat. Auf der Fahrt kläre ich ihn über den Tod vom alten Palfinger auf und darüber, was er offenbar vor fünfunddreißig Jahren seiner Tochter angetan hat.

»Du hast eh schon eine Ahnung gehabt, oder?«, fragt Toni mich.

»Irgendwie schon. Ich hab mich gefragt, warum die Dora auf einmal wieder in Essing ist. Wenn mir so was Schlimmes widerfahren wär wie ihr, würd ich nie mehr dahin zurückkehren, aber ihre Rachegelüste müssen stärker gewesen sein.«

»Und du hast natürlich wieder volles Verständnis für sie, obwohl sie dir eins über den Schädel gezogen hat.«

»Ich war halt zur falschen Zeit am falschen Ort, ein Kollateralschaden sozusagen, der du übrigens auch schon des Öfteren gewesen bist.«

»Das bringt meine Arbeit halt so mit sich«, rechtfertigt er es.

»Meine auch! Aber nur in Ausnahmefällen.«

»Ich habs ja kapiert.«

»Das freut mich!«, gebe ich mich zufrieden und lenke wieder auf den Palfinger über. Sein seltsamer Tod lässt mir keine Ruhe. »Die Dora hätt wahrscheinlich gern miterlebt, dass ihr alter Herr das Zeitliche segnet.«

Toni verstellt seine Stimme auf mystisch: »Vielleicht ist sie, wie die weißen Frauen oben bei Bartlmä, aus der Altmühl heraufgestiegen und hat ihn sich vom Steg geholt.«

»Ach, geh!«, wehre ich seine Gruselgeschichte ab.

»Jetzt mal im Ernst: Vielleicht hat er oder seine Pflegerin einfach vergessen, die Bremsen am Rollstuhl zu betätigen. Er ist eingenickt, nach vorn oder hinten gesackt, der Rollstuhl kam dadurch in Bewegung und ist ins Wasser gerollt. Ein dummer Unfall.«

»Kann sein. Aber warum passiert das ausgerechnet jetzt?«

»Solche Zufälle gibt es.«

Damit bin ich nicht einverstanden. »Und genau dabei wird es wahrscheinlich auch bleiben. Das heißt, es wird keine weiteren Untersuchungen geben, falls keine Beweise oder Zeugen auftauchen, die Zweifel an seinem Tod aufkommen lassen.«

»Du wirst diese Beweise und Zeugen aber nicht ausfindig machen. Du hast keinen Auftrag dazu und es ist auch nicht mehr dein Job, nur weil dein Instinkt dir schon wieder was einredet.«

Ich höre seine Mahnung nicht, denn mein Gehirn rattert schon wieder. »Es war ungefähr halb sechs, als die Sirene gegangen ist. Das heißt, der Unfall muss kurz vorher passiert sein. Wenn man die Zeit mit einrechnet, in der die Olga versucht hat, ihn zu retten, vielleicht auch eine halbe Stunde eher, also um fünf Uhr nachmittags. Jetzt ist Hauptsaison, da können noch viele Touristen gegenüber an der Altmühl entlang spazieren gegangen sein und etwas beobachtet haben.«

Toni legt seine Hand auf meinen Schenkel und drückt sanft zu. »Maria, alle Touristen danach zu befragen, ist ein Ding der Unmöglichkeit. Und außerdem: Der Palfinger ist tot. Er war ein übler Mensch. Wen kümmerts also?«

Ich seufze tief. »Du hast recht.«

Toni reißt die Augen auf. »Jetzt bin ich aber baff.«

»Wieso?«

»Weil du mir mal recht gibst.«

»Ich muss mich ja noch um den Opa und den Max kümmern und du um die Kerstin«, weise ich ihn schadenfroh hin. »Das reicht vollkommen.«

»Das stimmt.«

Schwungvoll parkt er seinen BMW vor der PI in Kelheim, meinen alten Arbeitsplatz. Früher war die Polizeiinspektion mal der Bahnhof von Kelheim, aber eine Bahnanbindung gibt es hier schon lange nicht mehr und das Gebäude wurde Anfang der 2000er umgebaut und erweitert. Seitdem liegt die PI ein bisserl außerhalb von Kelheim auf der südlichen Donauseite.

Wir werden vom Obeth in die Polizeiinspektion gelassen. Auch er ist einer meiner Ex-Kollegen, der schon immer für den Empfang und die Telefonzentrale zuständig ist.

Er begrüßt uns. »Der Erdem ist in seinem Büro!«

Toni und ich rennen den langen Flur entlang. Ich steuere mein ehemaliges Büro auf der linken Seite an, das ich mir einst mit dem Bär geteilt habe. Dort hat sich jetzt Erdem breitgemacht.

Er hockt an seinem Schreibtisch. Eigentlich hätte er schon längst Feierabend, aber er hat wahrscheinlich auf uns gewartet. Ja logisch: Er hat den Opa mit mir telefonieren lassen, damit ich ihm zu Hilfe eile. Und es hat

Erdem bestimmt Genugtuung verschafft, seine Ex einzubuchten. Es nervt, wie er seine Überlegenheit sichtlich genießt. Jetzt bin ich mir zu hundert Prozent sicher, dass er uns nur ärgern will.

Ich baue mich wütend vor ihm auf. »Wie kannst du den Opa einfach so festnehmen? Ist das jetzt dein neues Hobby, jeden für das kleinste Vergehen sofort zu verhaften?«

Erdem legt den Kopf schief. »Ich muss dir jetzt nicht erklären, wie das mit dem Verhaften funktioniert, oder?«

»Jetzt sag endlich, was du ihm und der Kerstin vorwirfst!«, mischt sich Toni ein.

»Unterschlagung und Strafvereitelung.«

»So ein Schmarrn!«, tue ich es ab, aber Erdem fühlt sich sicher und verschränkt die Arme vor seiner muskulösen Brust. »Ich hab sie dabei erwischt, wie sie das Zelt von unserem Hauptverdächtigen abgebaut und seine Sachen eingepackt haben. Damit haben sie wichtige Beweismittel zerstört oder beseitigen wollen.«

»Aber das haben doch die zwei nicht wissen können«, rege ich mich auf. »Die wollten doch nur die Habseligkeiten vom Max holen. Das war also keine Absicht.«

»Außerdem ist das schon ein sehr dürftiger Tatbestand«, wirft ihm Toni vor.

Erdem bleibt eisern. »Aber es ist einer.«

Ich deute in Richtung Flur. »Der Opa hat mich grad aus dem Verhörraum angerufen. Du hast ihn und die Kerstin dort eingesperrt!«

Erdem steht auf und geht zur Tür, die Toni hinter mir offengelassen hat. Er winkt uns und wir folgen ihm. Vor der Tür zum Verhörraum schräg gegenüber bleibt er schließlich stehen und macht sie demonstrativ langsam auf. »Wie du siehst, ist die Tür nicht abgesperrt! Ich hab die Zwei nur davor bewahrt, etwaige Beweismittel zu vernichten. Wenn der Toni und du natürlich für die zwei bürgt, können sie heimgehen.« Er macht eine einladende Handbewegung in Richtung Ausgang.

Kerstin rauscht heraus, bleibt wütend vor ihm stehen und gibt ihm eine schallende Ohrfeige, so dass es im Flur widerhallt. »Du Arschloch!« Dann dampft sie ab.

Der Opa trottet ebenfalls durch die Tür in die Freiheit. Auch er baut sich vor Erdem auf und droht ihm mit erhobenem Zeigefinger: »Ich zeig dich an wegen Beamtenwillkür oder so was. Einen alten, herzkranken Mann so drangsalieren!«

Erdem erträgt seine Schelte ausdruckslos und der Opa schnauzt verächtlich. Dann dackelt auch er davon und befiehlt mir: »Komm, Maria! Sei froh, dass du nicht mehr in diesem Kabuff mit solchen Kollegen arbeiten musst.«

Eigentlich müsste ich diesen Kollegen aber noch von meinem neuen Wissen über Kurt Palfinger und dessen rätselhaften Tod berichten, aber mit dieser Aktion hat Erdem es sich mit meiner Kollegialität wieder mal verscherzt. Soll er doch selbst schauen, wie er mit seinen Ermittlungen vorankommt!

Ohne ein Wort und einen Gruß folge ich dem Opa.

Ich höre Toni, wie er Erdem droht: »Leg dich nicht mit mir an!«

Kapitel 20

Ich stehe auf dem Steg vom Kurt Palfinger und schaue über das Wasser. Es ist duster und Nebelschwaden wabern über der Wasseroberfläche. Ein unheimliches Sausen und Gurgeln liegt in der Luft und ich möchte am liebsten davonlaufen, aber ich kann mich nicht bewegen. Ich bin wie festgewachsen und starr von der unheimlichen Stimmung um mich. Auf einmal taucht etwas vor mir aus dem Wasser auf. Es ist der Palfinger. Er rudert wild und streckt die Hand hilfesuchend nach mir aus. Sein Gesicht ist bleich vor lauter Angst. »Hilf mir, Maria! Hilf ...!«

Ich möchte mich hinknien und ihm die Hand hinstrecken, aber es geht nicht. Dann bilden sich aus dem Nebel langsam Gestalten. Sie sehen aus wie weiße Nonnen und sie umschweben den um sein Leben ringenden Palfinger. Sie umkreisen ihn immer schneller und er schreit immer lauter, bis sie ihn schließlich packen und mit sich schleppen. Sein markerschütterndes Kreischen reißt mich aus meinem Albtraum.

Kruzinesn! Da hat mir Toni aber mit seiner Gruselgeschichte einen grauenhaften Traum beschert. Ich bin schweißgebadet und mein Herz bumpert wie verrückt. Aber es zeigt mir, dass meine Intuition keine Ruhe gibt, obwohl ich dem Tod vom alten Palfinger abgehakt hatte. Der ist nun auch schon wieder eine Woche her und der Alltag hat uns alle wieder. Na ja, nicht alle: Kerstin hat tatsächlich Max bei sich aufgenommen, nachdem die Kommissare ihm auch nach der Durchsuchung seines Zeltes und seiner Sachen nichts nachweisen konnten. Wahrscheinlich tappen sie weiter im Dunkeln, genau wie der Bär und ich.

Kerstin hat jedenfalls einen anderen Menschen aus Max gemacht: Seine Dreadlocks sind verschwunden und seine Haare bis auf ein paar Millimeter abrasiert, genau wie sein komischer Geißbart. Sie war mit ihm shoppen und hat ihn neu eingekleidet. Jetzt sieht er tatsächlich aus wie ein vierunddreißigjähriges Mannsbild. Ein ziemlich attraktives Mannsbild, wenn ich das noch dazu sagen darf, aber holla! Und wenn ich und auch Toni das richtig deuten, dann bahnt sich da was zwischen Kerstin und ihm an. Ich habe Toni versucht zu beruhigen: Wenn es jemand schafft, diesem Hallodri, wie der Opa Max bezeichnet hat, Manieren und einen anständigen Lebenswandel beizubringen, dann seine Tochter. Auch der Altersunterschied von zwölf Jahren stört mich nicht.

Aber was könnte Toni auch dagegen unternehmen: Unsere Kids suchen sich ihre Partner selbst aus und fragen nicht danach, ob wir mit ihrer Wahl einverstanden sind. Wobei ich dazu sagen muss, dass ich meine Schwiegertöchter sehr gern mag. Toni muss in diese Phase des Vaterseins erst noch reinwachsen, denn nach der Scheidung von Kerstins Mutter hat er viele Jahre kaum Kontakt zu seiner Tochter gehabt. Erst seit knapp einem Jahr wohnt sie hier in Essing, um wieder näher bei ihm zu sein. Kerstin ist ihm nicht nur äußerlich sehr ähnlich, aber da ist er noch dabei, das zu erkennen. Gut, ihre bisherige Männerauswahl war mit Erdem nicht unbedingt optimal, aber sie ist ja noch jung und muss ihre Erfahrungen selbst machen.

Und das tut sie jetzt mit dem kindischen Max. Vielleicht hat sie sich auch deswegen um ihn angenommen, weil sie Mitleid mit ihm hat. Ich habe versucht, es ihm möglichst schonend beizubringen, dass er, soweit ich es von Thea Berthold erfahren habe, das Kind eines jahrelangen Missbrauchs von seinem Großvater an seiner Mutter ist. So was kann einen schon erschüttern und er hat natürlich wieder geheult wie ein Schlosshund. Und auch der Opa hat ihn daraufhin mit anderen Augen gesehen, sich mit ihm angefreundet und ihm sogar angeboten, dass er ihn auch Opa nennen darf.

Ich schiele auf den Wecker. Kurz vor fünf. Ich muss eh gleich aufstehen. Die Arbeit ruft. Ich schlurfe also noch ziemlich verschlafen ins Bad. An meine neue Frisur habe ich mich mittlerweile auch gewöhnt. Einfach kämmen, zurechtzupfen und ein bisserl Haarspray rein, fertig! Wie üblich, begrüßt mich Edi in der Küche mit einem Miau. Ich füttere ihn.

»So ein Scheißtraum!«, beschwere ich mich bei ihm. »Da war mir der Traum vom Schnorcheln in Australien schon lieber.« Obwohl. Da bin ich auch ziemlich erschrocken, als Martin statt Toni hinter der Taucherbrille zum Vorschein gekommen war. »Was hat die Dora nur mit mir gemacht, dass ich so komische Träume hab?«

Edi frisst ungerührt davon sein Nassfutter.

»Ich kann mir nicht helfen, aber ich hab überhaupt keine Spur, die mich auch nur ansatzweise auf den Mörder von der Dora und dem komischen Tod vom Palfinger bringen würd. Aber irgendwas stimmt da nicht und ich komm ums Verrecken nicht drauf, was!«

Jetzt blickt Edi zu mir auf.

»Du meinst, ich soll weiter nach Leuten suchen, die noch so ein G'schmier auf dem Haus gehabt haben?«, will ich seine Mimik deuten. »Ich glaub, der Pfarrer und die Thea waren die Einzigen, die damals von dem Missbrauch was mitgekriegt haben, und die die Dora angeklagt hat. Das ist kein guter Ansatz, Edi.«

Er miaut.

»Allerdings wär es interessant, was sie damit eigentlich erreichen hat wollen. Der Aufwand war doch schon groß, um sie nur zu erschrecken.«

Wieder miaut er, diesmal kläglich und ich ahne, was er will: Leckerli. Also ziehe ich die Schublade mit seinem Futter wieder auf und hole das Tütchen mit seinen Fischlis heraus. Er hockt sich erwartungsvoll vor meine Füße und ich halte ihm eins hin. Die stinken abscheulich und ich frag mich wieder mal, wie Edi nur so gierig darauf sein kann.

Gierig ... windet sich dieses Wort durch meine Gehirngänge. »Und wenn das G'schmier nur der Anfang gewesen ist und die Dora die Mitwisser von damals erpressen wollt?«

Edi hat sein Fischli längst verschlungen und hockt wieder da. Auf meine Frage nickt er. Na ja, wenn man das bei einer Katze so bezeichnen mag.

»Aber wenn die Thea von der Dora erpresst worden wär, hätt ich ihr das angemerkt, als sie mir die ganze Geschichte erzählt hat. Außerdem ist bei der Thea nix zu holen.«

Edi schaut mich durchdringend an. »Du meinst, die Dora hat ihren Vater erpresst?« Ich lache auf. »O nein! Der hätt sich niemals drauf eingelassen. Und ich glaub auch nicht, dass sich Dora zu ihm getraut hätt. Sie hat ihn vielleicht mit einem Fluch oder einem Zauber belegt.« Und schon habe ich die weißen Frauen wieder vor Augen, die den Palfinger ins Wasser ziehen.

Das nächste Fischli landet in Edis Maul, knackt unter seinen Zähnen und verschwindet auch schon in seinem Schlund.

»Was wäre mein nächster Schritt, wenn ich noch Kommissarin wär, Edi?«

Mein Kater dreht die Ohren, während er mich durchdringend von unten anschaut. Ich bücke mich hinunter und streichle ihn. Das gefällt ihm, aber ihn interessiert die Tüte mit seinen Leckerlis mehr, denn er stupst sie mit seinem Näschen an. Da fällt mir ein allzu bekanntes Emblem einer Stiftung auf der Verpackung auf, die Waren auf ihre Qualität testet. Edis Fischlis hat sie jedenfalls für gut befunden. Test! Dieses Wort rauscht durch meine Gehirnwindungen und meine Synapsen zünden. Und da habe ich auf einmal einen Plan.

»Ja logisch: Ich würd einen DNA-Test in Auftrag geben. Ich brauche ja einen Beweis dafür, dass der Missbrauch stattgefunden und der Max tatsächlich der Sohn von der Dora und ihrem Vater ist.«

Begeistert tätschle ich Edis Kopf und er bekommt als Belohnung wieder ein Fischli. »Du bist der beste Ermittler-Kater der Welt!«

Ich richte mich nachdenklich wieder auf.

»Ich brauch vom Max ein paar Haare. Obwohl, jetzt hat er ja keine mehr. Egal, irgendwas von ihm krieg ich schon. Aber wie komm ich an die DNA vom Kurt Palfinger?«

Es scheint mir so, als würde Edi mit seinem geneigten Kopf in Richtung Neuessing zeigen.

»Du meinst, ich soll einfach zur Olga reinmarschieren und sie um eine Zahn- oder Haarbürste von dem

Alten bitten?« Ich grunze spöttisch. »Wie stellst du dir das vor, Edi? Das darf ich doch nicht einfach so. Da brauch ich einen richterlichen Beschluss. Und wo soll ich den bittschön hernehmen?«

Edi neigt seinen Kopf in die andere Richtung. Seine bernsteinfarbenen Augen blitzen heimtückisch.

»Du hast recht. Was sie nicht weiß, macht sie nicht heiß! Das müsste ich doch irgendwie auch ohne diesen rechtlichen Schmarrn schaffen. Auf jeden Fall muss ich bei der vorbeischauen ...« Ich schiele auf meine Armbanduhr. »Kruzinesn, zuerst muss ich allerdings in die Arbeit!«

Wieder miaut Edi. Ich schütte ihm eine Handvoll Leckerli in seinen Napf, denn die hat er sich jetzt redlich verdient. Er macht sich gierig darüber her, während ich ihm noch mal den Rücken tätschle. »Gut gemacht!«

Ich glaube, ich habe schon mal erwähnt, dass ich es gern mag, wenn ich die Erste am frühen Morgen bin, die aufsperrt, alle Lichter einschaltet und sich dann allein und in aller Ruhe ans Aufbauen des Buffets macht. Als ich fertig bin und wie üblich die ersten Übernachtungsgäste schon vor der offiziellen Frühstückszeit um sieben Uhr begrüßt habe, lasse ich mir einen Cappuccino raus und setze mich selbst schnell zum Frühstücken an den Tisch, wo in zwei Stunden Bärbel ihren Kaffee trinken und die Zeitung lesen wird. Ich schiele auch kurz auf mein Handy. Ein entgangener Anruf meiner Schwester und einer vom Wimmer Heinz sind drauf.

Was will der denn von mir? Wahrscheinlich ist die blöde Kassenbox bei der Burg wieder geplündert worden. Darauf bin ich nicht scharf, aber ich rufe trotzdem zurück. Es soll ja nicht heißen, dass die Detektei unzuverlässig ist.

»Heinz, was gibts?«

Er kommt auch gleich zur Sache: »Ich hab die Aufstelltoilettenfirma beauftragt, das mobile Klo bei der Dorfdisco abzuholen. Der Fahrer hat die Dorfdisco aber nicht gefunden und mich angerufen. Also bin ich mit ihm rausgefahren und als er sie aufgeladen gehabt hat, ist mir eine Metallkiste ins Aug gestochen, die unter dem Klo gelegen haben muss. Ich hab sie aufgemacht und da war ein Haufen Geld drin. Ich hab dich sofort angerufen, aber du bist nicht hingegangen und ich hab sie dann mit ins Rathaus genommen.«

Ich staune. »Wie viel Geld?«

»Ich habs noch nicht gezählt. Aber es ist ein schöner Batzn.«

»Kruzinesn!«, fluche ich ungläubig. Hat sich ihr Vater doch erpressen lassen, oder gibts da noch einen großen Unbekannten oder eine Unbekannte, die ich noch nicht auf dem Schirm habe?

»Du weißt also auch nicht, woher die Hex so viel Geld gehabt hat?«

»Woher soll ich das wissen?«

»Bist du der Detektiv oder ich?«

Ich schniefe. »Auf jeden Fall musst du das der Polizei melden.«

»Ich hab gehofft, du würdest das übernehmen.«

»Wie du es grad schon so schön gesagt hast: Ich bin nur eine Detektivin und ich arbeite nicht mehr bei der Polizei«, weise ich ihn zurecht.

Ich vernehme sein missbilligendes Brummen. »Also gut. Aber du wärst mir schon lieber als die zwei Kommissare.«

»Das ehrt mich, aber es hilft nix.«

Wir verabschieden uns und legen auf. Dann gehts auch schon los mit dem Ansturm am Frühstücksbuffet. Rushhour von acht bis neun Uhr. Der Rückruf an meine Schwester muss also warten. Dann trudelt auch Bärbel ein und liest ihre Zeitung, zu der ich nicht mehr gekommen bin.

»Da schau her!«, deutet sie auf einen Artikel, als ich wieder einmal an ihr vorbei in die Küche will, um die Milchkanne aufzufüllen. »Jetzt ist es also eine beschlossenen Sach: In Essing soll ein neues Wellnesshotel gebaut werden. Oben bei der Dorfdisco. Der Bürgermeister und die Markträte haben es in der letzten Sitzung genehmigt. Die Gerüchte stimmen also doch.«

»Davon hat mir der Heinz gar nix erzählt«, wundere ich mich, tue es aber ab. Warum sollte er?

»Anscheinend liegt der Antrag schon länger bei der Gemeinde vor. Am Stammtisch hat der ein oder andere schon ein paar Mal drüber gemunkelt. Dreimal darfst du raten, wer den Bunker bauen wird.«

Offenbar muss es jemand sein, der allseits bekannt ist. Ich komme aber nicht drauf und zucke mit den Schultern.

»Wasner-Bau.«

Das sagt mir allerdings schon etwas. Mit Wasner Christian, also dem Chef der Baufirma, hatte ich in jungen Jahren und bevor ich mit Martin zusammengekommen war, ein Techtelmechtel. Das heißt, ich war total in ihn verliebt, aber er hat gleich mit der nächsten angebandelt, als ich ihm klar gemacht habe, dass ich keine für eine Nacht bin. Er hat die Firma von seinem Vater übernommen und sich in den letzten Jahrzehnten enorm etabliert. Ich würde sogar sagen, Wasner-Bau ist die größte Baufirma im ganzen Landkreis Kelheim. Überall wo gebaut wird, prangt sein Firmenlogo am Gerüst. Und es heißt auch, dass es oft nicht mit rechten Dingen zugeht, wie er an seine Aufträge kommt, aber das wäre ja nix Neues. Mir schwant, was es für die alteingesessenen Wirtshäuser, Pensionen, Privatvermieter und auch für den Lindenwirt bedeuten würde, wenn auf einmal in Essing ein Trumm Wellnesstempel stehen würde.

»Kannst du da nix machen?«, bittet mich Bärbel. Sie ahnt selbst, dass das ein übertriebener Wunsch ist und grinst zynisch.

»Da musst du dich schon an den Opa wenden«, rate ich ihr scherzhaft. »Der weiß, wie man sich gegen so was wehrt. Er kennt sich aus mit Demos, Protestplakate schreiben und Bürgerwehr gründen.« Meine Empfehlung werde ich noch gewaltig bereuen, aber jetzt fällt mir nix Besseres ein. »Außerdem hab ich grad noch was anderes zu tun.«

»Immer noch wegen der Hex?«, fragt Bärbel nach. »Ich hab gedacht, da kommst du nicht weiter. Und die Polizei anscheinend auch nicht.«

»Ich gebe noch nicht auf.«

Bärbel beäugt mich mit zusammengekniffenen Augen. »Das heißt, du hast eine neue heiße Spur?«

»Das weiß ich noch nicht, aber ich muss noch mal zu der Olga.«

»Der Pflegerin vom Palfinger?«, ist Bärbel sofort bei der Sache.

»Ich will sie ein bisserl über ihren verstorbenen Patienten ausfragen und ich brauch was von ihr.«

»Lass doch den in Frieden ruhen«, mahnt sie mich. »Um den alten Grantler ist es nicht schad.«

»Aber er war der Vater von der Dora und vielleicht bringt mich das weiter, damit ich ihren Mörder endlich ausfindig machen kann.«

»Ach, darum gehts dir.«

Wir werden von einem Piepsen unterbrochen. Ich kenne diesen Ton inzwischen ausgiebig: Der ultramoderne Kaffeeautomat hat eine Störung. Sollen diese Maschinen uns nicht unsere Arbeit erleichtern? Stattdessen nerven sie uns mit ihren ständigen Befehlen!

Ich verdrehe die Augen und Bärbel treibt mich mit einer Handbewegung an. Also kümmere ich mich mal um die blöde Kaffeemaschine, das Buffet und die Gäste.

Zwei Stunden später bin ich auch schon auf meiner Walkingrunde. Diesmal wieder nach Neuessing. Ich bin echt froh um diese Sportart, nicht nur, weil ich sie mit meiner Kondition wunderbar ausüben kann, sondern auch, weil ich dadurch ganz ungezwungen im Dorf herumkomme. Ohne jetzt angeben oder mich rühmen zu wollen: Ich bin halt im Ort doch ziemlich bekannt und wohl auch beliebt, so dass die Leute, denen ich begegne, sich gern mit mir unterhalten. Der Zufall, oder meinetwegen auch der liebe Gott, meint es gut mit mir, denn ich sehe Olga Kotecki im Garten vom Palfinger-Haus. Ich befinde mich genau gegenüber auf der anderen Seite der Altmühl und kann beobachten, wie sie in den paar Blumenbeeten jätet. Als sie sich durchstreckt, offenbar tut ihr der Rücken von der Arbeit weh, schweift ihr Blick zuerst zum Steg und dann zu mir herüber. Ich winke ihr samt Stock und sie winkt mit ihren Gartenhandschuhen zurück.

»Kaffee?«, ruft sie mir zu.

Diese Einladung kommt mir absolut gelegen und kann ich natürlich nicht ablehnen. »Ich komm!«

Ein paar Minuten später stehe ich auch schon bei ihr im Garten. Der ist zwar nicht groß, aber wirklich ein Paradies, wunderschön angelegt und sehr gepflegt mit einem Rosen- und Staudenbeet, beinahe unkrautfreiem Rasen und ein paar Sichtschutzsträuchern zu den Nachbarn und zum Ufer hin. Dort steht auch eine alte Weide, die sich über das Wasser beugt und ihre traurigen Äste herunterhängen lässt. Ich gebe ihr zu verstehen, dass ich auch Hobbygärtnerin bin. Damit gewinne ich ihr Vertrauen und wir unterhalten uns angeregt über jene Tulpe oder Hyazinthe, die grad so üppig blühen. Dabei vergisst sie den Kaffee anscheinend ganz und er fällt ihr schließlich wieder ein. Während sie ihn in der Küche aufsetzt, gehe ich auf die Toilette. Sie beschreibt mir den Weg den Flur hinunter. Ich weiß zwar noch bei meinen Besuchen bei Dora damals, wo das Bad ist, aber das muss ich Olga ja nicht stecken. Die ehemalige Gästetoilette ist jetzt jedenfalls zu einem kleinen Badezimmer umfunktioniert worden. Wahrscheinlich hat der Palfinger das behindertengerecht umbauen lassen, als er keine Treppen mehr steigen konnte. Natürlich war mein Bedürfnis nur vorgegeben und ich mache mich auf die Suche nach einer Zahn- oder Haarbürste am Waschbecken. Leider werde ich nicht fündig. Anscheinend hat die alle seine Sachen schon weggeräumt. Da war sie aber sehr schnell! Kruzinesn! Ich brauch irgendwas vom Palfinger mit seiner DNA dran! Also muss ich intensiver suchen und krame den Waschtischunterschrank und ein weiteres Badschränkchen durch. Nichts! Olga hat ihre persönlichen Toilettensachen wohl alle oben in dem anderen Bad. Hier gibts nur Handtücher, Putzlappen, -mittel, zig Rollen Klopapier und Seife. Das macht mich grantig, weil es meinen Plan komplett zunichtemacht. Aber es hilft nix. Tief durchatmend betätige ich die Toilettenspülung und verlasse das Bad wieder. Als ich grad wieder in die Küche zurückgehen will, fällt mir auf dem Flur eine bereits an den Tragegriffen verknotete Mülltüte auf. Vielleicht kann ich da drin was ergattern. Nun ist es ja nicht gerade angenehm im Müll anderer Leute zu schnüffeln, aber in diesem Falle ist mir das wurscht, denn ich brauch diese DNA! Ich reiße also ein kleines Loch oben bei dem Knoten in die hauchdünne Plastikfolie und schiele hinein.

Volltreffer! Da sind ja meine gesuchten Gegenstände: Zahn- und Haarbürste, Duschgelflaschen und sogar noch ein Rasierer. Die hat tatsächlich alles vom Palfinger weggeworfen. Ich entscheide mich für die Zahnbürste und hoffe inständig, dass die dem Kurt und nicht der Olga gehört hat.

Vorsichtig greife ich mit Daumen- und Zeigefinger hinein und fische die Zahnbürste am Griffende heraus. Grad, als ich sie in eine von mir extra mitgebrachte Gefriertüte gesteckt und in die Tasche meiner Softshelljacke geschoben habe, lugt Olga zur Küchentür heraus.

Ich fühle mich ertappt, denn sie beäugt mich argwöhnisch.

»Ähm ... ich entsorg nur noch schnell mein Tempo«, lüge ich. Nun zahlt es sich aus, dass ich nie meine Jackentaschen ausleere, denn in der anderen habe ich noch zwei benutzte, die ich demonstrativ in das von mir verursachte Loch in der Plastiktüte stopfe.

»Erledigt«, sage ich so lässig wie möglich, folge ihr zurück in die Küche und biete ihr an: »Ich kann den Tisch decken.«

»Gern. Bitte draußen auf der Terrasse.«

Während sie in dem Hängeschrank das Geschirr herausnimmt und auf ein Tablett stellt, schiele ich durch das Küchenfenster. So habe ich den Steg, auf dem der Palfinger mit dem Rollstuhl vor seinem Tod gesessen haben muss, genau im Blick. Auf einmal fällt es mir wieder ein: Natürlich hat Dora schwimmen können! Ich habe ihr allzu oft vorgeschlagen, wenn es im Sommer heiß war und wir keine Lust hatten, mit den Rädern bis nach Kelheim ins Freibad zu radeln, dort ins Wasser zu hüpfen. Aber sie wollte das nie. Jetzt schwant mir warum: Weil ihr lüsterner Vater uns dann in unseren Badeanzügen beobachten hätte können und wer weiß, auf welche Gedanken der gekommen wäre. Mich überläuft ein Schauder und ich versuche mich wieder auf Olga zu konzentrieren.

»Haben Sie sich einigermaßen von dem Schock erholt?«

Sie zuckt merklich zusammen, während sie einen Karton Milch aus dem Kühlschrank holt. »Ich ... ich weiß nicht.«

»Das tut mir leid«, bedauere ich. »Aber Sie dürfen ja bestimmt bald nach Haus, dann können Sie das alles hinter sich lassen.«

»Wenn die Beerdigung vorbei ist. Kurti hat mich noch zu seinen Lebzeiten darum gebeten, dass ich mich darum kümmere, wenn es mal so weit sein sollte.«

Ja, klar. Wer auch sonst? Aber von einer Beerdigung habe ich bis jetzt noch nichts mitbekommen. »Der Palfinger ist noch nicht beigesetzt worden?«

Sie schüttelt missmutig den Kopf und nimmt das Tablett, auf das sie auch einen Teller mit Keksen getan hat. »Bevor sein Leichnam eingeäschert werden darf, muss die Polizei erst irgendeine Erlaubnis erteilen und das dauert.«

»So sind leider die Vorschriften.« Ich zucke bedauernd mit den Schultern und folge ihr mit der Kaffeekanne hinaus auf die Terrasse.

Sie schenkt mir ein und reicht mir meine Tasse, nachdem ich mich auf einen der Gartenstühle aus schwerem Metall und geschnörkelten Elementen an der Lehne gesetzt habe. Ziemlich unbequem diese Stühle, trotz des geblümten Polsters. Dann nimmt sie mir gegenüber und somit mit dem Rücken zum Steg Platz.

»Ich muss bald weg von diesem Haus.«

»Ich kann mir vorstellen, dass es schwer ist, immer das Drama vor Augen zu haben«, kann ich mich in sie hineinversetzen und trinke von dem ziemlich starken Kaffee.

Tränen treten in ihre Augen. »Es war so furchtbar! Und ich bin schuld.«

»Warum?«

»Ich habe nicht aufgepasst auf Kurti.« Sie beugt sich zu mir herüber und raunt mir zu: »Sie haben ihn geholt. Ich konnte nix machen.«

»Wer sie?«

»Die bösen Geister«, behauptet sie. »Genau wie seine Tochter.«

Das ist mir eindeutig schon wieder zu viel von dem Spuck. »Die Dora ist nicht von Geistern umgebracht worden, sondern von einer ziemlich irdischen Person.«

»Aber sie war da und hat Kurt verflucht.«

»Die Dora war beim Palfinger?«

Olga wird rot. »Ich wollte nicht lauschen, wirklich nicht, aber sie hat so herumgeschrien und irgendwelche Zauberformeln von sich gegeben, das ich es bis in die Küche gehört habe.«

Das ist ja mal eine interessante Neuigkeit!

»Und dann?«

»Dann ist sie gegangen und zwei Tage später war sie tot.« Wieder dämpft sie ihre Stimme und stößt mit ihrem großen Busen fast ihre Tasse um. »Die weißen

Frauen haben zuerst sie geholt. Sie hat es einfach über-trieben. Es ist nicht gut, wenn man sich so sehr mit den Geistern der Unterwelt einlässt. Irgendwann haben sie genug und nehmen auch dich mit.«

Kruzinesn, die ist ja drauf! Ihre Stimme wird wieder weinerlich. »Aber den Fluch von Kurti hat das nicht aufgelöst und er musste auch sterben. Jetzt sind Vater und Tochter in der Hölle gefangen.«

»Dann muss ich jetzt wohl gut auf den Max aufpas-sen«, bemerke ich. »Dass es ihn nicht auch erwischt.«

Verständnislos sieht sie mich an. »Welchen Max?«

»Max Ipfelkofer«, erkläre ich ihr. »Er ist der Sohn von der Dora.«

Olga staunt. »Sie hatte einen Sohn?«

»Ja, Ihr Kurti hat einen Enkelsohn gehabt. Und wahrscheinlich war der auch noch sein Sohn.«

»Aber wie kann das ...«

Sie bricht ab, als sie anscheinend zur Erkenntnis kommt. Erschüttert schlägt sie die Hand vor den Mund. »Das soll der Kurti wirklich getan haben?«

Ich nicke.

»Aber Kurti war kein schlechter Mensch«, vertei-digt sie ihn trotzdem. »Er war immer gut zu mir.«

Das nehme ich ihr nicht ab, denn der Bär und ich haben ja selbst erlebt, wie er sie herumkommandiert hat, der alte Grantlhuber. Andererseits soll es solche Pflegekräfte geben, die sich aufopferungsvoll um ihre Patienten kümmern und über ihre Launen hinwegsehen. Olga muss eine von diesen besonders leidensfähigen Pflegerinnen sein.

Sie bemerkt wohl meine Zweifel und redet weiter auf mich ein: »Er war zwar meistens schlecht gelaunt, aber er hat auch seine guten Momente gehabt. Die verpfuschte OP und die Schmerzen haben ihn halt zermürbt.«

»Schon klar«, gestehe ich ihr zu. »Darum hat er wahrscheinlich auch nicht mehr schwimmen können, oder?«

Als ich es erwähne, zuckt sie zusammen. »Ich weiß es ehrlich gesagt nicht. Im Haus sind wir jeden Tag ein paar Schritte mit dem Rollator gegangen. Seine Physiotherapeutin, die zweimal in der Woche gekommen ist, hat gesagt, wir sollen üben, damit seine Muskeln nicht ganz nachlassen.«

»Und als er ins Wasser gefallen ist, hat er da um Hilfe gerufen?«

»Ich habe gekocht und die Ablüftung war an. Ich habe nichts gehört. Erst als ich mit Schrecken gesehen habe, dass Kurti nicht mehr auf dem Steg ist, bin ich sofort rausgelaufen.« Sie schlägt die Hände vors Gesicht und weint. »Und dann ... dann hat er da im Wasser getrieben und ... und ich bin sofort reingesprungen.«

Es macht mich verlegen, dass ich sie mit meiner Fragerei zum Weinen bringe. Trotzdem kann ich nicht damit aufhören. Jetzt ist es auch schon wurscht.

»Aber Sie haben die Bremsen vom Rollstuhl doch bestimmt angezogen?«

Sie schüttelt zutiefst erschüttert den Kopf, so dass ihr Dutt wackelt. »Die ... die Feuerwehr hat ihn aus dem Wasser gezogen und die Bremsen waren an beiden Rädern gelöst. Aber ... aber ich bin mir sicher, dass ich sie festgestellt habe. Er hat bei schönem Wetter jeden Tag dort gesessen und es war Routine für mich, dass ich die Bremsen reintue.«

»Könnt es sein, dass der Palfinger die Bremsen selbst geöffnet hat?«

Entsetzt, auf was ich da anspiele, blickt sie mich an. »Das hat mich die Polizei auch schon gefragt, aber der Kurti hätte das niemals getan. Er war gebrechlich und gezeichnet von seinem Leiden, aber er hat nicht sterben wollen.«

Die Ex-Kollegen haben also diesbezüglich auch schon Nachforschungen angestellt. Aber das mussten sie ja, weil die Todesumstände ungeklärt sind. Wahrscheinlich ist sein Leichnam deswegen noch nicht zur Beisetzung freigegeben.

Als ich nicht darauf reagiere, legt sie nach: »Ich habe auch den Kommissaren gesagt, dass Kurti das nicht getan haben kann. Das war der Fluch! Das waren die Geister!«

Ich kann mir lebhaft vorstellen, wie Henry und Erdem auf diese Behauptung der Pflegerin reagiert haben. Die haben sie längst als abergläubisch und verrückt abgestempelt. Aber in welche Richtung ermitteln die dann? Ich könnte einfach Henry anrufen und direkt fragen. Was mich davon abhält ist, dass er sich darauf gleich wieder was einbildet.

Ich tätschle ihre faltige, zitternde Hand mit den rot lackierten Nägeln, die nun auf dem Tisch neben ihrer Kaffeetasse liegt. »Wenn der Termin für die Beerdigung feststeht, können Sie mir das sagen, ich würd gern kommen.«

Sie strahlt mich aus ihren verweinten Augen an. »Das wäre sehr nett. Vielleicht mag auch dieser Max dabei sein?«

»Ich werds ihm sagen«, biete ich an, bezweifle aber, dass er sich das antun wird.

Aber vielleicht hilft es ihm ja, um sein verpfuschtes Leben dadurch auf die richtige Bahn zu lenken und das Ganze zu verarbeiten.

Ich trinke meinen Kaffee aus und stehe auf. »Ich muss mich wieder aufmachen, Olga. Danke, für den Kaffee!«

Schnell greift sie sich meine Hand. Ihre Hand fühlt sich kalt an. »Sie kommen mich doch wieder besuchen?«

»Solange sie noch hier sind«, bemerke ich, denn sie wird ja wieder in ihre polnische Heimat zurückkehren, wenn der Palfinger unter der Erde ist.

Meine Bemerkung macht sie betroffen. »Oh ja! Ich habe beinahe vergessen, dass ...«

Sie lässt den Satz unbeendet und ich verabschiede mich.

Kapitel 21

Und weil ich schon hier bin, marschiere ich zum Marktplatz von Essing. Dort steht auch das Rathaus und ich steige die Stufen hinauf direkt ins Büro von unserem Bürgermeister. Sein Vorzimmer ist nicht besetzt. Die Verwaltungsangestellte hat wohl heute frei. Ich klopfe an die Schiebetür und auf das »Herein« vom Wimmer Heinz betrete ich sein Reich. Jetzt muss ich noch dazu erklären, dass Heinz der beste Freund meines verstorbenen ersten Mannes war. Früher hatte er eine eher schlecht gehende Autowerkstatt samt Tankstelle. Die Tankstelle managt seine Frau Susi, weil sie sich in den ehemaligen Werkstatträumen ihren Dekoladen und ihr Bastelstüberl für Trockenblumen eingerichtet hat. Heinz ist nach wie vor bei einer großen Autowerkstatt als Kfz-Meister beschäftigt, weil der Posten als Essinger Bürgermeister nur ein Halbtagsjob ist. Er tauscht also täglich den ölverschmierten Blaumann gegen Anzughose und Hemd. In Letzterem ist er mir aber eher fremd, so wie jetzt. So schöne Kleidung passt nicht zu dem gestandenen Mannsbild mit den dunklen Haaren und dem Drei-Tage-Bart und ich glaube auch, er fühlt sich in seiner neuen Rolle noch nicht so ganz wohl. Er war zweiter Bürgermeister, bis ich letzten Sommer einen Skandal aufgedeckt habe, und der Ex-Bürgermeister Manfred Weinzierl zurücktreten hat müssen.

»Du kommst zu spät, deine ehemaligen Kollegen haben die Geldkiste schon abgeholt«, empfängt er mich.

»Was haben sie zu dem Fund gesagt?«

»Die waren ziemlich überrascht, weil die Finanzen von der Hex anscheinend nicht besonders rosig gewesen sind«, gibt mir Heinz bereitwillig Auskunft. »Sie haben gerätselt, woher sie so viel Geld gehabt hat.«

»Und es hat unter diesem Mobilklo gelegen?«

Heinz nickt. »Als der Fahrer das Klo aufgeladen hat, hat da was Silbernes geglänzt, wo es grad noch gestanden war, und ich hab es mir genauer angeschaut. Es stand sogar ihr Name aufgeklebt auf der Box: Dora Palfinger.«

»Wie viel war es denn jetzt?«

»25.000 Euro.«

Nun staune auch ich und Heinz druckst herum.

»Was ist damit?«, bin ich neugierig.

Er rückt raus: »Es ist genau die Summe, die mir die Hex für die Dorfdisco angeboten hat.«

Das wird ja immer verworrener. »Die Dora wollt die Dorfdisco kaufen? Ich hab gedacht, du hast sie an sie vermietet.«

»Das ist schon richtig. Sie hat sie unter der Bedingung gekriegt, dass sie bis September dort wohnen kann. Dann hätt sie raus gemusst.«

»Weil im September Baubeginn für dieses Wellnesshotel ist, nehm ich an. Dann wird die Dorfdisco verschwinden«, zähle ich eins und eins zusammen.

»So ist es: Sie hatte mir zugesichert, bis spätestens Ende August bleiben zu wollen, denn bis dahin hätt sie hier eh alles erledigt«, stimmt mir Heinz zu. »Aber dann taucht sie auf einmal vor ungefähr eineinhalb Wochen hier im Rathaus auf und will sie kaufen.«

»Für 25.000 Euro?«

»Ja, weil sie sich hier wie zu Hause fühlt und beschlossen hätt, für immer zu bleiben, hat sie gemeint«, berichtet mir Heinz weiter. »Das hab ich auch deinen Ex-Kollegen gesagt und auch, dass das Feld, auf dem die Hüttn steht, mehr als dreimal so viel wert ist.«

Warum auf einmal der Sinneswandel bei Dora? Woher plötzlich das viele Geld? Sie muss jemanden erpresst haben, anders kann ich es mir nicht erklären. Und es kann nur ihr Vater gewesen sein. Er hatte so viel Geld, aber warum hat er es ihr gegeben? Was hat er noch angestellt, was nicht verjährt oder Grund genug dafür ist, sich ihr Schweigen für 25.000 Euro zu erkaufen? Nachdenklich verabschiede ich mich vom Heinz und walke in Richtung Heimat Altessing. Unterwegs beschließe ich gleich weiter bis ans Dorfende zum Steininger-Hof zu laufen. Ich muss Max sowieso sagen, dass er zur Beerdigung seines Opas beziehungsweise Vaters eingeladen ist, und eine DNA-Probe brauch ich ja von ihm auch noch. Er kann nicht wissen, wie seine Mutter an das viele Geld gekommen ist, denn er hat sie nie kennengelernt. Aber er war bei ihr an der Dorfdisco. Das hat er selbst erzählt und Kerstin hat ihn dort getroffen.

Plötzlich keimen in mir neue Zweifel am Max. Ist er überhaupt Dora Palfingers Sohn? Er muss es sein, denn Erdem hat ihn bestimmt überprüft und hätte ihn nicht frei gelassen, wenn etwas mit seiner Identität nicht gestimmt hätte. Außerdem ist Max naiv und viel zu unbedarft, als dass er irgendetwas Kriminelles anstellen würde, es sein denn, es hat etwas mit Atomkraft oder Regenwaldabholzung zu tun.

Max, Kerstin und der Opa sitzen in trauter Dreisamkeit vor dem ehemaligen Bauernhaus auf dem Steininger-Hof und trinken Kaffee.

»Hock dich nur gleich zu uns, Maria«, lädt mich der Opa ein. »Die Kerstin hat heut schon früher Feierabend und mich zum Kaffeetrinken eingeladen. Hast was Neues erfahren, gell? Das seh ich dir an der Nasenspitze an.«

Ich verdrehe die Augen und setze mich dazu.

Kerstin steht auf. »Magst auch einen Kaffee?«

»Wasser wär mir lieber«, gestehe ich, denn ich bin auf meiner großen Runde ganz schön ins Schwitzen gekommen. Kerstin geht ins Haus, um es mir zu holen.

Der Opa rutscht auf seiner Bank nach vorne. »Jetzt erzähl halt!«

»Opa, Mann!«, bremst ihn der kurzgeschorene Max aus. »Die Mary ist Privatermittlerin und darf dir das doch nicht so einfach sagen.«

Verdattert verteidigt sich der Opa: »Aber ich bin doch ihr Mitarbeiter.«

»Du?«, lacht Max auf. »Du bist ein alter Mann!«

So verscherzt er sich das gerade gewonnene Zutrauen vom Opa gleich wieder, Kruzinesn!

Stolz schwellt der Opa die Brust: »Eben drum kenn ich mich im Dorf aus. Weisheit, Integrität, Volksnähe und Lebenserfahrung sind meine Qualitäten als Agent, mein lieber Max. Das sind Eigenschaften, von denen du keine Ahnung hast.«

Jetzt hat der Opa es dem Jungspund aber gegeben! Und genauso baff ist Max auch, so dass er gar nix drauf sagen kann. Glücklicherweise kommt Kerstin mit meinem Glas Wasser zurück und stellt es mir auf den Tisch.

Gespannt nimmt sie wieder in ihrem Stuhl Platz, während ich trinke: »Hab ich was verpasst?«

»Nein!«, sagen Max und der Opa unisono und schon richten sich drei Augenpaare neugierig auf mich.

Also beginne ich: »Folgendes: Die Dora hat nur mit ihrer Hellseherei und Kräutermischerei ein bisserl was verdient, wie wir wissen. Und als ihr Mann gestorben war, ist es ihr bestimmt finanziell nicht besser gegangen. Vielleicht hat sie sogar ihre Wohnung oder ihr

Haus verloren. Darum hat sie auch recht ärmlich in der Dorfdisco gewohnt. Und trotzdem bietet sie dem Bürgermeister 25.000 Euro, um ihm die Dorfdisco abzukaufen. Das Geld hat sie in einer Metallbox unter ihrem Mobilklo versteckt.«

»Das ist ja der Hammer!«, ist Kerstin perplex. »Woher hat sie so viel Geld gehabt?«

»Das ist die große Frage. Die Pflegerin vom alten Palfinger, die Olga, hat mir erzählt, dass die Dora bei ihm war, aber nicht, um ihn zu erpressen, sondern um ihn mit einem Fluch zu belegen.«

Der Opa rümpft die Nase. »So ein Schmarrn!«

»Die Olga sieht das allerdings anders: Sie ist fest davon überzeugt, dass Geister ihn sich geholt haben.«

»Welche Geister denn?«, interessiert sich Max, dem dieser Irrglaube anscheinend nicht so abwegig scheint.

»Irgendwelche halt, vielleicht auch die weißen Frauen von St. Bartlmä.«

»Das ist da, wo meine Mutter gestorben ist?« Die Stimme vom Max bebt schon wieder.

Der Opa neben ihm tätschelt seinen Arm. »Wennst magst, dann kann uns die Kerstin oder die Maria mal rauf fahren und ich zeig dir den See und das Kircherl.«

Max nickt dankbar. »Ich würde so gern mehr über meine Mutter erfahren.«

Jetzt muss ich auf den Punkt kommen. »Diesbezüglich bräucht ich auch noch etwas von dir, wo deine DNA dran ist: ein paar Haare oder deine Zahnbürste.«

Bevor Max und der Opa was fragen können, tut es Kerstin: »Du willst feststellen lassen, ob der Max wirklich der Sohn von der Dora Palfinger war? Du glaubst es ihm nicht?«

»Doch«, verteidige ich mich und wende mich vertrauensvoll an den Max. »Natürlich glaub ich dir, aber ich brauch halt einfach einen Nachweis, dass du auch der Sohn vom alten Palfinger bist.«

»Wozu?«

»Damit der Missbrauch von damals nachgewiesen werden kann und uns das dann eventuell auf den Mörder von deiner Mutter bringt.«

»Aber dieser Alemdaroglu hat mir doch schon eine Speichelprobe abgenommen.«

»Hat er das?« Anscheinend ermittelt Erdem allumfassend. Aber eigentlich war das ja logisch. Die Identität von Max muss eindeutig geklärt werden. Er ist ein Adoptivkind einer anonymen Geburt und Max' Behauptungen könnten nur erstunken und erlogen sein. Vielleicht bin ich da als Privatermittlerin bisher ein bisserl zu naiv rangegangen. Aber das wird sich jetzt ändern.

»Sogar mit so einem richterlichen Beschluss. Dann hat er mich gehen lassen und mich gewarnt, dass ich mich zur Verfügung halten soll.« Max' Stimme ist immer weinerlicher geworden. »Ich hab doch niemandem was getan!«

Kerstin legt ihm tröstend den Arm um seine kräftigen Schultern. Eine sehr vertraute Geste, stelle ich fest.

»Natürlich hast du das nicht, aber vielleicht ist es wirklich besser, wenn du der Mary vertraust. Sie kann dich rausboxen, wenn dir der Erdem was anhängen will. Also gib ihr einfach deine Zahnbürste.«

»Genau, die Mary hat mich auch schon ein paar Mal rausgehauen«, stimmt der Opa eifrig zu und fragt mich dann: »Magst du meine Zahnbürste auch haben? Ich mein, für alle Fälle.«

»Nein, du bist eindeutig der Vinzent Spangler, da brauchts keinen Nachweis.« Ich muss mir das Schmunzeln verdrücken, weil der Opa sich schon wieder wichtig fühlt.

Kerstin versucht weiter, den niedergeschlagenen Max aufzubauen: »Wenn du willst, schauen wir mal die Sachen von deiner Mutter in der Dorfdisco durch. Vielleicht erfahren wir dabei ein bisserl was Persönliches über sie.« Sie wendet sich an mich: »Die gehören doch jetzt sowieso dem Max, oder?«

»Wenn die Polizei ihren Wohnort frei gegeben hat und der Max eindeutig ihr Sohn ist, kann er rein und alles mitnehmen.«

Ich erinnere mich allerdings mit Schaudern an ihre Besitztümer. »Aber außer einer teuren Küchenmaschine, Kräutern, Magic Mushrooms und giftigen Pflanzen hat sie nicht viel besessen.«

»Lauter Glump!«, meldet sich der Opa zu Wort. »Aber von diesen Schwammerln könntest mir auch was geben, Max. Der Rausch auf die war einfach wunderbar.«

»Opa!«, mahne ich ihn. »Die schaden nur deiner Pumpe.«

Er winkt ab. »Ach, geh! Die haben mir das letzte Mal auch nix ausgemacht.«

»Ich find die auch voll geil!«, mischt sich Max jetzt wieder begeistert ein. Damit hat er unsere volle Aufmerksamkeit. Er verteidigt sich: »Was? Die sind auf alle Fälle gesünder als die ganzen Labordrogen!«

Kerstin nimmt ihn am Arm und beschwört ihn: »Hey, aber ich möcht nicht mehr, dass du so was nimmst. Diese Zauberpilze sind schlecht zu dosieren und wenn du es übertreibst ...«

»... dann hauts dich noch vor mir vom Stangerl«, vollendet der Opa amüsiert den Satz.

»Opa!«, mahnen Kerstin und ich ihn gleichzeitig.

Ich muss gehen, bevor das hier ausartet. Darum stehe ich auf. »Die Zahnbürste vom Max!«

Wieder spurtet Kerstin die Treppe hinauf.

»Tu sie doch bitte gleich in eine frische Gefriertüte!«, rufe ich ihr hinterher.

Dann habe ich noch ein Anliegen: »Max, ich soll dir von der Olga ausrichten, sie würde sich freuen, wenn du zu der Beisetzung vom Palfinger kommen würdest.«

Jetzt packt ihn der Opa am Arm. »Das wirst du nicht tun, Max!«

»Aber er war mein Vater ... und mein Großvater ...«

»Er war ein hundsgemeiner Sauhund«, schimpft der Opa. »Dem bist du gar nix schuldig!«

Schon ist Kerstin wieder da. »Wer ist ein Sauhund?« Sie streckt mir eine eingetütete pinkfarbene Zahnbürste her. Ich begutachte sie stutzend.

»Das ist schon seine«, versichert sie mir. »Ich hatte nur grad keine andere daheim, als ich den Max bei mir aufgenommen hab.«

Ich runzle die Stirn und schiebe die eingetütete Zahnbürste in die andere, leere Jackentasche.

»Stell dir vor, der Max will doch tatsächlich auf die Beerdigung vom Palfinger gehen«, spottet der Opa.

Forschend schaut Kerstin den bedrückten Max an und setzt sich wieder zu ihm. »Wir haben doch schon darüber geredet, Max. Wenn du da hingehst, wird dich das runterziehen und alles, was wir er- und verarbeitet haben, wird wieder hochkommen.«

Sie spricht mit ihm wie mit einem Kind, fällt mir auf. Vielleicht dringt man nur so zu dem erwachsenen Jungen durch. Ihre Ausbildung als Kinderpflegerin ist ihr dabei anscheinend sehr nützlich. Und es erspart ihm vielleicht eine Therapie bei einem Psychiater. Nach allem, was Max in der letzten Woche durchge-macht und erfahren hat, braucht er ihren Beistand, erkenne ich. Auch ich habe schon ein paar Mal psychologische Hilfe in Anspruch genommen und sie hat mir sehr geholfen. Allerdings bin ich anderer Meinung, was die Beerdigung angeht. »Vielleicht kann er aber besser mit der ganzen Geschichte abschließen, wenn er sich am Grab von seinem Erzeuger verabschiedet.«

Kerstin stutzt.

Ich lege nach und empfehle Max: »Wirf einfach all deinen Kummer und deine Wut ins Loch hinab. Das kann eine Mordserleichterung sein.«

Der Opa stöhnt gedehnt und steht auf. »Also, mir ist das hier eindeutig zu schnulzig.«

So was kann der verstockte Alte, der früh Waise war und dann ohne Liebe und Zuwendung aufgewachsen ist, nur schwer ertragen. Er geht tatsächlich und verschwindet im Haus.

Wir schauen ihm nachdenklich, aber auch amüsiert hinterher. Max erhebt sich ebenfalls und kommt auf mich zu. Wieder mal umarmt er mich stürmisch. »Danke, Mary!«

Ich tätschle seinen Rücken. »Gern g'scheng.«

Glückselig und gerührt schaut er zwischen Kerstin und mir hin und her. »Ihr seid die Familie, die ich immer vermisst hab.«

Kapitel 22

Auf dem Heimweg kommt mir der Bär in seinem alten Golf auf der Dorfstraße entgegen. Er hält an und lässt das Fenster herunter.

»Ich muss zum Gumplinger. Er hat mich angerufen, der Penelope gehts immer schlechter.«

»Die Penelope ist krank?«

»Ja, ich war schon ein paar Mal bei ihr, um zu kontrollieren, ob der Gumplinger sich auch gut um sie kümmert.«

»Das tut er anscheinend nicht.«

»Schon, ich glaub eher, der fehlt was Psychisches.«

Mich wundert, dass der Bär da auf einmal fachkundig ist. Früher war er nie besonders gut auf so was zu sprechen und hat es als übertrieben abgetan, selbst als ich in psychiatrischer Behandlung gewesen bin.

»Wie meinst du das?«

»Na, die Penelope trauert halt um ihr Frauchen.«

Natürlich kann ich mir das vorstellen. Tiere haben auch Gefühle. Wenn das Hängebauchschwein auch kein besonders schönes Tier ist, so tut sie mir doch leid. Auf irgendeine Art mag ich sie. Vielleicht grad deswegen, mach ich mir auf einmal auch Sorgen um sie.

»Ich komm mit!«, biete ich an und klette meine Stöcke los, während ich zur Beifahrerseite renne.

Ich werfe meine Stöcke auf die Rücksitzbank und steige ein.

Der Hof vom Gumplinger ist wirklich ein Saustall. Er ist nur teilweise gepflastert und wenn es regnet, versinkt man im Dreck. Das Bauernhaus, die Ställe und Scheunen sind heruntergekommen und in schlechtem Zustand. Ich weiß, dass das Veterinäramt schon ein paar Mal bei ihm vorbeigeschaut hat, aber seinen Viechern fehlt es an nichts und darum darf er sie auch weiter halten. Hauptsache die fühlen sich wohl und das tun sie. Um sie kümmert er sich anscheinend besser als um sich und seine Gebäude. Was aber meine Aufmerksamkeit auf sich zieht, ist ein Polizeiauto, das neben einer windschiefen Scheune parkt. Dem Nummernschild nach müsste es das vom Niedermayer und Strobl sein.

Der Gumplinger Fritz hat uns wohl kommen gehört, denn er tritt in seiner dreckigen Latzhose und Gummistiefeln aus dem Haus.

»Hast du Besuch?«, frage ich und deute zum Polizeiauto.

Er verzieht sein faltiges Gesicht mit den buschigen Augenbrauen. »Die hocken schon seit einer Woch oben bei mir.«

»Wieso denn das?«

Der Gumplinger zuckt mit den knochigen Schultern. »Geh halt rauf und frag ihn selbst!«

Das werde ich natürlich sofort tun und informiere den Bär: »Kümmer du dich um die Sau, ich komm später dazu.«

Er hört es schon gar nicht mehr, denn er ist schon gegenüber an der Stalltür angelangt und hineingegangen.

»Treppe rauf, zweite Tür auf der linken Seite«, beschreibt mir der Gumplinger noch den Weg und schon bin ich im Haus.

Welche Zustände da herrschen, brauch ich nicht beschreiben. Der Gumplinger ist schon ein Saubär! Aber darum gehts ja auch nicht und meine Neugier treibt mich voran die Treppe hinauf und zu der genannten Tür. Ich klopfe sicherheitshalber und trete ein. Der kleine Raum ist bis auf einen Tisch und ein altes Bett mit Matratze leer. Ein abgewetzter Linoleumboden und sich teilweise ablösende Tapeten versetzen mich mit ihren Mustern und Farben zurück in die Siebziger. Der Niedermayer hockt in einem Campingstuhl am Fenster mit einem Feldstecher auf dem Schoß.

Er begrüßt mich sichtlich erfreut. »Servus, Mary! Was tust du denn da?«

»Die Frage könnt ich dir auch stellen.«

Der Niedermayer ist ein junger Ex-Kollege von mir und optisch an seiner Frisur deutlich als Elvis-Fan zu erkennen. Mir hat bei ihm immer der Respekt vor den

Vorgesetzten und ein bisserl mehr Hirn gefehlt. Erdem hat ihn offenbar zum Beschatten hier abgestellt.

Ich trete zu ihm ans Fenster. Von hier aus hat man eine gute Sicht auf den Steininger-Hof nebenan. Die Haustür und die Hofeinfahrt sind dabei besonders gut zu sehen. Auf den Gartenmöbeln vor dem Haus, wo ich grad noch mit dem Opa, Kerstin und Max gesessen bin, sind verwaist. Dort wohnen nicht nur sie, sondern ja auch noch Jirina und Tuk, die ich vor fast einem Jahr aus den Fängen von Zuhältern aus Tschechien gerettet hab. Die beiden haben sich inzwischen gut integriert und gehen einer normalen Arbeit nach. Jirina arbeitet bei Bärbel im Lindenwirt und Tuk, eine Vietnamesin, als Modeberaterin im gleichen Klamottenladen wie Ulli. Außerdem kümmern sie sich wie Enkelinnen um den Opa und ich würde meine Hand für die zwei ins Feuer legen, dass die nichts Unrechtes tun. Ihnen wird diese Überwachungsaktion nicht gelten, schwant mir aber.

»Ihr überwacht die Bewohner vom Steininger-Hof?«, taste ich mich heran.

»Befehl vom Erdem«, teilt mir der Niedermayer missmutig mit. »Der hat sich so in den Ipfelkofer verbissen.«

»Der glaubt immer noch, dass der Max die Dora umgebracht hat?«

Der Niedermayer nickt eifrig, so dass seine Elvis-Tolle wackelt. »Und das bloß, weil der Jo auf dem

Handy der Hex rausgefunden, dass der Ipfelkofer eben schon fleißig mit seiner Mutter geschrieben hat. Sie hat ihn hierherbestellt.«

»Was?«, kann ich es nicht glauben. »Die Dora hat den Max zu sich nach Essing eingeladen?«

»Ja, nachdem er sie über Instagram ausfindig gemacht hatte.«

»Das hat er erzählt«, fällt mir ein. »Aber nicht, dass sie schon in Kontakt waren.«

»Eben drum hält der Erdem ihn immer noch für verdächtig.«

Sollte ich mich so in Max getäuscht haben? Warum hat er nichts davon erzählt? Es ist doch nichts Schändliches dabei, mit der leiblichen Mutter zu schreiben.

»Der Erdem hat ihn nicht sofort damit konfrontiert?«

»Er will sich diesen Trumpf in der Hinterhand behalten und den Max in Sicherheit wiegen, damit er vielleicht etwas tut, was ihn verrät.«

»Und darum sitzt ihr jetzt Tag für Tag hier in diesem Kabuff und glotzt aus dem Fenster«, stelle ich bedauernd fest.

Der Niedermayer ist sichtlich genauso wenig begeistert. »Langweilig, ja, allerdings ist schon interessant, was der Max und die Kerstin da so alles treiben ...« Er grinst süffisant.

»Du wirst doch nicht etwa spannen?«

»Ins Schlafzimmer seh ich nicht rein, aber die sind sich auch im Flur, auf der Treppe und im Garten sehr zugetan ...« Zu seinem Grinsen kommen auch noch blitzende Augen dazu.

»Niedermayer!«, schimpfe ich ihn.

»Ich sags dir, der Erdem kocht jedes Mal vor Wut, wenn ich oder die Kollegen ihn ablösen.« Mein Ex-Kollege kichert schadenfroh.

»Der Erdem schiebt auch Wachdienst?«

»Er brennt direkt darauf, die Nachtschichten zu übernehmen.«

Jetzt kann ich mir auch schon denken warum: Er ist eifersüchtig auf Max. Das heißt, er empfindet immer noch was für Kerstin. Natürlich will er Max was anhängen, erkenne ich. Da muss ich doch was dagegen unternehmen!

»Hat er die heut auch?«, will ich wissen.

Der Niedermayer nickt. »Er löst mich um sechs ab und übernimmt bis Mitternacht. Dann ist der Strobl dran.«

Ich schiele auf meine Armbanduhr. Das ist in drei Stunden. »Was macht denn der Henry?«

»Der ist mit dem Obeth und dem Jo für die Kotecki zuständig.«

Ich stutze. »Ihr bespitzelt die Olga auch?«

Erst jetzt bemerkt der Niedermayer, dass er mir zu viel verraten hat. »Das hast du nicht von mir, gell!«

»Was habt ihr gegen die?«

Er zieht sich einen imaginären Reißverschluss über seinem Mund zu. »Ich sag nix mehr, sonst krieg ich Ärger.«

Also gut, den Rest finde ich auch so raus. Ich wünsche ihm noch viel Spaß und verabschiede mich. Ein weiteres Fahrzeug steht jetzt im Hof, als ich runterkomme: ein grüner Jeep. Ich folge dem Bär und dem Gumplinger durch die Stalltür, durch die sie vor zehn Minuten sind, und den Stimmen dort drinnen. Ein brutaler Gestank hüllt mich ein und ich atme flacher. Das ist ja kaum zum Aushalten.

In einer halbhoch verbretterten, für ein Schwein ausreichend großen Box finde ich die drei Männer: den Bär, den Gumplinger und den Tierarzt. Jedenfalls würde ich ihn rein optisch mit seinem dunkelgrünen Arztkittel als solchen einordnen. Der hockt vor der Penelope, die im Stroh liegt, und untersucht sie. Der Bär kniet an ihrem Kopfende und krault sie liebevoll. Die drei registrieren mich gar nicht.

Der Tierarzt erhebt sich nach seiner Untersuchung. »Also ich kann beim besten Willen nix feststellen. Wenn du sagst, Fritz, dass du ihr das Futter gibst, wie du es mir beschrieben hast, dann kann es auch nicht daran liegen, dass sie nix frisst. So eine Sau frisst eigentlich alles.«

»Dann ist es also doch was Psychisches«, stellt der Bär fest. Offenbar hat er zuvor die beiden Männer schon über seine Vermutung informiert.

»Hm«, grübelt der Tierarzt. »Das könnt schon möglich sein, aber da bin ich leider der falsche Arzt dafür.«

»Seelenklempner für Schweine gibts wohl nicht«, mische ich mich ein.

Der Arzt schließt seinen Koffer. »Also, wenn sie nicht bald was frisst, dann wird sie eingehen.«

Als hätte Penelope das gehört, hebt sie den Kopf, grunzt, schiebt sich ein Stück auf den Bär zu und legt ihren Rüssel auf seine Oberschenkel. Das ist wirklich eine herzallerliebste Szene und es berührt mich.

»Ich glaub, du musst sie doch mit zu dir nehmen«, empfehle ich dem Bär. »Sie ist einsam hier drin.«

Als hätte er einen Beschluss gefasst, redet er auf das Schwein ein: »Meine arme Penelope! Lass dich doch nicht so hängen. Ich versprech dir, ich werd eine Lösung finden. Halt durch!« Er steht auf und hat es auf einmal eilig. »Ich muss heim!« Geschäftig drängt er sich zwischen uns durch und haut ab.

So hab ich den Bär noch nie erlebt. Seit seine Karin diesen Unfall gehabt hat, hat er sich wirklich verändert. Ich staune wieder einmal.

»Was hat er denn vor?«, fragt mich der Gumplinger.

Ich zucke mit den Schultern. »Keine Ahnung.« Aber aufnahmefähig für meine neuesten Ermittlungen ist er jetzt ganz bestimmt nicht. Als ich im Freien endlich wieder frische Luft atme, ist sein Golf verschwunden. Ich mache mich also zu Fuß und ohne meine Stöcke auf den Heimweg. In meiner Jogginghose vibriert es. Beim Walken stelle ich mein Handy immer auf Vibration um. Die Ulli ist dran. »Verdammt, Mary! Kannst du nicht zurückrufen?«

Im Eifer meiner Ermittlungen habe ich das ganz vergessen. »Ist es denn so dringend?«

Sie klingt wirklich gereizt. Aber das ist bei ihr eigentlich ein Dauerzustand, seit sie die Kinder hat.

»Ja, es ist dringend! Sehr sogar!«, kreischt sie ins Handy, dass ich es vom Ohr weghalten muss. »Wir haben vergangene Nacht einen Wasserschaden gehabt: ein Rohrbruch im Bad. Als ich in der Früh ins Bad geschlichen bin, bin ich auf einmal mit den Füßen im Wasser gestanden. Horror, sag ich dir!«

»Kruzinesn!«

Ihre Stimme hört sich wie kurz vor einem Nervenzusammenbruch an. »Das kannst du laut sagen! Inzwischen ist das Wasser überall. Seitdem bin ich am Organisieren mit den Kindern, den Handwerkern und am Wischen und Trocknen. Der Jo ist für so eine beschissene Beschattung eingeteilt und kriegt ums Verrecken nicht frei.«

»Ich weiß.« Mir schwant, was gleich kommen wird.

»Ich bin kurz vorm Durchdrehen, Mary«, jammert sie mir ins Telefon. »Und am Wochenende soll doch die Geburtstagsparty vom Nepi sein.«

Die hatte ich ja total vergessen. »Und wie komm ich jetzt dabei ins Spiel?«

»Wir können sie unmöglich in unserer feuchten Wohnung machen, drum hab ich gehofft, wir weichen zu euch ...«

»Keine Chance!«, unterbreche ich sie sofort. »Ich will keine kreischende Kinderschar bei mir im Haus haben.«

»Dann halt im Garten«, lässt sie nicht locker. »Ich hatte sowieso eine Dino-Schnitzeljagd geplant.«

In ihrer Mietwohnung hat sie leider keinen eigenen Garten, nur einen Spielplatz im Innenhof ihres Hauses. Den schlage ich ihr auch als Ausweichmöglichkeit vor.

»Da werden sich die anderen Mieter aber sauber beschweren«, weiß sie auch darauf eine Ausrede.

»Dann nimm einen öffentlichen irgendwo in Kelheim, da sind es die Anlieger gewohnt.«

»Da muss ich alles mitschleppen und es gibt kein Klo für die Kids.« Sie stöhnt erbärmlich und bearbeitet mich weiter: »Nepi freut sich doch schon so lange drauf und wie kommt denn das rüber, wenn er jetzt alle seine Freunde wieder ausladen muss. Er wird Rotz und Wasser weinen!«

Damit hat sie mich. »Wie lange soll denn der Spaß dauern?«

Sofort bemerkt sie, dass ich langsam einknicke. »Von vierzehn bis achtzehn Uhr. Der Jo hat extra Urlaub genommen und unterstützt uns.«

»Aber abends waren wir Erwachsenen doch bei euch eingeladen zum Grillen.«

»Das müssten wir dann auch bei euch machen ...«
Wenigstens klingt ihre Stimme ein bisserl betreten.

Jetzt bin ich es, die ausgiebig stöhnt. »Also, gut!«

Das freudige Aufjauchzen am anderen Ende dröhnt in meinen Ohren. »Du bist die allerbeste Schwester und Tante, die man sich wünschen kann!«

Wenn ich das nicht wüsste!

Kapitel 23

Als Toni sich nach dem Brotzeitmachen zu einer Joggingrunde aufrafft, mache ich mich auf den Weg zum Gumplinger. Die Zahnbürsten bringe ich dann morgen zum Leo in die Rechtsmedizin. Der tut mir bestimmt den Gefallen und lässt sie für mich analysieren. Jetzt muss ich aber erst dieser Sache nachgehen.

Der Gumplinger ist ziemlich überrascht, als er mich schon wieder sieht, aber ich erkläre ihm, dass ich zum Kommissar will. Sein schwarzer BMW steht jetzt halb versteckt hinter der Scheune im Hof. Erdem hat also seinen Posten eingenommen.

Der Gumplinger lässt mich murrend ein. »Bin gespannt, wann ich endlich wieder meine Ruh von den ganzen Bullen hab ...«

»Das ist die Strafe für die Gräberverwüstung«, kann ich es mir nicht verdrücken und grinse schadenfroh.

Er zieht verschämt den Schwanz ein, verschwindet im Flur und ich steige die Treppen hinauf. Ich weiß ja,

276

wo ich hinmuss. Ich klopfe leise und öffne die Tür. Erdem ist überrascht, mich zu sehen.

Er steht am Fenster und hat sich zu mir umgedreht. »Mary!«

Ich gehe auf ihn zu und auch gleich auf Konfrontationskurs: »Was du da tust, ist unterste Schublade, Erdem!«

»Was tu ich denn?«

»Deine Ex stalken und ihrem Neuen einen Mord anhängen.«

»Was weißt du denn schon!«

»Viel! Ich brauch nur den Übelacker anrufen. Oder noch besser den Polizeipräsidenten Aschenbrenner, die würden dich sofort suspendieren für das da.« Ich deute auf das Fernglas in seiner Hand.

Seine von einem dichten Wimpernkranz umgebenen dunklen Augen werden zu Schlitzen. »Das würdest du nicht wagen.«

»O doch«, sage ich so lapidar wie möglich, aber ich habe seine Aufmerksamkeit nicht mehr, denn er beobachtet anscheinend was. Ich trete zu ihm ans Fenster und kann so verfolgen, wie Max hinüber in die Maschinenhalle geht, das Tor aufschiebt und mit einem Mountainbike herauskommt.

Es ist das von Kerstin, mit dem sie auch schon öfter bei uns war. Max schwingt sich drauf und fährt vom Hof.

Erdem rennt zur Tür, ich ihm hinterher. Als ich ihm auch noch zu seinem Auto folge, will er mich abwimmeln. »Du bleibst hier!«

»Einen Teufel werd ich tun!« So schnell kann der gar nicht schauen, sitze ich auch schon neben ihm auf dem Beifahrersitz und er schließt die Augen und seufzt.

Ich treibe ihn an: »Na, fahr endlich!«

Er tut es und wir holen Max auf der Dorfstraße schnell auf.

»Halt dich ein bisserl zurück!«, empfehle ich Erdem. »Er darf uns nicht bemerken.«

»Das ist nicht meine erste Verfolgung, Mary!«

Ich halte wohl besser den Mund. Etwa fünfzig Meter vor uns tritt Max fleißig in die Pedale. Die Dorfstraße zieht sich fast schnurgerade durch Altessing bis nach Neuessing. Dort mündet sie in die Stiftstraße ein und die zieht sich wiederum auch durch den ganzen Ort. Als wir ab der Kirche den historischen Ortskern erreichen, geht die Teerstraße in eine gepflasterte Straße über und Max biegt links in die Altmühlgasse ab. Dort steht das Haus vom Palfinger. Auch Erdem ahnt, welches Ziel Max hat, denn er fährt geradeaus die parallel verlaufende Dorfstraße weiter und stellt sein Auto vor dem Niebler-Haus ab. Es steht schon seit Jahren leer und die kaputten Rollländen hängen schief in den Schienen. Erdem springt raus und rennt zur Eingangstür, von der die braune Farbe abblättert. Er klopft zweimal kurz und zweimal lang. Bis ich ihm gefolgt bin, öffnet sich schon die Tür. Henrys Kopf kommt zum Vorschein.

»Was will sie hier?«, ist er überrascht, als er mich sieht.

Erdem winkt ab. »Lass uns rein, Sacklzement! Es pressiert!«

Hier haben sie also ihren Beobachtungsposten bezogen.

Wir schlüpfen ins Haus und Erdem rumpelt gleich die enge Treppe rechts ins Obergeschoss hinauf. Henry und ich hinterher.

»Was ist denn passiert?«, fragt er mich.

»Der Max stattet der Olga offenbar einen Besuch ab«, teile ich ihm meine Vermutung mit. Oben im ehemaligen Schlafzimmer, in dem noch ein Bettgerüst ohne Matratzen und ein alter Schrank stehen, gibt es nur ein kleines Fenster zur Altmühlgasse hinaus. Durch eines, das sich direkt schräg gegenüber des Palfinger-Hauses befindet, glotzt Erdem hinaus. »Hast du gesehen, wie er da rein ist, Henry?«

»Wer denn?«

»Na, der Max bei der Kotecki.«

»Nein, ich hab ja meinen Platz verlassen und euch aufmachen müssen«, erklärt ihm Henry mit einem ironischen Unterton.

»Sacklzement!«, flucht Erdem ungehalten.

Ich schiele ihm über die Schulter und tatsächlich lehnt da das Mountainbike neben der Haustür vom Palfinger-Haus.

»Sein Radl steht da, also hat ihn die Olga anscheinend reingelassen. Was will er nur bei der?«

Henry frotzelt. »Seine Stiefmutter besuchen halt.«

»Stiefmutter?«, frage ich einigermaßen verwirrt.

Henry lächelt mich überlegen an. »Wir haben unsere Hausaufgaben gemacht, ob du es glaubst oder nicht, meine liebe Mary.«

Auch Erdem genießt sichtlich, dass sie mehr wissen als ich. »Die Kotecki und der Palfinger haben klammheimlich geheiratet.«

Diese Neuigkeit überrascht mich allerdings wirklich. »Die Olga und der alte Palfinger waren ein Ehepaar?«

Erdem nickt. »Das hat die nette und fürsorgliche Pflegerin sauber eingefädelt, was?«

Das hat mir die Olga bei unserem Kaffeekränzchen aber sauber verschwiegen.

»Aber er war nicht der Typ, der sich zu so was überreden lässt.«

Henry legt den Kopf schief. »Glaubs ruhig: Wir haben eine Kopie der Heiratsurkunde vom Kelheimer Standesamt schwarz auf weiß an unserer Pinnwand hängen. Und sie hat sich auch gleich sämtliche Kontovollmachten von ihrem Gatten geholt.«

»Das heißt, sie hat ein Motiv«, schlussfolgere ich.

»Und was für eins! Das hast du richtig erkannt, Mary«, lobt mich Erdem gehässig. »Und außerdem war ihr geliebter Gatte bis oben hin voll mit irgendwelchen bewusstseinsvernebelnden Substanzen, als er ins Wasser gestürzt ist, genau wie seine Tochter. Das hat die Obduktion ergeben, die ich aufgrund der Häufung der ungeklärten Todesumstände in einer Familie beantragt hatte. Es ist schon ein seltsamer Zufall, dass Vater und Tochter so kurz nacheinander das Zeitliche segnen. Das hat auch der Übelacker eingesehen.«

Ich kann es kaum ertragen, wie sich Erdem in seinem Stolz suhlt, dass er den richtigen Riecher gehabt hat. Und er legt noch eins drauf: »Der Palfinger war also gar nicht fähig, zu schwimmen, obwohl er es laut seinem behandelnden Arzt in so einer Notlage bestimmt gekonnt hätte, um sein Leben zu retten. So gehunfähig war der nämlich gar nicht. Seine Pflegerin hat ihn offenbar so überbemuttert, dass er das Laufen gar nicht mehr versucht hat. Das hat uns auch die Physiotherapeutin bestätigt, die jede Woche ins Haus gekommen ist.«

»Aber warum habt ihr die Olga dann nicht wegen dringendem Tatverdacht verhaftet?« Jetzt spare ich nicht mit ein bisserl Ironie.

»Weil wir Beweise brauchen, dass sie die Hex auch um die Ecke gebracht hat und vermuten, dass sie mit dem Max unter einer Decke steckt.«

»Der Max und die Olga kennen sich doch gar nicht.«

Henry stemmt die Hände in die Hüften. »Ach, und was will er dann jetzt bei ihr?«

Da bin ich wirklich überfragt. Überhaupt ist das alles zu viel für mich und ich muss die ganzen Infos erst einmal sortieren. Ich lehne mich an die tapezierte Wand neben dem Fenster.

Henry merkt offenbar meine Verwirrung und hilft mir auf die Sprünge: »Olga Kotecki hat wahrscheinlich bald nach ihrem Antritt im Oktober 2020 gemerkt, dass beim Palfinger viel zu holen ist. Wahrscheinlich hat er ihr gegenüber nie seine abtrünnige Tochter erwähnt. Kurt Palfinger hat ziemlich starke Medikamente bekommen, unter anderem auch Schmerzmittel und Schlaftabletten, die sich auf die Psyche auswirken und ihn labil und empfänglich für die Manipulationen seiner Pflegerin gemacht haben. Sie hat ihn dazu überredet, zu heiraten und sie haben es im Januar getan.«

»Also auf mich hat er nicht so gewirkt, als wär er schwach oder manipuliert. Er war ziemlich energisch und hat sie herumkommandiert. Es war also eher sie, die unterdrückt war und nicht er«, stelle ich fest.

Erdem murrt gelangweilt. »War ja klar, dass du die zwei auch bespitzelt hast.«

Ich übergehe seine Bemerkung. »Vielleicht hat er sie aus Dankbarkeit geheiratet oder, um sie hier zu halten. So eine Pflegerin zu finden, ist nicht leicht, denk ich mir.«

»So oder so, genau darauf hatte sie es wohl angelegt«, stimmt mir Henry zu. »Die ist berechnend und spielt uns allen was vor. Genauso wie die Geschichte mit diesen weißen Frauen.«

»Stattdessen hat sie ihn mit Magic Mushrooms vollgepumpt und ihn samt seinem Rollstuhl in die Altmühl geworfen«, vollendet Erdem ihre mutmaßliche Theorie über den Tathergang.

»Andererseits muss man immer alle Möglichkeiten und Eventualitäten in so einem Fall betrachten«, verweigere ich ein Zugeständnis. »Er kann seines Lebens überdrüssig gewesen sein und es selbst getan haben, nachdem er alles geregelt gehabt hat. Für reiche alte Säcke ist es oft schwer, nicht zu wissen, wem sie ihre hart verdienten Kröten hinterlassen und bei Olga hat er sein Erbe in guten Händen gewusst.«

»Der Palfinger war nicht der Typ für einen Suizid«, sagt Erdem gelangweilt. »Soweit wir das ermittelt haben.«

Ich gebe nicht auf mit der Verteidigung meiner Meinung. »Olga hat mir aber erzählt, dass sie die Bremsen am Rollstuhl reingetan hat, als sie ihn da auf dem Steg stehen gelassen hat, so war sie es gewohnt. Allerdings hat die Feuerwehr, die den Stuhl geborgen hat, festgestellt, dass sie nicht drin waren.«

»Du glaubst also eher dieser Erbschleicherin als unseren Indizien?«, spöttelt Erdem. »Das ist nicht dein Ernst?«

Ich weiß auch nicht, warum ich sie so verteidige. Vielleicht, weil ich finde, sie hat ein bisserl was von dem Geld vom Palfinger verdient, dafür, dass sie sich immerhin vier Jahre von ihm drangsalieren hat lassen. Ich hätte ihn wahrscheinlich schon nach ein paar Tagen ins Wasser geschmissen, weil ich mit dem unzufriedenen und herrschsüchtigen Grantler niemals ausgekommen wäre. Aber was Henry und Erdem sich da über Max zusammenspinnen, das ist schon absurd.

Ich verschränke entschieden die Arme vor der Brust. »Ich glaub auf jeden Fall, dass ihr mit dem Max auf dem Holzweg seid. Oder habt ihr bis auf ihre *WhatsApp*-Unterhaltung noch andere Indizien, dass er was mit der ganzen Sache zu tun hat? Und was ist mit den 25.000 Euro, die der Bürgermeister unter ihrem Mobilklo draußen bei der Dorfdisco gefunden hat?«

»Sacklzement«, schimpft Erdem. »Woher weißt du denn das schon wieder?«

Unschuldig zucke ich mit den Schultern. »Ich hab eine Detektei, schon vergessen?«

Dass ich auch noch erfahren habe, dass der Max der Sohn vom Palfinger und der Dora war, brauchen sie vorerst nicht wissen. Ich will mir ihre verblüfften Gesichter aufheben, bis ich die eindeutigen DNA-Ergebnisse habe.

Henry hat sich inzwischen am Fenster postiert, damit er nicht verpasst, wenn Max wieder aus dem Haus kommt.

Lässig lehnt er mit der Schulter an der Wand, die Hände in den Jeanstaschen. »Gibs auf, Erdem. Gegen das Essinger Kartell haben wir keine Chance.« Er grinst herablassend, so dass sich sein Schnurrbart in die Breite zieht.

»Wie gehts eigentlich deinen Schnittwunden?«, fällt mir ein.

»Fäden sind schon wieder raus, heilen gut.«

»Sacklzement, jetzt lenk hier nicht ab«, regt sich Erdem auf. »Wenn du schon alles besser weißt, Mary, dann sag uns halt, wie du glaubst, dass sich die ganze Geschichte abgespielt hat.«

Ich ziehe die Augenbrauen nach oben. »Woher soll ich denn das wissen!«

Theatralisch wirft Erdem die Arme in die Höhe. »Oh, die große Dorfschnüfflerin Maria Weidinger ist ahnungslos. Das geht ja gar nicht!«

Jetzt wird es mir hier endgültig zu blöd. Ich muss mich nicht auf diese Art von diesem großkotzigen Gschaftlhuber beleidigen lassen. Wütend stehe ich auf, verlasse das Zimmer und steige zielstrebig die Treppe hinunter.

»Verdammt, Erdem!«, höre ich Henry grantig schimpfen. »Musst du die Mary so angehen?«

Er kommt mir hinterher und holt mich an der Haustür ein, die ich grad aufmache.

»Nimms ihm nicht übel. Er setzt sich schon wieder selbst unter Druck.«

»Du musst es mit ihm aushalten, ich, Gott sei Dank, nicht mehr«, schnauze ich ihn an und schon bin ich draußen.

Ich schlage meinen Heimweg also zu Fuß ein. Mein Ärger auf Erdem treibt mich zügig voran. Ein Stück vor mir erkenne ich Max auf dem Mountainbike und ich rufe nach ihm. Offenbar hat er Olga auch grad verlassen. Er schaut sich um und erkennt mich. Dann hält er an und steigt ab, um auf mich zu warten. Ich renne geschwind auf ihn zu.

»Sportlich unterwegs?«, frage ich ihn doch ein bisserl atemlos.

Er lächelt unschuldig. »Ich hab mal raus gemusst.«

»Und hast die Olga besucht?«, rede ich nicht lang um den heißen Brei herum, während wir nebeneinander her die Altmühlgasse in Richtung Altessing entlangschlendern.

Er schiebt sein Radl. »Du hast mir doch ihre Einladung überbracht.«

»Zur Beerdigung, aber nicht zur Olga.«

Max ergibt sich: »Ich wollt halt von ihr was über meinen Vater erfahren.«

»Hat sie dich aufgeklärt?«

»Ja.«

»Und?«

»Er war ein … schwieriger Mensch.« Er tut sich sichtlich schwer, den richtigen Ausdruck dafür zu finden.

»Er war ein Tyrann, ein Kinderschänder und ein Gierschlund«, spreche ich es aus.

Max bleibt stehen. »Olga hat das ein wenig dezenter ausgedrückt.«

»Aber es ist die Wahrheit.«

Meine Direktheit treibt ihm die Tränen in den Augen. Obwohl er sich so verändert hat, seit er vor mehr als einer Woche plötzlich bei uns aufgetaucht ist, ist ihm seine Sensibilität nicht verloren gegangen. Die schändliche Tatsache seiner Herkunft nagt anscheinend sehr an ihm. »Ich bin das Produkt eines jahrlangen Missbrauchs. Wie hat er seiner eigenen Tochter so was antun können? Wie hat er mir das antun können?«

»Hasst du ihn dafür?«

Max schiebt wieder weiter. »Dafür hätt ich ihn leibhaftig kennen müssen, oder? So bleibt er immer nur der ungreifbare böse Alte.«

So was aus seinem Mund zu hören überrascht mich und ich sage nichts darauf.

Abrupt bleibt er stehen. »Meinst du, er hat mir etwas davon vererbt?«

»Von seiner Bosheit?«

Er nickt.

Ich kann seine Angst verstehen und ich erkläre ihm meine Ansicht dazu: »Jeder hat wohl eine Veranlagung dazu. Ich glaube, das liegt nicht nur in den Genen, sondern auch an der Erziehung und den Lebensumstän-

den. Oder, was hat dich denn dazu gebracht, uns anzu-
lügen?«

Erschrocken starrt er mich an. »Ich hab euch nicht
angelogen!«

»Du hast vor ihrem Tod eben schon Kontakt mit
deiner Mutter gehabt und mit ihr über *WhatsApp* geschrieben.«

Mein Vorwurf macht ihn sichtlich verlegen. »Dafür
gibt es eine Erklärung.«

»Lass hören und dann entscheid ich, ob ich dir
glaub.«

»Sie hat mich drum gebeten, niemandem etwas
davon zu sagen, auch nicht, dass ich ihr Sohn bin. Sie
hat gemeint, sie hätte etwas vor und wenn das vorüber
wäre, dann könnten wir offiziell als Mutter und Sohn
auftreten.«

Das ist ja interessant. »Was genau sie vorgehabt hat,
hat sie dir nicht gesagt?«

Er schüttelt den Kopf und geht weiter. »Nein.«

Ich kann es mir allerdings zusammenreimen: Sie hat
jemanden um 25.000 Euro erpresst und ihre Botschaften an die Kirche und über die Haustüren von Thea
und ihrem Vater geschmiert, um den Druck ein wenig
zu erhöhen. Wie passt das nun mit dem neuen Wissen
über Olga Kotecki zusammen? Sie hatte die Vollmacht
über die Konten ihres Mannes. Ich hätte Erdem fragen
müssen, ob von einem 25.000 Euro abgehoben worden
sind, dann wäre ich schlauer. Aber warum hätte sich

Olga erpressen lassen? Sie kannte Dora vor ihrem Auftauchen bei ihrem Vater nicht. Hat nicht Henry vorhin sogar erwähnt, dass der Palfinger seiner frisch Angetrauten wahrscheinlich nie von einer Tochter erzählt hat? Ihn hat Olga aber erst nach dem Tod von Dora in die Altmühl geschickt, also wieder kein Motiv. Das ist alles so verworren. Ich ärgere mich über mich selbst, weil ich mich von ihr so einwickeln habe lassen. Wie überzeugend sie mir bei meinem Besuch die trauernde Pflegerin mit dem Hang zum Mystischen vorgespielt hat! Warum verhaften Erdem und Henry sie nicht einfach und nehmen sie in die Mangel? Vielleicht würde sie ein Geständnis ablegen und sich daraus ergeben, wer denn nun die Hex auf dem Gewissen hat. Indizien haben die Kommissare genug für einen Haftbefehl beisammen. Aber anscheinend wollen die wirklich nachweisen, dass Max mit ihr gemeinsame Sache gemacht hat, nur weil er verschwiegen hat, mit seiner Mutter in Kontakt gewesen zu sein. Und sie wissen wahrscheinlich auch, dass Olga nicht abhauen wird, bevor ihr Gatte nicht beerdigt ist. Solange die Polizei seinen Leichnam nicht freigibt, bekommt sie auch keine Sterbeurkunde und sie kann die ganzen Formalitäten mit der Erberei nicht erledigen. Erben ... erben ... geistert dieses Wort immer wieder durch meinen Kopf. Auch Max hat es gerade erwähnt, als er befürchtet hat, die Bosheit seines Vaters weitervererbt bekommen zu haben. Ein Satz von Kerstin fällt mir jetzt auch wieder ein: »Die

Sachen von der Dora gehören doch jetzt sowieso dem Max, oder?«

Kruzinesn! Auf einmal zünden zwei Synapsen in meinem Gehirn. Max hat seine Mutter und seinen Vater durch einen Mord verloren. Er ist der einzige Überlebende der Familie Palfinger, von dem bis vor Kurzem niemand etwas gewusst hat ... Kann es sein, dass es so einfach ist?

Max reißt mich aus meinen Gedanken: »Die Olga hat mir angeboten, mit mir zu dem See raufzufahren, wo meine Mutter gestorben ist.«

»Sie scheint, dich zu mögen, wenn sie dir das anbietet«, wundere ich mich. Er war doch nur ungefähr eine halbe Stunde bei ihr. Ich werde ihn ganz bestimmt nicht mit einer mutmaßlichen Hauptverdächtigen da rauffahren lassen. Oder doch! Kruzinesn! Noch ein Geistesblitz durchzuckt mich.

»Na ja, sie sagt, sie hat sonst niemanden mehr und ich bin doch so was wie ihr Stiefenkel.«

»Da hat sie nicht mal so unrecht«, stimme ich zu. »Rein objektiv betrachtet natürlich.«

Max runzelt die Stirn und macht mit dem Zeigefinger eine kreisende Bewegung neben seiner Schläfe. »Ein bisserl crazy ist die aber schon drauf. Sie hat irgendwas von Geisterbeschwören und so gesagt, damit ich mich von meiner Mom verabschieden kann.«

»Das hat sie dir angeboten?«

»Die ist echt davon überzeugt, dass irgendwelche weißen Frauen meine Mom und meinen Dad samt dem Rollstuhl ins Wasser gezerrt haben.«

»Das war definitiv nicht deren Todesursache.«

»Egal, dann soll mir meine Mutter halt sagen, wer sie umgebracht hat. Ich kanns kaum erwarten.«

»Wann habt ihr denn diese Séance geplant?«

»Wenn die Beerdigung rum ist, hat Olga gemeint.«

»Gibst du mir Bescheid, wenn ihr zwei das durchzieht. Wenn es passt, würd ich gern mitkommen«, bitte ich ihn. »Dann könnt ich dir auch ein bisserl beistehen.«

Dankbar lächelt er mich an und schwingt sich auf sein Rad. »Geht klar! Ich muss jetzt heim, sonst nörgelt Kerstin wieder, wo ich bleib.«

Gedankenverloren verfolge ich ihn, bis er aus meinem Blickfeld verschwindet.

Kapitel 24

Toni sitzt in seinem Rattanstuhl auf unserer Terrasse, als ich über das Gartentürl zum Haus komme. In seinem Schoß hat es sich Edi gemütlich gemacht, den er mit der linken Hand krault. In der rechten hält er ein Glas Rotwein. Ich staune über die Annäherung der beiden Männer in meinem Leben, die sich sonst mit dem nackten Arsch nicht anschauen.

»Dorfschnüfflerin Mary hat auch endlich Feierabend?«, begrüßt Toni mich voller Ironie.

Edi hebt nur ein bisserl den Kopf, blinzelt und kehrt sofort wieder zurück in seine Schlafposition.

Ich fühle mich ertappt, will mich nicht verteidigen und klette meine Stöcke los. »Ja, für heut langts mir!«

»Kaum verlasse ich auch nur zum Joggen das Haus, nutzt du die Gelegenheit, um zum Schnüffeln zu verschwinden«, wirft Toni mir vor. »Wo warst du?«

»Ich hab den Max heimbegleitet. Er war bei der Pflegerin vom alten Palfinger, um sich über seinen Vater zu erkundigen.«

»Ob das eine gute Idee von ihm war?«

Ich ziehe einen Rattanstuhl her, lasse mich hineinfallen, schnappe mir das Glas Rotwein, nehme einen großen Schluck und mir vor, jetzt ehrlich zu meinem Mann zu sein. Zum einen will ich ihn nicht weiter gegen mich aufbringen und zum anderen brauche ich ihn für die Umsetzung meines Plans, der sich auf meinem Heimweg in meinem Kopf zusammengesetzt hat. Darum schildere ich ihm die Vorgänge und Erkenntnisse des Tages und auch meine Schlussfolgerungen. Edi erwacht, entdeckt mich ihnen gegenüber und hüpft herüber auf meinen Schoss, wo er sich in meine angebotene Armbeuge schmiegt. Er schnurrt wie verrückt, als ich ihn streichle und dabei erzähle. Umso länger ich das tue, desto mehr ist Toni bei der Sache und schließlich spüre ich, dass ich seine kriminalistische Spürnase geweckt habe.

»Und du glaubst wirklich, dass es so simpel ist?«

Ich nicke eifrig. »Ich war einfach vernagelt, weil alles so verwirrend und wirklich gut inszeniert war.«

»Du meinst wie die Séance oben am See, das G'schmier an der Kirch und über den Haustüren und der ganze Hokuspokus mit den weißen Frauen. Im Grunde ging es doch immer nur ums Geld?«

»Genau so ist es.« Ich freue mich, dass wir offenbar wieder dieselben Gedankengänge haben.

Ich lehne mich nach vorne, um Toni endlich meinen Plan darzulegen. »... und dann kommst du zum Einsatz«, ende ich voller Tatendrang.

»Mary, dafür sind Henry und Erdem zuständig. Du musst ihnen deine Vermutungen unbedingt sagen, sonst gibt das wieder Ärger«, bearbeitet Toni mich.

»Nachdem der Erdem mich so niedergemacht hat?«, höhne ich. »Ich werd einen Scheißdreck tun und ihm die Auflösung der beiden Morde auf dem Silbertablett servieren.«

Toni übergeht meinen Einwand. »Und was ist, wenn was schief geht?«

So treuherzig und bittend wie möglich besänftige ich ihn: »Du bist doch dabei. Und den Bär werd ich natürlich auch noch fragen.«

»Und du willst da als erzkonservative Christin wirklich mitmachen?«

Ich zerwühle meine Haare, so dass sie in alle Richtungen stehen, mache ein geheimnisvolles Gesicht und raune: »Vielleicht bin ich ja auch eine Hex und du hast es nur noch nicht rausgefunden.«

Auf Tonis Mund zeigt sich ein Schmunzeln. »Wenn ich es mir so recht überleg: Du sprichst mit deiner Katz und hast ein übersinnliches Gespür für Verbrechen. Dass mir das noch nicht schon viel früher aufgefallen ist?«

Amüsiert verdrehe ich die Augen. »Jetzt mal im Ernst: Ich hab meine Teilnahme doch nur vorgegeben, weil mir der Max sagen soll, wann die Party dort am See steigt.«

»Du willst ihn nicht einweihen?«

»So ein Weichei wie der ist?«, spotte ich. »Der würd alles mit seiner Nervosität und seiner Heulerei kaputt-machen.«

»Er wird bestimmt anbeißen«, ist sich Toni sicher. »Aber ich find es auch gemein von dir, ihn als Köder zu benutzen.«

»Er hat sich doch von der Olga einwickeln lassen.«

»Weil er ein naiver Kindskopf ist.«

»Eben, drum brauchen er und auch ich deine Unter-stützung!«

Toni ergibt sich. »Also gut, ich helf dir, aber nur weil der Erdem die Kerstin absolut mies behandelt hat und ich ihm einen solchen Ermittlungserfolg nicht gönn.«

Voller Begeisterung stehe ich auf, so dass Edi er-schrocken von meinem Schoß flüchten muss, und um-arme Toni stürmisch. »Du bist ein Schatz!«

Dann brauche ich natürlich noch den Beistand mei-nes Detektei-Partners und ich zücke mein Handy, um auch ihn einzuweihen.

»Mary, das ist jetzt grad ganz schlecht«, hechelt er mir ins Handy.

»Was tust du denn? Bist beim Nordic Walken?«

»Ich bau einen Stall für die Penelope.«

Ich staune. »Du nimmst sie jetzt doch bei dir auf?«

»Ja, was denn sonst, bevor sie mir beim Gumplinger eingeht.«

Anscheinend hat der Bär mittlerweile für seine neue große Liebe einige Hürden aus dem Weg geräumt. Nach einer frage ich ihn auch gleich: »Was sagt denn die Karin dazu?«

»Ich bau den Stall ja nebenan in den Schuppen vom alten Ambros. Da steht eh alles leer, seit er tot ist und es gibt keine Erben. Ich hab den Wimmer Heinz aber natürlich um Erlaubnis gefragt und ihm ist es wurscht.«

»Da hast du aber vollen Einsatz gezeigt. Respekt!«

»Du, ich muss weitermachen«, drängelt er. »Der Gumplinger bringt mir die Penelope morgen früh und bis dahin muss ich fertig sein. Das heißt, ich werd eine Spätschicht einlegen müssen.«

»Dann bist hoffentlich wieder einsatzbereit, wenn ich dich für eine Täterüberführung brauch.«

»Du erinnerst dich schon noch daran, wie uns der Übelacker damals gewarnt hat, dass wir so was bleiben lassen sollen?«, stänkert der Bär.

Tatsächlich hat der Staatsanwalt uns nach unserer letzten Beschattungsaktion, bei der wir sehr erfolgreich gewesen waren, muss ich dazu sagen, darauf hingewiesen, dass wir damit die Arbeit der Polizei untergraben, so dass Indizien und Beweise vor Gericht eventuell nicht mehr zugelassen werden könnten. Aber dagegen habe ich vorgesorgt, denn Toni ist zwar in Kelheim nicht zuständig, aber immerhin Hauptkommissar in Regensburg.

»Keine Sorge! Ich hab den Toni im Team.«

»Na, dann brauchst du mich ja nicht«, sagt er und legt einfach auf.

Also gut, dann eben ohne den Bär. Er wollte nicht mal die Details wissen, aber ich hab wenigstens versucht, ihn miteinzubeziehen. Penelope hat ihm anscheinend total den Kopf verdreht, denn sonst würde er sich so was nicht entgehen lassen. Ich jedenfalls bin schon absolut angespannt und kann es kaum erwarten.

Kapitel 25

Am nächsten Tag bringe ich die beiden Zahnbürsten nach Regensburg zum Leichendoc. Er freut sich, mich zu sehen und erweist mir gern den Freundschaftsdienst von den zwei DNA-Analysen. Er warnt mich aber vor, dass er die Ergebnisse auch den beiden Kommissaren mitteilen müsse, weil sie in demselben Fall ermitteln. Sonst käme er wegen Zurückhaltung der Indizien in Teufels Küche. Damit bin ich einverstanden.

»Aber es wird mir eine Freude sein, ihre blöden Gesichter zu sehen, wenn ich ihnen das sag«, hängt Leo noch dran und grinst. Ich weiß, dass er Erdem wegen seinem Übereifer nicht ausstehen kann.

Zwei Tage vergehen und meine Ungeduld wächst. Wenigstens lenkt mich die Schadensbehebungsaktion in Ullis und Jos feuchter Wohnung ab. Vormittags mache ich das Frühstücksbuffet und nachmittags helfe ich ihnen, sie wieder trocken zu kriegen. Aber das Wasser hat viel kaputtgemacht. Ihr Parkettboden im Wohnzimmer wirft sich und einige Möbel haben sich am Boden auch schon voll Wasser gesaugt. Im Bad haben die Installateure unter dem Waschbecken die ganze Wand auf der Suche nach dem Bruch aufgestemmt. Ulli ist wirklich kurz vor einem Nervenzusammenbruch. Ich kann ihr nur raten, dass sie sich endlich eine gescheite Wohnung suchen. Oder vielleicht sogar ein Haus mit Garten.

Olga Kotecki ist immer noch nicht verhaftet. Ich habe Jo gebeten, mich sofort darüber zu informieren, und frage mich, auf was die Kommissare warten. Jedenfalls haben sie die Leiche von Kurt Palfinger freigegeben, denn Bärbel erzählt mir bei der Arbeit, dass am Nachmittag die Beerdigung stattfinden wird.

»Das wird eine traurige Beisetzung mit nur einer Teilnehmerin«, meint Bärbel und trinkt von ihrem Kaffee an ihrem Frühstücksstammtisch.

»Der Max wird auch hingehen.«

Mitleidig verzieht Bärbel ihr immer noch ziemlich jugendliches Gesicht. »Der arme Bub. Kommt hierher nach Essing, muss erfahren, dass seine Mutter umgebracht worden ist und er das Kind eines jahrelangen Missbrauchs vom Vater an seiner Tochter ist.«

Anscheinend kursiert diese sensationelle Neuigkeit schon wieder in ganz Essing. Von mir hat sie es jedenfalls nicht. Natürlich verdächtige ich den Opa, die oide Ratschkathl!

Ich stemme die Arme in die Hüften. »Der Bub ist vierunddreißig Jahre alt, meine liebe Bärbel.«

»Aber er ist ein ganz ein Süßer«, schwärmt sie mir vor. »Gestern Abend waren er und die Kerstin im Biergarten und haben ziemlich frischverliebt herumgeturtelt.«

»Wenn die Kerstin nicht wär, würd der Max das nicht packen.«

Mit verträumtem Blick schmachtet sie: »Ach, ist das nicht schön! Dann kann er ja mit ihr hier ein neues Leben anfangen. Geld hat er ja bald genug.«

»Wie kommst du jetzt da drauf?«

»Na, wer erbt denn die ganze Kohle und das Haus vom alten Geizkragen Palfinger? Das pfeifen die Spatzen doch schon von den Dächern. Die Leut zählen nur eins und eins zusammen.«

Da haben die Leut anscheinend zu schnell gezählt, denn sie wissen nicht, was ich weiß. Und wieder wird mir klar, wie vernagelt ich die ganze Zeit war, denn eigentlich war es doch eindeutig. Nun gilt es, das Verwandtschaftsverhältnis zwischen Max und seinem Vater nachzuweisen, endlich herauszufinden, wie alles abgelaufen ist und Beweise für die Täterschaft zu ergattern. Am besten wäre natürlich ein Geständnis. Und darauf brenne ich, denn wenn es so laufen wird, wie ich es erwarte, dann wird mein Plan hoffentlich funktionieren.

Davor werde ich aber auch auf der Beerdigung vom Palfinger erscheinen. Laut Bärbel wird es kein Requiem in der Kirche geben, nur eine kurze Beisetzung vor der nagelneuen Urnenwand, die wir jetzt auf dem Friedhof haben. Weder in der Zeitung noch sonst wo wurde die Beerdigung angekündigt. Da hat Bärbel schon recht: Wer würde sich auch von dem unbeliebten Grantler verabschieden wollen, wo jetzt auch noch rausgekommen ist, dass er jahrelang seine Tochter missbraucht hat.

Kurz bevor ich auf den Friedhof gehe, bekomme ich endlich auch den Anruf vom Leo, der mir die Vaterschaft zwischen Max und Kurt Palfinger zu 99,9 Prozent bestätigt. Es ist keine Überraschung für mich, aber jetzt habe ich es schwarz auf weiß. Damit können sich dann auch die beiden Kommissare zusammenreimen, was da damals in der Familie Palfinger abgelaufen ist, und dass ich ihnen das verschwiegen habe. Das wird noch Ärger geben. Ich wappne mich innerlich dafür und auch für die bevorstehende Beerdigung und marschiere zum Friedhof.

Olga Kotecki, die Achhammerin, der Gumplinger und wie solls anders sein, auch der Opa haben sich allerdings schon vor dem Leichenhaus postiert, in dem die grüne, schlichte Urne des Verstorbenen eingerahmt von einem Blumenkranz aus roten Rosen und weißen Lilien auf einem Metallständer steht. Ich treffe zur gleichen Zeit wie Max und Kerstin ein, die vom anderen Eingang auf den Friedhof kommen. Olga befiehlt Max mit einem Wink, dass er sich zu ihr stellen soll. Kaum leistet er ihr Folge, hakt sie sich schon bei ihm unter, blickt ihn schmachtend und dankbar an. Die tut ja grad so, als wäre Max tatsächlich ihr geliebter Enkel. Kerstin gesellt sich zu mir und verdreht die Augen. Sie denkt wohl das gleiche wie ich. Pfarrer Robert Pecnik erscheint mit seiner Mesnerin Rita und zieht routiniert sein Ritual durch, während sie ihm mit Weihrauchschwenker, Büchern und Weihwassersprenger handlangert. Der Bestatter in dunkelblauer Uniform nimmt schließlich die Urne und trägt sie zur Urnenwand am nordöstlichen Rand des Friedhofs. Wir folgen andächtig. Olga lässt Max, der schon die ganze Zeit leise vor sich hin weint, auch dabei nicht mehr los. Dann fängt sie auch noch an zu schluchzen, als Pecnik das mit der Asche und dem Staub sagt, und der Bestatter die Urne in das dritte Fach von unten gestellt hat. In mir rumort es und ich kann ihr Theater kaum ertragen. Aber bin ich nicht genauso heuchlerisch, als ich wie die anderen Trauergäste Weihwasser zum Abschied auf die Urne vom Palfinger sprenge? Zumindest denke ich mir dabei: *In der Hölle sollst du schmoren in Ewigkeit, Amen!*

Weil ich schon mal da bin und natürlich weiter beobachten will, was Olga tut, gehe ich noch zum Grab von Martin. Auf ein Gebet für ihn kann ich mich allerdings kaum konzentrieren, denn ich bekomme mit, wie Kerstin der Pflegerin mit einem Händedruck ihr Beileid wünscht und dann Max mit ihr alleinlässt. Olga fällt ihm um den Hals und lässt sich von ihm trösten, dieses scheinheilige Luder! Sie hat Max anscheinend voll eingewickelt, denn er nimmt ihr ihre Trauer voll ab, drückt ihre Hände und redet auf sie ein. Sie schlenzt liebevoll seine Wange und lächelt ihn zuckersüß an, während sie etwas sagt. Dann macht sie sich, ohne die Urne noch mal eines Blickes zu würdigen, über den Vorderausgang davon.

Und ich fange Max am Hinterausgang ab. »Alles gut überstanden?«

Er hat rote Augen vom Weinen und nickt. »War hart, aber ich hab ihm alle Verwünschungen in seine Nische hineingestopft.«

»Dann bist du jetzt erleichtert?«

Kurz horcht er in sich, dann huscht ein zögerliches Lächeln über seine wohlgeformten Lippen. »Denk schon.«

»Die Olga hat dich ja voll in Beschlag genommen.«

»Sie hat sonst niemanden mehr.«

Ob sie in ihrer polnischen Heimat Angehörige hat, habe ich mich noch gar nicht gefragt, fällt mir ein. Die klassische Routine, die ich noch als Kommissarin intus gehabt hab, kommt mir immer mehr abhanden, je länger ich außer Dienst bin, stelle ich fest. Aber das werden Erdem und Henry schon überprüft haben.

Weiter darüber nachdenken kann ich nicht, weil Max mich informiert: »Heut Nacht um Mitternacht will sie das mit der Séance durchziehen. Nur wir zwei. Sorry, ich kann dich also leider nicht mitnehmen.«

So was in der Art habe ich mir schon gedacht. Dabei ist es von Vorteil, dass Max so naiv und gutgläubig ist.

Jeder andere wäre hellhörig bei dieser Bitte geworden. Aber er weiß auch nicht das, was ich über Olga weiß. Und das ist auch gut so.

»Macht nix, aber schaffst du das allein?«

»Es ist nicht meine erste Geisterbeschwörung«, gibt er sich lässig. »In Indien war ich bei einem Guru und in Ägypten bei einem Schamanen ...«

»Dann hast du ja Erfahrung«, unterbreche ich ihn. Jetzt gilt es, andere nicht in die Sache mit hineinzuziehen. »Was sagst du Kerstin, wo du hingehst?«

»Sie ist abends von der Arbeit immer total groggy und haut sich schon früh aufs Ohr. Und ich bin öfter in der Nacht unterwegs. Ich habs nicht so mit einem geregelten Tagesablauf. Ich kann ja ausschlafen.«

»Schon klar«, gestehe ich ihm zu, aber das bringt mich auf die nächste Frage: »Wie hast du dir eigentlich dein zukünftiges Leben vorgestellt? Willst du weiter in der Welt herumtingeln und für Greenpeace arbeiten?«

Er antwortet nicht gleich. Offenbar hat er sich darüber noch nicht den kurzgeschorenen Kopf zerbrochen. Ob Kerstin ihn auch dabei zurechtstutzen kann? Und noch eine Bestätigung bekomme ich durch seine Antwort: Er ist noch gar nicht auf den Gedanken gekommen, dass er einen Anspruch auf das Geld seines verstorbenen Vaters beziehungsweise Großvaters hat.

»Vorerst kann ich hier eh nicht weg, steh ja immer noch unter Tatverdacht und darf Essing nicht verlassen.«

»Du bist also nur deswegen noch hier und nicht auch wegen Kerstin?«, fühle ich ihm weiter auf den Zahn.

»Sie ist eine geile Braut«, gesteht er mir schmunzelnd.

Ob das nun ein Zugeständnis seiner ehrlichen Absichten mit ihr oder gar zum Sesshaftwerden ist oder nicht, erschließt sich mir nicht, aber ich warne ihn: »Der Kerstin ist erst vor Kurzem das Herz gebrochen worden, also tu es du bitte nicht auch noch.«

»Was hindert sie daran, einfach mit mir mitzukommen?«

»Ihr Job, ihre Familie, ihr geregeltes Leben.« Ich betone Letzteres extra.

»Ich hasse biedere Konventionen«, weicht er aus und lenkt ab: »Jetzt will ich erst mal meine Mutter treffen.«

»Pass auf dich auf!«, bitte ich ihn und packe seinen Arm. »Wenn dir irgendwas an dem Hokuspokus spanisch vorkommt, dann hau ab. Versprich mir das!«

Schon während ich es sage, merke ich, wie absurd das klingt.

Er lacht lässig. »Was soll daran gefährlich sein? Es wird ein Nervenkitzel, sonst nix!«

Der Pfarrer kommt jetzt in Hemd und Bundfaltenhose aus der Sakristei, rennt an uns vorbei gen Ausgang und nickt grüßend zu uns her. Sein Kopf ist hochrot und es schaut aus, als wäre er auf der Flucht. Kurz darauf verlässt auch seine Mesnerin Rita die Kirche. Vor ihr wäre ich allerdings auch geflohen, denn ihr steht die Wut ins Gesicht geschrieben. Stampfenden Schrittes und aufgebracht kommt sie auf uns zu und schreit schon von Weitem meinen Namen.

Als Max sie bemerkt, ergreift er die Flucht. »Ich hau ab.«

Kaum ist er weg, steht Rita auch schon vor mir. Ich wundere mich, dass sie nicht schon viel eher bei mir aufgelaufen ist, weil ich ihr die Bullen auf den Hals gehetzt habe.

Sie baut sich vor mir auf. »Du hast das eingefädelt, stimmts?«

»Was denn?«, gebe ich mich ahnungslos.

»Der Pecnik hat mir grad als Mesnerin gekündigt.«

Ich zeige Verständnis für die Entscheidung des Pfarrers. »Wenn du so eine Straftat begehst, muss er dich sogar rausschmeißen.«

Sie lacht ungläubig. »Ich, eine Straftat? Dass ich nicht lach!«

Jetzt muss ich sie wohl zurechtweisen: »Du hast den Gumplinger dazu angestiftet, Gräber zu verwüsten. Das ist eine Straftat und wird genauso geahndet, als hättest du es selbst getan, meine liebe Rita.«

Mit hochrotem Gesicht schnappt sie nach Luft. »Also, das ist doch die Höhe!«

»Du selbst hast mich doch dafür engagiert, dass ich die Sach aufklär. Ich habe nur meine Arbeit getan.« Ich kann gar nicht beschreiben, welche Genugtuung es ist, ihr das vor den Latz zu knallen. »Das Schlimmste daran ist allerdings, dass du der Dora das mit der Grabschändung anhängen wolltest und mich für ganz blöd hältst.«

»Das hab ich doch nur für die Essinger getan, um sie vor der Hex zu bewahren«, verteidigt sie ihre vermeintlich ehrenhaften Absichten. »Es geht doch nicht, dass die mit ihrem Satanismus und ihren dunklen Machenschaften den Dorffrieden zerstört. So eine passt einfach nicht da her.«

Ich lege den Kopf schief und schaue sie aus zusammengekniffenen Augen scharf an. »Hört sich nach einem einwandfreien Motiv für den Mord an der Dora an.«

Kaum zu glauben, aber Ritas Aufregung ist noch steigerbar. In einem Comic würde Dampf aus ihren Ohren und ihre Augen aus dem Kopf schießen.

»Ich ertränk doch keine Hex in einem See!«

Nein, das würdest du tatsächlich nicht tun, stelle ich für mich fest, aber ein bisserl ärgern kann ich sie ja. Das hat sie verdient, nachdem sie den Bär und mich zu ihren Hanswurschten gemacht hat. Lässt die uns zwei Nächte lang in zweierlei Hinsicht umsonst auf dem Friedhof kauern! Kein Ermittlungserfolg und kein Honorar! Und nicht zu vergessen hab ich ihretwegen meine blonden Haare lassen müssen.

Ich treibe es auf die Spitze: »Vielleicht hast du ja dafür auch den Gumplinger beauftragt. Darüber sollt ich wohl mal mit den ermittelnden Kommissaren reden ...«

Vor lauter Empörung bekommt sich gar nix mehr heraus.

Ich lasse sie stehen und hau ab.

Doch sie kann es nicht lassen und muss das letzte Wort haben: »Dann pass bloß auf, dass ich ihn nicht zu dir schick!«

Wenn ich es nicht besser wüsste, würde ich es für eine Morddrohung halten. Ich lache in mich hinein.

Kapitel 26

Triumphierend schlendere ich heim und versuche, mich auf das Vorhaben von kommender Nacht zu konzentrieren. Max ist völlig ahnungslos und hat sich von der trauernden Olga einlullen lassen. Das gefällt mir nicht. Vielleicht ist es aber auch gar nicht so schlecht, wenn er so unbedarft an die Sache herangeht. Ich allerdings will mich darauf vorbereiten, denn ich will gewappnet sein, auch um ihn zu schützen. Nachdenklich hocke ich mich an meinen Laptop, um im Internet zu forschen. Ich finde jede Menge Seiten, die mir vorschlagen oder beschreiben, wie so eine Séance abläuft und ich sie richtig durchführe. Solche Geisterbeschwörungen sind also anscheinend gar nicht so unüblich. Und es gibt zig Möglichkeiten, sie zu gestalten. Ein bisserl euphorisch herumzusingen, ein paar Beschwörungsformeln zu sprechen und so zu tun, als würde ein Geist auftauchen, kann ja nicht so schwer sein. Aber es ist schon was anderes, diesen Geist zu spielen ...

Grad bin ich vertieft in irgendwelche Erfahrungsberichte von Teilnehmern an so einer Beschwörung, als draußen ein heftiges Gewitter tobt. Das erste dieses Jahr und nach den ersten warmen Frühlingstagen.

Auf einmal ist es richtig unheimlich im Esszimmer und es läuft mir eiskalt den Rücken hinunter. Es kommt mir plötzlich so vor, als wäre ich von Geistern umgeben. Bei jedem Blitz sehe ich Schatten an der Wand und jedes Donnergrollen lässt mich zusammenzucken. Schnell klappe ich das Notebook zu, so als könnte ich dadurch die unheimliche Stimmung beenden, und lehne mich aufgewühlt zurück. Ich fahre zusammen, als plötzlich Edi auf meinen Schoß hüpft.

»Edi!«, schimpfe ich ihn. »Bist du narrisch! Ich hätt fast einen Herzinfarkt gekriegt!«

Ihn interessiert meine Gemütslage allerdings herzlich wenig. Der Regen hat ihn offenbar voll erwischt, denn sein rotes Fell ist ziemlich nass und er miaut kläglich.

Das Wasser an ihm dringt schon durch meine Jeans, aber seltsamerweise ist mir dieses realistische Empfinden nach dem ganzen Geistergedöns willkommen und ich lasse ihn gewähren, als er sich anfängt zu putzen und dabei ausgiebig und laut zu schnurren. Katzen sind wahre Multitasking-Talente!

Es beruhigt mich, ihm dabei zuzusehen und mit ihm zu sprechen: »Es heißt ja immer, ihr Katzen seid die Verbindung zur Unterwelt.«

Er hält kurz inne, seinen Rücken abzuschlecken.

»Aber das gilt wahrscheinlich nur bei schwarzen Katzen. Du hast eher Kontakt zu den guten Geistern, stimmts?«

Edi ist mit der Rückenpartie fertig, schaut kurz zu mir auf und wendet sich mit seiner Zunge dann seinen Hinterbeinen zu. Das werte ich jetzt mal als ja.

»Am liebsten würd ich dich heut Nacht mitnehmen, damit du der Olga ins verlogene Gesicht springen und es ihr zerkratzen kannst. Aber diesen Part muss dann wohl ich übernehmen.«

»Welchen Part?«, erschrickt mich dann auch noch Toni.

Ich habe nicht bemerkt, dass er heimgekommen ist. »Heut Nacht ist es endlich so weit.«

Zwar merke ich ihm an, dass ihm nicht ganz wohl bei der Sache ist, aber immerhin nickt er. »Alles klar, dann legen wir mal eine Nachtschicht ein.«

Ich mache Anstalten aufzustehen und Edi hüpft von mir herunter, nicht ohne mir von unten einen anklagenden Blick zuzuwerfen, weil ich ihn bei seiner Putzaktion unterbrochen habe. Dafür schmeichelt er nun Toni um seine Beine. Offenbar haben sich die zwei wirklich endlich angefreundet, denn früher hat Edi sich nicht für Toni interessiert und andersherum genauso. Toni fragt ihn sogar, ob er Hunger habe und Edi bejaht es mit einem gedehnten Miau.

Ich folge den beiden in die Küche, wo Toni Edis Futterschüsselchen befüllt. Füttern tut er ihn ja öfter, wenn ich unterwegs bin.

»Hast du den Bär noch mal angefunkt?«

»Den kann ich grad nicht brauchen. Der hat nix anderes mehr im Kopf als seine Penelope«, mosere ich. »Würd mich nicht wundern, wenn der sogar bei ihr schläft.«

Gestern habe ich ihn besucht, nachdem er mich per Nachricht eingeladen hatte, das neue Heim von dem Hängebauchschwein zu begutachten. Also bin ich natürlich hin, auch um endlich wieder an meine Walkingstöcke zu kommen. Ich hab keine Ahnung gehabt, dass der Bär handwerklich so begabt ist, denn er hat wirklich einen wunderbaren Stall aus dem verfallenen Schuppen seines verstorbenen Nachbarn gebaut. Und der Freilauf ist riesig, genauso wie es die Sau gewohnt ist. Da kann sie wirklich leben wie im Paradies und alles vollsauen, denn es ist sowieso alles heruntergekommen, verwuchert und alt. Penelope war wieder ganz die Alte und hat mich grunzend am Zaun begrüßt. Der Bär war ständig bei ihr im Gehege und hat sie gestreichelt und bemuttert wie ein kleines Kind. Ich wundere mich schon sehr über seine Fürsorge.

»Also, dann ziehen wir es ohne ihn durch.« Toni befreit sich von seinem Jackett, unter dem sein Schulterholster und seine Dienstwaffe zum Vorschein kommen. »Ich bin gerüstet. Du auch?«

Natürlich habe ich mir in den letzten Tagen ein passendes Outfit für meine Rolle zusammengesucht. Gut, dass ich alle Faschingskostüme aufgehoben habe. Allerdings muss ich gestehen, dass mich ein mulmiges Gefühl beschleicht, je näher wir der Aktion kommen, obwohl ich Toni an meiner Seite habe und er im Fall der Fälle bewaffnet ist.

Aber meine Nervosität will ich mir vor ihm natürlich nicht anmerken lassen, denn das Ganze ist ja auf meinem Mist gewachsen. Darum sage ich so entschlossen wie möglich: »Bin startklar!«

Wir fahren schon um zehn Uhr abends. Toni parkt sein Auto weit abseits am Waldrand, damit es nicht auffällt. Es ist dunkel, nur am westlichen Himmel ist noch ein kleiner Tagesschimmer zu erkennen. Die Sterne und der sichelförmige Mond glitzern zwischen ein paar Wolken über uns. Unsere Augen gewöhnen sich langsam an die Nacht. Wir wandern zum See mit der Kirche des heiligen St. Bartholomäus im Hintergrund. Je näher wir dem kommen, desto unheimlicher wird mir. Nach dem Gewitter dampfen die Felder und Nebelschwaden hängen überall um uns herum. Es ist nach der ersten Frühsommerhitzewelle merklich abgekühlt. Als wir den Platz vor dem kleinen Tümpel erreichen, loten wir den Standort mit unseren Taschenlampen aus und richten uns ein. Wir vermuten, dass Olga den Lagerfeuerplatz von Dora für ihre eigene Séance nutzen wird. Hier ist es ein klarer Vorteil, dass er von dichten Sträuchern und Bäumen umgeben ist, denn die geben Toni wunderbare Deckung. Allerdings wird es für mich schwieriger, denn ich will auf keinen Fall als nasser Geist aus dem See auftauchen. Aber wir finden auch für mich ein gutes Versteck nahe dem Ufer hinter einem Strauch und zwischen dem Schilf. Toni hilft mir, das Kostüm überzuziehen und die rothaarige Perücke aufzusetzen. Die passt zwar nicht zu dem wallenden weißen Gespensterüberwurf, aber immerhin hat Dora ähnliche Haare gehabt. Daheim habe ich mir schon mein Gesicht weiß angemalt und die Augen schwarz umrandet.

Dann begutachtet er mich und grinst. »Perfekt!«

Wir beziehen unsere Posten und knipsen die Taschenlampen aus. Dann heißt es: warten! Die Zeit vergeht zäh und meine Muskeln und Gelenke schmerzen in der gebückten Hockstellung zwischen dem Schilf. Außerdem jagt mir jedes Gluckern im Wasser, jedes Rascheln im Gebüsch und jeder tierische Laut im Wald ein Schaudern über den Rücken. Von hier aus hat man eigentlich eine sehr gute Rundumsicht, wenn nicht der Nebel wäre. Der verleiht der ganzen Sache zusätzlich etwas Gespenstisches. Auf der Straße, die in etwa zweihundert Meter Entfernung vorbeiführt, kommt nur ab und zu ein Auto gefahren. Das scharfe Licht der Scheinwerfer wird von den Nebelschwanden verschluckt. Doch alle rauschen vorbei. Und endlich, nach einer gefühlten Ewigkeit, biegt eines tatsächlich auf den Feldweg ab, der hierherführt. Ich motiviere mich innerlich: Jetzt kommt es zum Finale! Und ich werde, wenn alles nach Plan läuft, endlich erfahren, was passiert ist. Die Falle wird zuschnappen und das angespannte Kribbeln überflügelt meine Aufregung, oder verursacht das doch die blöde Perücke, die anfängt unerträglich auf meinem Kopf zu jucken?

Das Auto parkt am Wegrand und zwei Menschen steigen aus. Jedenfalls höre ich zwei Autotüren zuschlagen, dann den Kofferraumdeckel. Erst als sie näherkommen, kann ich die Staturen von Max und Olga erkennen. Der Nebel auf dem Lagerfeuerplatz hat sich verzogen, nur ein paar dünne weiße Fetzen hängen noch dort. Aber auf und um den See neben mir hält er sich hartnäckig. Das ist gut für meine Deckung und ich habe trotzdem freie Sicht auf das Szenario vor mir, das sich gleich abspielen wird.

Sie hat einen Korb dabei und Max trägt eine Kiste. Aus der Entfernung kann ich nicht alles verstehen, was sie sagen. Aber jedenfalls gibt sie Anweisungen an Max und er führt sie aus. Er schichtet ein paar mitgebrachte Holzscheite auf dem Lagerfeuerplatz auf und macht Feuer. Olga stellt einige dicke Kerzen rundherum auf und zündet sie an. Dann legt sie zwei Kissen ans Feuer und schenkt sich und Max etwas aus einer Thermoskanne in zwei große Tassen ein. Sie stoßen an und trinken. Er verzieht angewidert das Gesicht. Kruzinesn!

Das hatte ich vergessen, ihm einzubläuen: Er soll nichts von ihr zu sich nehmen! Wer weiß, was die ihm da reingetan hat! Aber sie trinkt das gleiche, stelle ich fest. Das beruhigt mich wieder.

Ich schiele auf meine Armbanduhr. Es ist kurz vor Mitternacht. Gleich wird es losgehen! Wird auch endlich Zeit, denn in meiner gehockten Stellung tun mir schon alle Glieder weh. Außerdem raschelt es schon wieder gleich hinter mir im Schilf. Ich drehe mich nicht um, ich will gar nicht wissen, wer oder was da hinter mir ist. Aber es will sich mir zeigen, denn es kriecht über mich: Eine Blindschleiche schlängelt sich über meine Oberschenkel. Habe ich schon erwähnt, dass es mich vor Schlangen, Kröten und derlei Amphibien graust? Ich möchte aufspringen und davonrennen, aber das geht ja nicht. Also reiße ich mich zusammen, beiße mir auf die Lippen, beobachte das zierliche Tierchen, das sich dunkel auf meinem weißen Gewand abzeichnet und bin erleichtert, als es seinen Weg fortsetzt und in Richtung See verschwindet.

Dieses Vieh hat mich so abgelenkt, dass ich gar nicht mitbekommen habe, dass Olga und Max auf den Kissen Platz genommen haben und noch einmal trinken. Ich erkenne grad noch, wie sie den Inhalt ihrer Tasse schnell und unbemerkt von ihm neben sich ausgießt. Durch den Feuerschein kann ich die Zwei als dunkle Umrisse gut sehen. Sie sitzt mit dem Rücken zu mir und Max seitlich rechts von ihr. Das passt ideal für mich, denn so können sie mich nicht entdecken.

Sie erhebt erst ihre Arme und dann ihre Stimme, so dass ich sie nun gut verstehen kann.

»Alle guten Geister um uns, wir heißen euch willkommen. Bitte gebt eure Anwesenheit bekannt«, sagt sie feierlich.

Eine kleine Explosion in den Flammen lässt uns zusammenzucken. In meinem Nacken stellen sich die Härchen auf. Das war wahrscheinlich nur getrocknetes Harz, das sich entzündet hat.

»Wir bitten um Schutz vor den Wesen, die uns nicht wohlgesonnen sind. Ihr guten Geister, haltet sie von uns fern.«

Sie fängt an, ein Lied zu summen. Es erinnert mich irgendwie an *Weißt du, wie viel Sternlein stehen* oder so. Ziemlich einschläfernd jedenfalls und ich verspüre trotz der Anspannung das erste Mal, wie müde ich eigentlich bin.

»Wir grüßen dich Dora, bitte, schließe dich unserem Kreis an, wenn du dazu bereit bist.«

Nichts passiert. Soll ich mich schon zeigen? Ich entscheide, dass es noch zu früh ist.

Olga stimmt wieder ihren Singsang an, nachdem sie erneut getrunken haben. Aber ich glaube, sie tut nur so als ob. Diesmal klingt es nach *Oh du Fröhliche*, einem Weihnachtslied.

Sie wiederholt: »Dora, wenn du hier anwesend bist, gib uns ein Zeichen.«

Wieder keinerlei Reaktion.

»Dora, dein Sohn ist hier! Bitte, gib dich zu erkennen.«

Nun fühlt sich auch Max angespornt. »Mama, wenn du da bist, zeig dich.«

Erneut geschieht nix. Die Stichflamme am Anfang muss ein Zufall gewesen sein, denn diese Séance macht keinen Fortschritt. Ob ich doch schon erscheinen soll?

Olga schenkt aus der Thermoskanne in die Tassen nach und schwenkt ihre ein paar Mal in der Luft herum, so dass sie das meiste vergießt. Dabei murmelt sie irgendwas Unverständliches und animiert ihn wieder zum Trinken. Es gefällt mir gar nicht, dass er das Zeug so in sich reinschüttet. Auf was warte ich eigentlich? Dass sich tatsächlich im See was tut? Mir läuft ein Schauder über den Rücken, denn dort hängt immer noch die Nebelwolke.

Der wendet sich Olga nun auch zu und breitet erwartend die Arme aus. »Ihr weißen Frauen, wir bitten euch um eure Hilfe: Wenn ihr wisst, wo die Dora ist, dann bringt sie zu uns.«

»Ihr weißen Frauen, helft uns!«, fleht Max. Irgendwie klingt seine Stimme, als wäre er betrunken. Was schenkt Olga ihm da nur andauernd ein? Es könnte das gleiche Gebräu wie das von der Hex mit den Magic

Mushrooms sein, denn auch ihre Singerei klingt berauscht und eine Melodie ist nicht mehr zu erkennen.

Ich entscheide, dass es jetzt an der Zeit ist, aus meiner Deckung zu kommen, nicht dass die das wegen Erfolglosigkeit abbrechen und total benommen sind. Einen tiefen Atemzug nehmend erhebe ich mich und mein weißer wallender Überwurf raschelt. Ich versuche zu schweben. Das ist gar nicht so einfach auf dem unebenen Untergrund und dem hohen Gras. Beinahe stolpere ich über ein Grasbüschel, kann mich aber grad noch fangen. Jedenfalls habe ich damit die Aufmerksamkeit der beiden Séance-Teilnehmer auf mich gezogen und nähere mich ihnen mit weiten Schritten, so als würde ich Schlittschuhlaufen. Kommt es mir nur so vor, oder folgt mir der Nebel vom See? Auf meinem Rücken kribbelt es schon wieder, gleichzeitig versuche ich aber, mich auf meine Rolle zu konzentrieren. Ich will dem Feuer nicht zu nahekommen, damit sie im Lichtschein mein Gesicht nicht doch erkennen.

»Dora?« Olga starrt mich sichtlich erschrocken an.

Auch Max stutzt. »Mama, bist du das?«

»Ich bin es ...«, säusle ich so geheimnisvoll wie möglich. »Ihr habt mich gerufen ...«

Max springt auf, aber ich hebe sofort abwehrend die Hand. Er lässt sich fassungslos auf sein Kissen zurückplumpsen. »Du wünschtest mich zu sehen, mein Sohn?«

»Ja, ja ...«, stammelt er und Tränen rollen über seine Wangen, so dass ich ein schlechtes Gewissen bekomme, weil ich ihm dieses Theater hier zumute.

Ich wirke also tatsächlich glaubhaft, lobe ich mich selbst. Langsam bewege ich die Arme auf und ab, damit die weiten Ärmel ein wenig wallen. Keine Ahnung, woher ich dieses sprachliche Repertoire habe, aber es hört sich auf jeden Fall geistreich an: »Was ist dein Begehr?«

»Mama ...« Er hat alle Mühe, etwas herauszubringen. Ich kann nicht einschätzen, ob es an seiner Aufregung oder dem Getränk liegt. Es kommt mir so vor, als wäre er betrunken.

Jetzt muss ich endlich was erreichen. »Mein Sohn, du erzürnst mich! Was gibst du dich mit der Frau ab, die mir mein Leben genommen ...«

Max starrt zwischen Olga und mir hin und her. »Die Olga hat dich umge... umgebracht?«

»Sie hat mir den Odem geraubt ...« Es klingt geschwollen, aber es entspricht der Wahrheit. Sie hat Dora das Kissen aufs Gesicht gedrückt, so dass sie nicht mehr atmen konnte.

Olga verteidigt sich vehement: »Das ist nicht wahr!«

Aus den Augenwinkeln erkenne ich, dass sich in dem Gebüsch hinter ihnen etwas tut. Aber nur ich bemerke die Bewegungen und das Rascheln. Olga und Max sind zu sehr berauscht und auf mich fixiert. Toni kann das unmöglich allein verursachen. Was geht da vor, Kruzinesn? Egal! Ich muss das jetzt durchziehen. Ich will die Wahrheit erfahren und ich bin auf dem besten Weg dahin. Offenbar glaubt Olga wirklich an Übersinnliches, denn sie nimmt mir meine Rolle voll ab. Ich erkenne es an ihrer entsetzten und verschreckten Mimik.

»Oh, und wie es wahr ist! Olga, ein böser Geist hat Besitz von dir ergriffen! Der Geist der Gier ...«

»Ich ... ich wollte doch nur das bekommen, was mir zusteht«, fleht sie.

»Für diesen irdischen Mammon verkaufst du deine Seele an den Teufel?« Beim Wort *Teufel* reiße ich die Arme in die Höhe und die Augen weit auf, so dass sie beide zurückschrecken.

Sie fällt auf die Knie und hebt flehend die Hände. »Dora bitte, ich ... ich ...«

»Du bist verdammt ... Ich kann dich nicht retten ...«

Olga jammert auf. »Aber du hast mich erpresst! Was hätte ich denn tun sollen?«

Jetzt muss ich versuchen, aus ihr herauszubekommen, wie das mit der Erpressung abgelaufen ist. »Ich wollte dich erretten, damit du erkennst ...«

»Du warst doch selbst gierig«, wirft sie mir vor und ich muss ihren Respekt durch schauderhaftes Fauchen einfordern. Dazu trete ich ein paar Schritte auf sie zu und beuge mich drohend nach vorne, so dass sie ängstlich wimmert und seitlich ins Gras sackt.

»Vergiss nicht, wen du vor dir hast!«, drohe ich ihr.

»Mama ...«, mischt sich der weinende und verwirrte Max ein. »Was hast du mit der Olga zu tun?«

»Sie hat mich um mein Erbe gebracht und nun versucht sie es bei dir ... Darum bin ich gekommen, um das zu verhindern ...«

»Welches Erbe?«

»Das deines Vaters ...«

»Ich will sein Geld nicht!«, wehrt er entschieden ab.

Weil ich mich auf Max konzentriert habe, habe ich nicht bemerkt, wie sich Olga langsam aufgerappelt hat. Plötzlich springt sie mich an und reißt mich zu Boden. Sie zerrt an meiner Perücke und reißt sie mir vom Kopf, dass ich aufkreische, denn sie hat auch meine echten Haare erwischt.

Dann geschieht alles ganz schnell. Jemand erscheint hinter ihr, packt sie, ringt sie neben mir nieder, kniet sich auf sie und dreht ihre Arme auf den Rücken, während sie wimmert und ächzt. Es ist Toni! Dann tauchen plötzlich weitere Personen in meinem Sichtfeld auf und schreien: »Polizei! Alle Hände hoch!«

Ich erkenne Erdems und Henrys Stimmen und leiste ihrer Aufforderung folge. Auf dem Rücken liegend ergebe ich mich mit erhobenen Händen. Mein Hintern, der Rücken und meine lädierte Schulter schmerzen vom unsanften Aufprall auf dem Boden. Max ergibt sich ebenfalls und starrt mich ungläubig an: »Mary?«

Ich lächle entschuldigend, während weitere Polizeibeamte aus dem Gebüsch kommen.

»Ja, sie ist es: Mary Weidinger, Ex-Kommissarin und Dorfschnüfflerin!«, witzelt Henry mit ziemlich sarkastischem Unterton.

»Servus, Mary«, begrüßt mich der Strobl mit der Waffe in der Hand und gibt sich beeindruckt: »Das war echt filmreif! Allen Respekt!«

Auch der Niedermayer amüsiert sich. »Du bist die beste untote Hex, die ich je gesehen hab.« Er streckt mir seine Hand hin, um mir aufzuhelfen. Während ich seine Hilfe dankbar annehme und aufstehe, haben Toni und Erdem auch der gestellten Olga auf die Beine geholfen und ihre Arme auf dem Rücken gefesselt.

»Ich habe nichts getan!«, schreit sie. »Sie hat das alles hier eingefädelt! Ich wollte nur, was mir zusteht!«

Auch Erdem lässt sich von ihrer Abwehr nicht beeindrucken. »Olga Kotecki, ich nehme Sie fest wegen dringendem Tatverdachts am Tod von Dora und Kurt Palfinger.«

Er führt sie schon ab, aber ich bin noch nicht fertig mit ihr: »Halt, ich will wissen, wie sie es gemacht hat!«

Erdem gesteht mir das aber nicht zu: »Das wird sie uns sicher in der PI bei einem Verhör erzählen. Deine Ermittlungen sind hiermit beendet!«

»Moment!«, schreitet Toni ein. »Sie hat hier euren Job gemacht und euch geholfen, also wär es doch nur fair, wenn ihr sie miteinbezieht.«

»Das find ich auch«, stimmt Henry mit ein und auch der Niedermayer und der Strobl nicken beipflichtend.

Erdem sieht sich überstimmt und grantelt: »Wir haben dich nicht darum gebeten! Wir hatten alles im Griff, sonst wären wir jetzt auch nicht hier. Dass das klar ist!«

»Ist klar!«, gestehe ich ihm zu.

Mit einladender Geste deutet Henry zum Lagerfeuer, das immer noch gut brennt. »Und weil wir hier schon so gemütlich beisammen sind, hocken wir uns jetzt alle um das Lagerfeuer und die Frau Kotecki darf uns ihre Geistergeschichte zum Besten geben.«

Olga muss sich auf den Boden setzen, Erdem nimmt ihr Kissen neben ihr. Ich bekomme das andere und meinen Platz zwischen Toni und Max gegenüber und Henry und die anderen Ex-Kollegen bauen sich hinter der Festgenommen auf, nicht dass die noch auf Fluchtgedanken kommt.

Max schaut abwesend drein und die Tränen und der Schweiß rinnen ihm über sein blasses Gesicht.

»Gehts dir gut?«, vergewissere ich mich.

Er nickt nur und stiert immer nur Olga ihm gegenüber auf der anderen Seite des Feuers an.

»Also, fang an, Mary! Was willst du von ihr wissen?«, gesteht mir Erdem zu.

Ich bin überrascht über sein Entgegenkommen und muss mich erst sammeln. Über die Flammen hinweg sehe ich Olga streng an. »Wie ist der Besuch von der Dora bei Kurt Palfinger abgelaufen, Frau Kotecki?«

So wie sie sich bisher verhalten hat, geht sie wahrscheinlich immer noch davon aus, dass ihr Handeln nichts Rechtswidriges darstellt. Ganz im Gegenteil scheint sie sich im Recht zu fühlen, denn sie betont ja immer wieder, dass ihr das zustünde. Also hoffe ich, dass sie sich mit mir unterhält und sich von selbst verhaspelt oder sogar noch mehr preisgibt, als sie es eh schon getan hat.

Und das tut sie dann auch: »Dora stand plötzlich vor der Haustür. Ich kannte sie nicht und ich habe natürlich Kurti gefragt, ob ich sie reinlassen darf. Bei Besuchen war er immer heikel. Er wollte meistens mit niemandem was zu tun haben. Aber er hat zugestimmt und ich habe sie zu ihm ins Wohnzimmer geschickt. Ich bin wirklich keine Lauscherin, aber es war nicht zu überhören, als sie gestritten haben. Sie wollte Geld von ihm, aber er hat sie nur ausgelacht. Er habe all seine Schulden schon längst abgegolten, hat er zu ihr gesagt. Und das wäre mehr als genug gewesen. Er könne nichts dafür, wenn ihre Mutter das Geld so verprasst hätte. So eine Schuld sei niemals abzutragen, hat sie ihn angeschrien. Doch er hat sie wieder nur verhöhnt: Er habe keine Angst, denn sein Vergehen wäre längst verjährt und er habe nun sein Glück bei mir gefunden.« Ihre Augen richten sich verträumt gen Himmel und sie fasst sich an die Brust. »Das hat er wirklich so gesagt: ›Ich bin jetzt glücklich mit Olga verheiratet. Ihr wird einmal alles gehören, was ich hab.‹«

»Genau das war Ihr Ziel, oder?«, stelle ich fest.

Sie grinst selbstbewusst und überlegen. »Vier Jahre! Vier Jahre war ich bei ihm, habe seine Launen ertragen und alles für ihn getan. Er war wahrlich kein einfacher Mensch und er hat mich oft an meine Grenzen gebracht, aber schließlich hatte ich ihn so weit. Meine Fürsorge und meine Zuneigung hatten Erfolg, als er mich gebeten hat, ihn zu heiraten.«

Ich glaube ja eher, sie hat ihn so weit gebracht, aber das soll hier keine Rolle spielen. Jedenfalls ist ihr Durchhaltevermögen wirklich beachtenswert. Oder darf man das bewundern, wenn man das Ende davon kennt?

»Sie haben nicht aus Liebe zugestimmt, sondern, weil sie an sein Geld wollten. Viel Geld!«

»Das mir zusteht, nach allem, was ich ertragen habe!« Da ist er wieder ihr Gerechtigkeitswahn. Aber ich unterbreche sie nicht, denn jetzt ist sie so richtig in Fahrt: »Und dann kommt diese Hexe daher und gibt sich als seine Tochter aus. Sie kam nach dem Besuch bei Kurti zu mir in die Küche und hat nicht lang um den heißen Brei herumgeredet. Erpresst hat sie mich, dass sie mich anschwärzen würde, eine Erbschleicherin zu sein. Ich hätte ihn eingewickelt, um an sein Geld zu kommen. Jemanden wie ihn könne man unmöglich lieben. Sie würde mir alle bösen Geister schicken, damit ich niemals meinen Frieden fände.«

Erdem mischt sich ein: »Hatten Sie da schon geplant, Ihren Ehemann umzubringen?«

»Ich glaube, das mit den bösen Geistern hat Sie auf die Idee mit dem Ertrinkungstod in der Altmühl gebracht, hab ich recht?«, antworte ich für Olga.

Sie fügt eine Erklärung hinzu: »Kurti wollte einfach nicht von selbst sterben und ich hatte es satt. Es würde aussehen wie ein Unfall, wenn er mit seinem Rollstuhl einfach vom Steg ins Wasser rollt. Meine Geistergeschichte und meine offen gezeigte Trauer würden jeden Verdacht auf mich zerstreuen. Niemand wusste, dass wir verheiratet waren. Wie auch? Er wollte mit keinem Menschen Kontakt und er war auch nicht sonderlich beliebt in Essing. Keiner würde ihm eine Träne nachweinen. Ich wäre nach der Beerdigung verschwunden, hätte das Haus verkauft und keiner hätte etwas davon mitbekommen.«

Damit wäre sie bei mir fast durchgekommen, wenn nicht Erdem und Henry doch angefangen hätten, zu ermitteln. Diesen Erfolg muss ich ihnen zugestehen.

»Sie haben also Dora 25.000 Euro gegeben, damit sie kein Aufsehen wegen Ihnen und Ihrer Ehe mit dem alten Palfinger veranstaltet?«

Olga nickt. »Ich habe es ihr sogar zu ihrer Hütte am Waldrand gebracht.«

»Und Sie hatten die Hoffnung, dass sie damit zufrieden ist, abhaut und Sie ungestört Ihren Mordplan am Palfinger umsetzen können.«

Ich merke Olga an, dass sie das, was dann passiert ist, immer noch verwirrt. »Sie hat mich durchschaut. Einfach so! Sie hat mir auf den Kopf zugesagt, dass sie wüsste, was ich vorhabe und sie würde zur Polizei gehen, sobald er tot sei. Sie hat noch mal 25.000 Euro gefordert.«

Wahrscheinlich war Dora in der Zwischenzeit im Rathaus beim Wimmer Heinz, um das Feld mitsamt der Dorfdisco zu kaufen, und hat feststellen müssen, dass ihr schon erpresstes Geld nicht ausreicht.

»Und das mussten Sie natürlich verhindern«, schlussfolgert Erdem.

»Ich habe zu viele Jahre gelitten und zu hart darum gekämpft, damit ich endlich meinen wohlverdienten Ruhestand genießen kann. Das konnte ich mir doch von dieser verrückten Hexe nicht kaputtmachen lassen.« Ihr Auflachen klingt bitter.

Ihr Selbstmitleid ist ein Vorteil für uns, weil sie singt wie ein Vögelchen und ich bleibe dran: »Und sie hat den Druck sogar noch erhöht, indem sie diese Sätze über einige Haustüren und den Grabstein geschrieben hat.«

»Die war völlig durchgedreht«, verhöhnt Olga ihre Stieftochter.

»Und wer würde den Tod von so einer spinnerten Hex schon ernst nehmen«, versetze ich mich weiter in

Olga hinein. »Dann ist sie halt nach einer Séance zuge-dröhnt mit halluzinogenen Pilzen in den See gefallen und ertrunken.«

»Nur gut, dass wir gründlich arbeiten«, stellt Erdem zufrieden fest. »Denn dann wurde aus dem Einfach-er-trunken, ein Absichtlich-erstickt-und-anschließend-in-den-See-geworfen.«

»Tja«, bedauert Henry hinter Olga. »Ich würd sa-gen, Sie haben wirklich Pech gehabt, Frau Kotecki.«

»Woher haben Sie von der Séance gewusst, Frau Ko-tecki?«, setze ich die Befragung fort. Das Feuer ist lang-sam heruntergebrannt und die letzten Flammen zün-geln an zwei verkohlten Scheiten.

Olga stiert hinein. »Sie hat im Kramerladen, in dem ich immer einkaufe, ein Werbeplakat ausgehängt. Das war die Chance für mich.«

»Aber Sie haben nicht teilgenommen?«

»Ich setze mich doch nicht freiwillig so etwas aus.«

Man merkt ihr an, dass ihr das ganze Geistergedöns unheimlich ist. Sie hat mir anfangs die geisterhafte Dora auch abgekauft, denn sie hat wahrscheinlich nicht damit gerechnet, dass ihre Geisterbeschwörung etwas bringt.

Ich stupse ihre Erzählung wieder an: »Sie sind also hierher, haben sich im Gebüsch verborgen gehalten und abgewartet, bis alle weg waren …«

»Dieser ganze Zirkus hat ewig gedauert und die dummen Teilnehmer haben ihr ihr Schauspiel tatsächlich abgenommen. Dabei hat die ihnen irgendwas in das Getränk getan, das sie allen eingeschenkt und sie in einen Rauschzustand versetzt hat. Die haben das nicht kapiert! Wenigstens zwei von denen haben sich zum Schluss allerdings beschwert und wollten nicht zahlen. Schließlich waren alle weg und ich bin zu ihr hin, als sie zusammenpacken wollte. Sie war noch wie betrunken und hat mich ausgelacht und beleidigt. Da bin ich ausgerastet, habe sie zu Boden gestoßen und mir das Sitzkissen geschnappt ...«

Erdem mustert Olga von der Seite. »Sie sind kräftig genug, um sie zum See zu tragen und hineinzuwerfen. Sie haben ja den Trumm Palfinger auch herumschleppen müssen.«

»Wegen ihm konnte ich mir das Fitnessstudio tatsächlich sparen«, gesteht sie überheblich.

Plötzlich fährt Max neben mir in die Höhe, springt mit einem Satz über die Feuerstelle und wirft sich brüllend auf Olga. Wir alle können gar nicht so schnell reagieren, als er schon rittlings auf ihr hockt und ihr die Kehle zudrückt.

»Du Hexe! Hexe! Ich muss dich töten! Du Hexe!«, brüllt er wie von Sinnen.

Jetzt rastet er total aus und ist wie von Sinnen. Sie kann sich nicht wehren, weil ihre Hände auf dem Rücken mit Handschellen fixiert sind. Die Kommissare und Polizisten schreiten sofort ein und haben alle

Mühe, ihn von ihr herunterzuzerren, rasend und durchgedreht wie er ist.

Vor lauter Konzentration auf Olga habe ich ihn und seinen Zustand komplett ausgeblendet und nicht mitbekommen, wie Max das alles mitnehmen und aufwühlen muss. Ich kann seinen Übergriff auf Olga verstehen und versuche, ihn neben seinem Kopf kniend zu beruhigen, während der Niedermayer, der Strobl und Henry ihn im Gras niederdrücken. Immer noch versucht er sich zu wehren und bäumt sich auf. Das Zeug, das Olga ihm eingeschenkt hat, scheint jetzt seine volle Wirkung zu zeigen. Er ist auf einem Trip.

Erdem und Toni kümmern sich um Olga, die schwer atmend und geschockt dahockt.

Max faucht, kreischt und bebt am ganzen Körper und will sich gar nicht beruhigen. Kruzinesn, dieses Gebräu von Olga hat ihn zu einem Monster verwandelt.

Die Thermoskanne ist bei Max' Aktion umgekippt. Ich hebe sie auf, drehe den Deckel auf und schnuppere an dem Gebräu. Ekelhaft! Das muss auch so eine Suppe aus diesen Zauberpilzen sein.

»Sie haben ihm zu viel von dem Zeug trinken lassen«, klage ich Olga an.

Ich weiß nicht wie, aber Max schafft es, sich auf alle Viere zu kämpfen und Olga anzuschreien: »Fahr zur Hölle, du Hexe! Fahr zur Hölle!«

Wieder zwingen ihn der Niedermayer, Henry und der Strobl nieder. Bäuchlings pressen sie ihn auf den Boden. Der Strobl hockt auf seinen zappelnden Beinen, der Niedermayer kniet auf seinem Rücken und Henry versucht, seine Arme zu bändigen.

»Komm runter, Max!«, rede ich auf Max ein. »Alles ist gut! Die Hex kann dir nix mehr tun.« Den letzten Satz wiederhole ich ein paar Mal. Er scheint, sich zu beruhigen. Ich bitte den Niedermayer, das Knie aus seinem Nacken zu nehmen, weil ich Angst habe, Max erstickt mir hier gleich. Hat nicht Ulli mal erwähnt, dass man diese Magic Mushrooms nur sehr schwer richtig dosieren kann? Offenbar hat Max zu viel von dem Zeug erwischt. Er atmet nur mehr sehr abgehackt und schließlich beginnt er erbärmlich zu schluchzen und zu heulen.

»Der hat einen totalen Flashback«, meint der Niedermayer. »Besser, wenn der zum Ausnüchtern ins Krankenhaus kommt.«

»Ich ruf den Notarzt«, bietet sich der Strobl an. Er lässt Max' Beine vorsichtig los. Der ist jetzt in seiner Depression gefangen und weint zum Herzerweichen. Er wehrt sich nicht mehr. Auch der Niedermayer und Henry lockern ihre Griffe, bleiben aber auf der Hut, während ich Max über seinen kurzgeschorenen Kopf streichle und sanft auf ihn einrede. Er tut mir so leid und mein schlechtes Gewissen schwillt an. Ich habe das hier eingefädelt und ihn in diese Lage gebracht. Sein Schluchzen wird zu einem Wimmern.

Olga, die sich inzwischen wieder gefangen hat, kann es nicht lassen und spottet: »Was musste dieser kindische Idiot auch plötzlich auftauchen, wo alles so gut gelaufen ist?«

Ihre selbstherrliche Bemerkung macht mich zornig: »Blöd gelaufen, gell, Frau Kotecki! Dass die Dora einen Sohn hat, hat Sie wohl auch ziemlich überrascht.«

»Ein weiteres Familienmitglied, das Ihnen Ihr Erbe streitig macht«, wirft auch Erdem ihr vor. »Darum haben Sie ihn hierhergelockt, um es mit ihm genauso zu handhaben wie mit seiner Mutter. Ziemlich leichtsinnig von Ihnen.«

»Wo haben Sie die Pilze her?«, will ich wissen.

»Aus der Hütte von der Hexe natürlich! Sie hat einen kurzen Moment nicht aufgepasst, als ich ihr das Geld gebracht habe, und ich habe ihr ein Schraubglas davon von der Küchentheke geklaut.«

Erdem schlussfolgert: »Damit haben sie auch den Kurt Palfinger betäubt.«

Stolz hebt Olga den Kopf. »Ich habe sie ihm in sein Mittagessen gemischt: Rahmpilze mit Semmelknödel. Dann habe ich ihn auf den Steg geschoben. Dort gibt es eine Stelle, die ein wenig schief ist. Er wäre mir beinahe schon einmal ins Wasser gerollt. Es passierte also ganz von allein ...«

»Sie sind nicht ins Wasser gesprungen, um ihn zu retten, sondern, um nach dem Rollstuhl zu tauchen und die Bremsen festzustellen, damit keine Schuld auf Sie fällt«, erkenne ich. »Aber Sie haben es nicht geschafft.«

Olga Kotecki legt den Kopf schief, grunzt verächtlich und zieht eine bedauernde Miene.

Toni fragt mich kritisch: »Bist du jetzt zufrieden?«

Ich nicke. Obwohl es mir nicht zusteht, befehle ich: »Abführen!«

Ich ertrage den selbstgefälligen Ausdruck in Olgas Gesicht nicht mehr länger, während Max hier einen Psychotrip durchstehen muss. Toni und Erdem bringen sie weg.

In der Ferne höre ich schon das Martinshorn näherkommen und das erleichtert mich. Ich hocke immer noch neben Max' Kopf und streichle ihn. »Sie kann dir nix mehr tun, Max. Jetzt ist es vorbei.«

Als die Sanitäter und der Notarzt Max erstversorgt haben, verfrachten sie ihn in den Sanka. Jetzt ist Max ganz ruhig und starrt abwesend in die Luft. Er hat eine Infusion am Arm. Meine Brust ist vor lauter Schuldgefühlen ihm gegenüber wie zugeschnürt.

Toni tritt neben mich, legt den Arm um meine Hüfte und zieht mich seitlich an sich, während wir dabei zusehen, wie die Sanis sich um Max kümmern. Meine Schulter tut immer noch weh und der altbekannte

Kopfschmerz drängt sich vom Nacken herauf, aber ich ertrage es.

Toni kann sich offenbar in mich reinversetzen, denn er versucht, mich zu beschwichtigen: »Wenn du nicht gewesen wärst, würd er jetzt wahrscheinlich tot im See treiben, wie seine Mutter vor ein paar Tagen.«

Von dieser Seite habe ich es noch gar nicht betrachtet. Ich lege meinen Kopf an Tonis Schulter und seufze.

»Dein Einsatz als Detektivin ist wirklich überaus geistreich«, lobt er mich und lacht über seinen eigenen Scherz. »Allerdings hast du dabei mal wieder gar nix verdient.«

Ich brumme kurz.

»Aber so wie ich dich kenn, macht dir das gar nix aus.« Er küsst meine Schläfe. »Lass uns heimfahren und ins Bett gehen. Ich bin saumüd.«

An Schlaf ist bei mir zwar nicht zu denken, aber ich genieße es einfach nur, wie geborgen ich bei Toni bin. Es gibt mir eine tiefe Zufriedenheit und Selbstbestätigung, dass er sich anscheinend endlich damit abgefunden hat, dass ich Privatermittlerin mit Leib und Seele bin.

Kapitel 27

Wie schon das letzte Mal, werden wir in die PI bestellt, um unsere Aussagen zu Protokoll zu geben. Diesmal muss ich allerdings nicht mit dem Bär antreten, sondern mit Toni. Natürlich lassen Henry und Erdem uns in ihrem Büro warten, bis sie sich zu uns bequemen. Ihre beiden Schreibtische sind jetzt zusammengerückt und stehen sich gegenüber, so wie es beim Bär und mir früher auch gewesen ist. Offenbar haben die beiden Kommissare sich wirklich angenähert. Beide genießen es sichtlich, dass sie hier die Chefs sind, als sie an ihren Schreibtischen Platz genommen haben.

»So, nun zu euch beiden!«, kündigt Erdem an und schnauft tief durch.

Henry ihm gegenüber tut das auch, verschränkt aber die Arme vor der Brust, was wahrscheinlich so viel bedeuten soll, dass er sich zurückhält und Erdem das Sagen hat.

Und er ergreift auch das Wort: »Was genau hast du nicht verstanden, Mary: Du bist keine Kommissarin mehr und du darfst keine Festnahmen auf frischer Tat eigenmächtig durchführen?«

»Hab ich alles verstanden.«

»Warum tust du es dann trotzdem?«

»Toni ist Hauptkommissar. Er war dabei, schon vergessen?«

Erdem verdreht die Augen und sinkt zurück in den Stuhl. »Lassen wir das! Wie bist du draufgekommen, dass Max Ipfelkofer der Sohn von Kurt Palfinger ist?«

»Ich hab mir selbst den Kopf zerbrochen und letztendlich hat es mir eine Informantin bestätigt.«

Henry stöhnt gelangweilt.

Ich lege nach, bevor die hier wieder rumkritisieren. »Diese Informantin hat mir ihre Geschichte nur unter der Bedingung erzählt, dass sie anonym bleibt, und das hab ich ihr versprochen. Also spart euch die Mühe.«

»Aber diese Info hättest du sofort an uns weitergeben müssen«, ermahnt mich Erdem. »Anonym oder nicht. Wir können auch diskret sein.«

Henry schmunzelt sarkastisch. »Gibs auf, Erdem!«

»Außerdem wart ihr doch so davon überzeugt, dass der Max und die Olga gemeinsame Sache machen, und da wollt ich euch nicht davon abbringen.« Ich kann es mir einfach nicht ersparen, darauf anzuspielen.

Erdem richtet sich wieder auf und raunt mir über den Schreibtisch hinweg zu: »Aber eins kannst du dir in Zukunft merken: Der Leichendoc hat wegen deinem illegalen DNA-Test einen Mordsrüffler vom Staatsanwalt gekriegt. Solche Freundschaftsdienste wirst du in Zukunft also nicht mehr von ihm erwarten können.«

Da muss ich mich wohl noch beim Leo entschuldigen. So weit hatte ich nicht gedacht und er wollte mir halt einfach einen Gefallen tun.

»DNA-Tests kann man mittlerweile privat auch in sämtlichen Labors machen lassen. Man denke an die unzähligen Vaterschaftstests«, wirft Toni ein. »Das ist nicht illegal.«

Erdem wirft ihm einen anklagenden Blick zu. »Ich muss dir als Oberkommissar aber jetzt nicht erklären, wie die Rechtslage bei den Ermittlungen zu einem Mordfall aussieht, oder?«

Toni lässt sich davon nicht beeindrucken. »Da ich davon ausgeh, dass ihr beim Staatsanwalt schon längst selbst einen DNA-Test beantragt und das Ergebnis bereits vorliegen habt, juckt der Test von Mary jetzt keine Sau mehr.«

Da weder Henry noch Erdem etwas darauf sagen, fühlt sich Toni in seiner Annahme bestätigt und wir uns auf der sicheren Seite.

Trotzdem nimmt mich Erdem weiter in die Zange: »Wie hast du das also eingefädelt mit der Kotecki und dem Max Ipfelkofer?«

Ich hebe ergeben meine Hände, denn dabei wasche ich sie wirklich in Unschuld. »Das hat sich von ganz allein ergeben. Die Olga hat das dem Max angeboten und er hat es mir erzählt.«

338

Toni hilft mir: »Mary hat gemeint, dass das eine wunderbare Falle wär, um Olga auf frischer Tat zu ertappen, denn es ist ihr ganz logisch erschienen, dass sie nun den Max aus dem Weg räumen musste.«

Henry räuspert sich. »Ich muss zugeben, das war eine gute Idee.«

»Wir wären auch draufgekommen, weil wir sie ja immer noch rund um die Uhr beschattet haben«, wirft Erdem ein.

Erklärend fügt Henry hinzu: »Wir haben die Leiche von Kurt Palfinger freigegeben, in der Hoffnung, dass sie irgendwas tut, damit wir sie festnageln können.«

»Darum wart ihr oben am See«, erkenne ich.

Henry nickt. »Das Team Strobl und Niedermayer sind dem Max gefolgt. Der stand auch immer noch unter Beobachtung.«

»Aber er ist unschuldig, wie ich es euch immer gesagt hab«, muss ich sie noch mal aufmerksam machen und genieße, dass ich im Recht war.

Erdem setzt sich wieder auf. »Aber der Typ ist so was von verpeilt!«

»Du magst ihn nur nicht, weil er mit Kerstin anbandelt«, werfe ich ihm vor.

Das regt auch Toni auf: »Eigentlich hättest du längst von diesem Fall wegen Befangenheit abgezogen werden müssen, spätestens als du den Max festgenommen hast. Deine Ex ist die Freundin deines Hauptverdächtigen. Das hat dich in einen Gewissenskonflikt gebracht, so dass du nicht mehr gesetzeskonform und vorurteilsfrei in der Lage warst, nach den Standesregeln zu handeln. Das werd ich wohl beim Übelacker zur Sprache bringen müssen.«

Ich bin immer wieder begeistert, wie überzeugend und selbstsicher Toni reden kann. Auch Erdem scheint beeindruckt und auch ziemlich verunsichert. »Mein Privatleben hat damit nichts zu tun.«

»Ach, wirklich?«, frage ich spöttisch. »Dann war die Festnahme von der Kerstin und dem Opa wegen diesem blöden Zelt wohl auch nichts Persönliches?«

»Genau! Für mich hat es den Anschein gemacht, als würden sie Beweise zerstören«, verteidigt sich Erdem.

»Das ist wohl Auslegungssache. Sie waren ja nur eine halbe Stunde im Verhörraum«, versucht Henry die Wogen zu glätten und verdrückt sich ein Schmunzeln. »Und Kerstin hat sich ja dann auch dafür erkenntlich gezeigt.«

Auch ich sehe die wütende Kerstin wieder vor mir, wie sie Erdem eine schallende Ohrfeige verpasst hat. Das hat ihm bestimmt viel Spott und Häme eingebracht.

»Warum deine doofe Verkleidung, Mary?«, wechselt Erdem das peinliche Thema.

»Na, als normale Mary Weidinger wär ich bei einer Geisterbeschwörung wohl eher schlecht angekommen, oder?«

»Mary wollte Olga ein Geständnis entlocken«, erklärt Toni meinen Plan. »Ich fands eine gute Idee, drum hab ich sie unterstützt.«

»Statt uns einzuweihen«, mosert Erdem.

Ich beuge mich nach vorn. »Was genau sollen wir jetzt zu Protokoll geben, Erdem?« Ich kann dieselbe Leier nicht mehr hören, was ich alles darf und was nicht.

Henry klopft auf seinen Schreibtisch und steht auf. »Also, ich find, wir haben uns gut ergänzt, obwohl wir es nicht so ausgemacht hatten. Die Täterin in zwei Mordfällen ist geständig und hinter Gitter.«

»Apropos: Wer bekommt denn jetzt das Haus und das viele Geld vom Palfinger?«, hake ich nach und erhebe mich ebenfalls, genau wie Toni und Erdem.

Die Antwort hat Letzterer, wie sollte es auch anders sein, sofort parat und sagt es mir auf: »Die Tötung des Erblassers führt stets zur Erbunwürdigkeit, wenn die Tat nach Paragraf 211 StGB vorsätzlich, rechtswidrig und schuldhaft begangen worden ist. An Stelle des Erbunwürdigen tritt dann derjenige, welcher berufen sein würde, wenn der Erbunwürdige zum Zeitpunkt des Erbfalls nicht gelebt hätte.«

Hat er das ganze Strafgesetzbuch auswendig gelernt?

Toni deutscht es aus: »Also kriegt alles der Maximilian Ipfelkofer.«

»So schauts aus«, stimmt Erdem zu und rümpft die Nase. »Was tut so ein Chaot nur mit so viel Geld?«

»Die Kerstin wird ihm schon dabei helfen, es richtig anzulegen oder auszugeben«, stichle ich. Wie erwartet, treffe ich Erdem damit, denn er räuspert sich. »Dann hat sie ja nun den richtigen Partner an ihrer Seite. Ihn kann sie sich so hinbiegen, wie sie ihn haben will, und er hat auch noch genug Kohle.«

Toni weist ihn zornig zurecht: »Meine Tochter ist ein anständiges Mädel.«

Erdem zuckt mit den Schultern und hebt entschuldigend die Hände. »Ich hab nix anderes behauptet. Allerdings würd ich daran zweifeln, ob du sie nach all den Jahren, in denen sie ohne dich aufgewachsen ist, überhaupt richtig kennst.«

Henry lenkt schnell ab, bevor der Schlagabtausch zwischen Erdem und Toni hier eskaliert: »Herr Ipfelkofer sollte sich auf alle Fälle um die Bestattung seiner Mutter kümmern. Das ist jetzt auch seine Angelegenheit.«

»Ich werds ihm sagen.«

Henry ist zufrieden und deutet zur Tür. Anscheinend will er uns loswerden. »Sobald die Protokolle getippt sind, müsst ihr halt noch mal kurz zum Unterschreiben kommen. Ansonsten wars das.«

Aber Erdem kann es nicht lassen, noch mal eins nachzusetzen: »Und zur Erinnerung: Als Privatermittler müssen du und der Herr Bärnreuther uns immer tatrelevante Erkenntnisse, Beweise und Indizien umgehend vorlegen.«

»Apropos, wo ist eigentlich der Bär in diesem Fall geblieben?«, will Henry wissen.

Ich schmunzle. »Er ist frisch verliebt.«

»Der Bär?«

»Sie heißt Penelope und ist eine rassige Schönheit mit schwarzen Stoppeln.«

Erdem verzieht angewidert das Gesicht. »Ich hab seinen Frauengeschmack nie verstanden.«

»Musst du auch nicht. Er ist absolut glücklich mit ihr.«

Toni neben mir hat alle Mühe, sich das Lachen zu verdrücken, genau wie Henry. Sie wissen ja, um welche Penelope es sich da handelt, nur Erdem anscheinend noch nicht.

»Was ist mit seiner Karin?«, wundert der sich.

»Ich glaub, mittlerweile vertragen sich die zwei Frauen vom Bär ganz gut«, treibe ich es auf die Spitze. »Penelope wohnt ja nebenan, dann gibt es weniger Konfliktpotenzial.«

Eilig verlassen Toni und ich die beiden Kommissare und schaffen es gerade noch aus der PI, bis wir in Lachen ausbrechen.

Epilog

Es ist ja nicht so, dass ich mich nach so einem anstrengenden Fall einfach ausruhen könnte. Wer meine Lebensverhältnisse inzwischen kennt, der weiß, dass ich auch noch eine ziemlich chaotische Familie habe, die sich immer weiter vergrößert. Und die versammelt sich nach der Kinderdinoparty am Nachmittag, bei der ich Ulli natürlich geholfen habe, die sechs übermütigen Jungs im Zaum zu halten, abends komplett bei uns im Garten. Quirin und Vroni sind mit ihren Söhnen Michi und Gabi wohlbehalten wieder aus Mallorca zurück. Braungebrannt und gut gelaunt erscheinen sie zum Grillabend in unserem Garten. Erschöpft wie ich bin, nehme ich Gabi auf meinen Arm, bussle ihn ab und stelle fest, wie sehr ich ihn vermisst habe. Ich finde die Abkürzung für Gabriel absolut unpassend, weil sie weiblich ist. Aber im Bayerischen wird ja noch der geschlechtsspezifische Artikel davorgesetzt, also *der Gabi*, dann passt es auch wieder. Michi war nachmittags unter meiner Aufsicht schon auf der Kinderparty und ist nun ziemlich müde und knatschig. Als Zweijähriger kann man halt noch nicht mit Erstklässlern mithalten.

Der Opa sitzt auf meiner Gartenbank, krault Edi auf seinem Schoß und beobachtet uns mit einem zufriedenen Ausdruck im Gesicht. Er ist mit Kerstin und Max gekommen, die zusammenkleben wie die Kletten, Händchen halten und sich immer wieder verliebt anschmachten.

Suri und Lukas trudeln als Letzte ein. Auch sie sind gerade wieder von ihrem Aushilfseinsatz aus Mannheim heimgekehrt. Mein Jüngster gesellt sich sofort mit einem Bier an den Grill zu Toni, wo auch schon Quirin, Max und Jo mit einer Flasche stehen und sich unterhalten. Letzterer ist immer noch total verschwitzt, denn Ulli hat ihn tatsächlich dazu gebracht, sich in ein plüschiges Dinokostüm zu werfen und nachmittags die Kids zu bespaßen. Der arme Jo hat mir in der Frühsommerhitze richtig leidgetan, als er die Jungs als T-Rex verkleidet bei der Schnitzeljagd rund ums Haus begleitet hat. Ulli und ich haben die Meute mit Dino-Kuchen, Wassermelone, Eis und selbst gemachter grüner Dino-Limo versorgt, bei einer Schürfwunde erste Hilfe geleistet, den beleidigten Severin getröstet, der sich ausgeschlossen gefühlt hatte, den todesmutigen Kevin vom Apfelbaum heruntergeholfen und literweise verschüttete Getränke aufgewischt.

Suri, Vroni und Kerstin haben je einen Salat und Knoblauchbrot mitgebracht und wie es halt so ist, decken wir Frauen den Tisch und kümmern uns um das leibliche Wohl, während die Männer am Feuer das Grillfleisch bewachen. Schließlich ruft Toni zum Essen und es bricht das Chaos aus, bis an den beiden zusammengestellten Gartentischen endlich jeder seinen Platz gefunden hat. Bei elf Erwachsenen und vier Kindern dauert es eine Zeit lang, bis jeder was auf dem Teller hat und schließlich zufrieden isst. Es mag laut, durcheinander und chaotisch sein, aber ich liebe es, meine Familie um mich zu haben. Zufrieden schmunzelnd und kauend mustere ich einen nach dem anderen und bleibe bei Max hängen, der einen genauso seligen Ausdruck im Gesicht hat wie ich wahrscheinlich. Nachdem die Wirkung von diesem Psilocybin nachgelassen, er quasi seinen Rausch im Krankenhaus ausgeschlafen hat, hat Kerstin ihn dort abgeholt. Er schaut noch ein wenig mitgenommen aus. Ich lächle ihm aufmunternd zu. Er fühlt sich anscheinend auch sehr wohl in unserer Gesellschaft und ich merke ihm an, wie gut es ihm nach all dem Erlebten tut. Das beruhigt ein wenig mein schlechtes Gewissen, trotzdem nehme ich mir vor, mich noch bei ihm zu entschuldigen, dass ich ihn als Köder missbraucht habe.

Quirin reißt mich aus meinen Gedanken. »Jetzt bist wieder selig, gell, Mama«, stellt er fest. »Weil du zwei Mordfälle aufgeklärt hast, hab ich gehört.«

»Sie hat dazu beigetragen«, berichtigt Toni mit erhobenem Messer.

»Du auch, wie man hört«, gibt Lukas seinen Senf dazu und tut etwas von dem richtigen auf Suris Teller neben dem seinen.

Toni zieht die Augenbrauen hoch. »Ich war nur für das Finale zugelassen.«

»Kaum ist man mal zwei Wochen weg, wird Essing von einer Hex heimgesucht und die Mama verändert ihren Look«, amüsiert sich Quirin mampfend. »Apropos: Ist mit deinem Schädel wieder alles in Ordnung, Mama?«

Ich nicke und klopfe an meine Stirn. »Der hält schon was aus.«

»Muss er auch, wenn du dich jetzt für deinen Job schon als Geist verkleidest«, wirft Jo ein.

»Ich wär auch lieber als T-Rex gegangen, so wie du«, scherze ich. »Aber das wär bei einer Geisterbeschwörung wahrscheinlich nicht so überzeugend rübergekommen.«

Alle lachen, sogar die Kinder, obwohl sie wahrscheinlich nur die Hälfte verstehen.

Nepi hakt nach: »Was ist eine Geisterbeschwörung?«

»Da ist es ganz dunkel, Kerzen brennen und man sitzt zusammen und ...«, beginnt der Opa mit geheimnisvoller Stimme zu erklären, wird aber ruppig von Ulli unterbrochen. »... und ist fröhlich.« Sie wirft ihm einen mahnenden Blick zu.

»Dann feiern wir jetzt auch grad eine Geisterbeschwörung?«, ist Nepi begeistert. »Voll cool, Alter!«

»So ähnlich«, ist Ulli sichtlich in Erklärungsnot. »Aber das machen nur Erwachsene. Wenn du mal größer bist, erklär ich es dir.«

Das trübt Nepis Freude sichtlich, denn er murrt gedehnt. »O Mann! Für alles muss ich immer erst größer werden!«

Seine Schwester Gweny lacht schadenfroh. Dafür bekommt sie einen Ellbogenrempler von Nepi und schon heult sie los.

»Also, ich werd meinen Kids mal immer alles sofort erklären«, kündigt Max an. »Sie haben ein Recht darauf.«

Das sagt er wohl aus seiner Erfahrung als Adoptivkind heraus.

Kerstin strahlt ihn an. »Genau so will ich es auch handhaben: immer ehrlich und immer direkt.«

»Dann viel Spaß euch!«, wünscht Jo und wir, die wir schon Kinder haben, denken uns unseren Teil. Lassen wir sie weiter in ihren Wunschvorstellungen schwelgen.

»Apropos, wo wir schon bei ehrlich und direkt sind«, fängt Lukas sichtlich verlegen an. »Suri und ich hätten etwas zu verkünden!«

»Ihr bekommt ein Baby!«, quietscht Ulli hingerissen.

»Nein!«, wiegelt Suri sofort ab. »Wir haben eine andere Lebensplanung.«

»Hattet ihr denn überhaupt eine?«, mischt sich der Opa ein und kaut an einem Stück Knoblauchbrot. »Ich hab gedacht, ihr werdets bis zu eurem Lebensende in Regensburg studieren.«

»Opa!«, mahnt ihn Lukas. »Suri und mir ist in den letzten zwei Wochen etwas klar geworden: Suris Eltern sind nicht mehr die Jüngsten und sie brauchen dringend Unterstützung. Das Thaifood-Restaurant geht ziemlich gut und sie können sich vor Gästen kaum noch retten. Suri kennt die Arbeit dort ja schon, aber für mich war das alles neu. Ich hab so viel gelernt über die thailändische Küche, die Gastfreundschaft und die Herzlichkeit der Menschen und wir werden bei Suris Eltern einsteigen.«

Jetzt ist es raus und mir fällt fast das Besteck aus der Hand. Am Tisch ist es plötzlich ganz still und alle haben aufgehört zu essen.

»Das heißt, ihr geht nach Mannheim?«, frage ich unsicher.

Zu meinem Entsetzen nicken Suri und Lukas und schauen sich verliebt an. Sie legt ihre Hand vertrauensvoll auf die seine, mit der er die Gabel festhält. »In den letzten Wochen hatten wir zwar viel Stress, aber wir haben auch gemerkt, wie gut wir zusammenarbeiten und wie viel Spaß es uns gemacht hat.«

»Suris Eltern werden uns finanziell am Umsatz beteiligen, allerdings werde ich zuerst eine Lehre als Koch machen, damit ich das Handwerk von der Pike auf lern.«

»Und wir haben auch schon eine Wohnung in Aussicht«, fügt Suri hinzu.

Das wird ja immer besser! Lukas als Koch! Ja, er hat, als er noch daheim gewohnt hat, öfter mit mir gekocht, aber was ist dann mit seinem Studium?

»Und was wird dann aus dem Ingenieur?«

»Ich sattle um auf Koch«, nimmt er es locker. »Du hast ja noch viel später erst gemerkt, dass Kommissarin doch nicht das Richtige für dich ist.«

»Das ist ja wohl was ganz anderes!«

Quirin hält zu Lukas: »Also ich finds super, Bruderherz.«

»Einen Ingenieur haben wir ja schon in der Familie«, schlägt sich auch der Opa auf die Seite seines Enkels. »Einen Koch können wir immer gut gebrauchen.«

»Das sagt natürlich der Verfressendste in der Familie«, scherzt Ulli.

Mir ist der Appetit auf das Nackensteak und den Kartoffelsalat auf meinem Teller vergangen, aber ich esse es trotzdem.

Vroni, die den inzwischen eingeschlafenen Michi auf ihrem Schoß hat, schmiedet gar schon Zukunftspläne für uns alle: »Wir kommen euch einfach alle miteinander besuchen und lassen uns von euch bekochen.«

Allgemeine Zustimmung und Begeisterung bei allen, außer bei mir.

Das merkt wohl auch Lukas. »Mama, Mannheim ist doch nicht aus der Welt.«

Ich durchschaue seine Taktik: Hier vor den anderen kann ich ihn mir nicht so zur Brust nehmen, wie ich es mit ihm allein tausendprozentig tun würde. Er hat mich quasi vor den anderen entwaffnet.

»Weil wir schon grad dabei sind«, fängt dann auch Kerstin an, herumzudrucksen. »Der Max hat einen neuen Auftrag von Greenpeace in Dubai. Die müssen den Ölscheichs da unten mal auf die Füße treten, wegen ihrer Umweltverschmutzung. Und ich komm mit.« Gerührt legt Max den Arm ums sie und zieht sie an sich. »Ich freu mich schon so drauf!«

Jetzt ist Toni mindestens genauso baff wie ich eben bei Lukas. »Aber du hast eine Wohnung hier und deine Arbeit im Kindergarten ...«

»Beides schon gekündigt. Außerdem find ich als Erzieherin immer wieder einen Job.«

Nun habe ich allerdings auch einen Einwand: »Willst du nicht erst mal dein Erbe antreten, Max? Und was ist mit der Beerdigung von deiner Mutter?«

»Ich pfeif auf das Haus und alles«, regt er sich auf. »Da drin sind furchtbare Dinge passiert und ich will es nicht.«

»Dann verkauf es halt«, schlägt der Opa vor. »Geld stinkt nicht.«

War ja klar, dass das aus seinem Munde kommt.

»Oh, bitte, lasst uns dort einziehen, Max!«, meldet sich auf einmal Ulli zu Wort. »Wir können es zwar nicht kaufen, aber wir zahlen dir natürlich Miete. Unsere Wohnung ist schon längst zu klein für uns vier und jetzt haben wir bestimmt monatelang eine Baustelle im

Bad wegen dem Wasserrohrbruch.« Sie wendet sich voller Enthusiasmus an ihren Gatten, der völlig überrumpelt ihr gegenübersitzt. »Schatz, bitte! Das wär doch die Lösung unseres Problems.«

»Und du willst wirklich dort wohnen?« Jo ist völlig überrumpelt.

»Wir schmeißen alles raus und richten uns neu ein. Nix mehr wird an die Vergangenheit erinnern«, gibt sie nicht auf, ihn zu bearbeiten. »Wir vier bringen neues Leben in die Bude. Es ist so ein schönes Haus und der Garten direkt am Wasser. Wir könnten mit den Kids im Sommer baden oder paddeln gehen, unser eigenes Gemüse anbauen und es wär so viel Platz auch für dein eigenes Büro.«

Jo wird langsam weich, ich merke es ihm an. »Kommt drauf an, ob wir uns die Miete leisten können.«

Aller Augen richten sich fragend auf Max. Der hat natürlich keine Ahnung, wie der Mietspiegel in Essing ist und auch sonst von nix. Also zuckt er ratlos mit den Schultern.

»Ich ... ich weiß nicht ... Mir hat noch nie was gehört ...«

»Der Toni und ich würden dich bei den ganzen Erbangelegenheiten unterstützen«, biete ich ihm an. »Bei deiner Vermögensverwaltung und der Organisation von der Beerdigung von deiner Mutter natürlich auch.«

»Lass dir helfen, Max«, rät ihm der Opa spitzbübisch. »Sonst holt sich alles der Staat.«

»Vielleicht ist es wirklich besser, wenn du zuerst hier alles regelst, bevor wir nach Dubai fliegen«, redet auch Kerstin Max gut zu.

Der Opa klopft ihm auf die Schulter. »Bürscherl, aus dir machen wir noch einen anständigen Essinger Bürger!«

»Na ja, ob das so erstrebenswert ist«, kommentiert Quirin heiter und wird dann ernst. »Aber es ist halt schon schön da. Und vor allem ist es meine Heimat.«

»Meine auch«, stimmt der Opa gerührt zu.

Ich schaue Toni an. »Die unsere auch.«

»Und die unsere auch bald!«, kündigt Ulli entzückt an und grinst Jo glücklich an. Wie kann er da auch anders reagieren, als mit einem ergebenen »Ja, meinetwegen: Die unsere dann auch bald.«

Nachwort

Meine lieben Leserinnen und Leser,

meine Dorfschnüfflerin Mary kommt bei euch offenbar gut an, darum lasse ich sie weiter ermitteln. Ihr neuer Beruf als Privatermittlerin vereinfacht mir das Schreiben sogar. Nicht dass mir die Polizeiarbeit und die Polizeiinspektion in Kelheim, ihr alter Arbeitsplatz, nicht mehr gefallen hätten, aber nun kann ich sie frei, und ohne sich an irgendwelche Vorschriften halten zu müssen, schnüffeln lassen. Obwohl! Mary hat sich sowieso nie an irgendwas gehalten.

Diesmal war die Geschichte um die Hexe sogar ein wenig mysteriös und mit Mary als Geist vielleicht auch ein wenig zu spooky und überzogen – aber es ist ja Cosy Crime, da ist das erlaubt. Ich hatte jedenfalls viel Spaß beim Schreiben.

Allerdings soll natürlich alles seine Richtigkeit behalten und dazu habe ich den besten Berater: Robert Heimberger, der ehemalige Polizeipräsident des Bayerischen Landeskriminalamts. Er hat sich bei mir als großer Fan von Mary gemeldet und steht mir seitdem bei allen Fragen, was Polizeiarbeit, Gesetze und Straftatbestände angeht, zur Seite.

Lieber Herr Heimberger, vielen Dank für Ihre ausführlichen und geduldigen Antworten und Erläuterungen, von denen ich oft nur Bahnhof verstehe. Das an dieser Stelle zu würdigen, war ich Ihnen längst einmal schuldig.

Schuldig bleiben will ich meinen Dank und meine Wertschätzung diesmal auch nicht Thomas Seidl, Nicole Siemer und Luca Döll vom Empire-Verlag; Chris Gilcher für das wieder sehr gelungene Cover und allen meinen Lesern.

Eure

Marion

Die Dorfkommissarin-Mary-Krimi-Reihe im Überblick

Mordsdilemma
- **Dorfkommissarin Mary ermittelt 1**
  Empire-Verlag, Mai 2023

Mordsdorfdrama
- **Dorfkommissarin Mary ermittelt 2**
  Empire-Verlag, Juni 2023

Schneewittchenaffäre
- **Dorfkommissarin Mary ermittelt 3**
  Empire-Verlag, Juli 2023

Mordsgebräu
- **Dorfkommissarin Mary ermittelt 4**
  Empire-Verlag, August 2023

Mordsopferaltar
- **Dorfkommissarin Mary ermittelt 5**
  Empire-Verlag, September 2023

Mordssautrog
- **Dorfkommissarin Mary ermittelt 6**
  Empire-Verlag, Oktober 2023

Holzklotzmisere
- **Dorfkommissarin Mary ermittelt 7**
  Empire-Verlag, November 2023

Mordsbräute
– Dorfkommissarin Mary ermittelt 8
  Empire-Verlag, März 2024

Weitere Veröffentlichungen der Autorin unter:
www.empire-verlag.at/autoren/marion-stadler/